See You
At That Grace
After Work.

CHARACTER

카시마 레이토
Reito Kashima
와타루의 직장 선배.
우수하고 처세술에 능하다.

미야마 리세
Rise Miyama
와타루의 직장 후배.
붙임성이 좋고 명랑한 여성.

아이다 와타루
Wataru Aida
이츠키 리스 영업 제4과 소속.
성실하고 정직한 청년.

일이 끝나면, 그 축복에서

See You At That Grace After Work.

히카미 케이이치 일러스트레이터 lack

CONT

See You
At That Grace
After Work.

ENTS

이 이야기는 픽션입니다. 실제 개인 및 단체와는 아무런 관련이 없습니다.
또한 본 작품에 나오는 'ELDEN RING' 세계관에는 독자적인 해석이 가미되었습니다.

틈새의 땅이 가져다준 만남

제1장

성채의 좁은 통로를 빠져나오자, 깎아지를 듯한 절벽이 좌우 아래로 펼쳐진 널찍한 공간이 나왔다.

앞쪽에 자리한 문에 다다르기까지 미묘하게 거리가 있는, 몸을 숨길 곳 하나 없는 불길한 공간이 펼쳐졌다.

무언가가 도사리고 있다.

그건 전사의 직감이었다.

마음을 굳게 먹고 한 걸음 내디뎠다. 길 너머로 거대한 성이 모습을 드러냈다.

가장 먼저 두터운 성벽과 첨탑이 눈에 들어왔다.

곳곳에 정교하고 치밀한 세공이 가미되어, 방문자에게 이곳이 과거 얼마나 많은 영화를 누렸는지를 여봐란듯이 과시했다.

하지만 칙칙한 상아색 벽은 군데군데가 떨어져 나가고 파인 채 삭아 가는 중이었다.

그 성의 잔해는 멸망을 향해 나아갔다.

그것이 첫인상이었다.

어느 첨탑 꼭대기 위에 이질적인 생김새의 흉조 하나가 나타나 거만한 몸짓으로 이쪽을 내려다보았다.

"빛바랜 자여, 어리석은 야심의 불에 타, 너 또한 엘든 링을 원하는가?"

딱히 대답을 바라고 한 말은 아니었다.

그 흉조는 그저 일방적으로 자기 할 말만 하고는 탑 꼭대기에서 몸을 날렸다.

땅바닥과의 거리는 10미터 이상.

하지만 흉조는 땅울림과 흙먼지를 일으키면서도 아무렇지 않게 착지하고는 몸을 일으켜 세웠다.

"그렇다면 그 불째로 없애 주마. 끔찍한 흉조 멀기트가!"

서로 간에 대화는 없었다. 그저 목숨을 건 대결만이 있을 뿐이었다.

흉조가 마술로 자아낸 빛의 나이프를 투척했다.

한 개, 두 개.

눈으로 보고 피하기가 불가능한 속도로 날아드는 그것을 몸으로 익힌 타이밍에 맞춰 피했다.

이어지는 패턴은 몇 가지로 나뉜다.

거리를 좁힐 수도 있고, 아니면 나이프를 더 많이 투척할 수도 있다.

하지만 흉조는 이쪽이 생각할 틈조차 주지도 않은 채 무방비하게 거리를 좁혀들었다. 이쪽의 공격 따윈 아랑곳하지 않는다는, 오직 강자만이 누릴 수 있는 태도였다.

그렇다면 이쪽은 아직 거리가 있는 동안 휘석 돌팔매를 날릴 따름이다.

푸른빛이 흉조를 향해 연거푸 날아들었다.

하지만 미리 다 알고 있었다는 듯이 모조리 피했다.

어중간한 거리에서 단순하게 원거리 공격만 날려 봤자 어차피 강적에게는 통하지 않는다.

하지만 이번 싸움은 저번과는 달랐다.

비록 레벨은 낮지만, 이전에 방대하게 축적한 정보에서 도움을 받을 수 있기 때문이다.

그 증거로 금색 실루엣이 한 발짝 늦게 싸움에 가담했다.

적과 교전 상태에 들어감으로써 마침내 행동에 나선 모양이었다. 길쭉한 한손검을 쥔 마술검사가 흉조를 상대로 전혀 겁먹은 기색 없이 달려들었다.

흉조가 마술검사가 있는 쪽으로 몸을 튼 모습을 조금 떨어진 곳에서도 확인할 수 있었다.

그 틈을 타 숏컷으로 설정해 둔 아이템을 사용했다. 띠링, 하는 맑은 종소리와 함께 세 마리 늑대가 나타났다.

단숨에 몰아붙이고자 전방을 확인했는데, 갑자기 상황이 바뀌었다.

눈앞에 있는 흉조가 자신에게 달려드는 마술검사를 무시하고 이쪽을 향해 몸을 틀었기 때문이다. 원인이 무엇인지는 알 수 없다.

다만 모종의 행동이 흉조의 신경을 거스르게 한 모양이었다.

이쪽으로 몸을 틀면서 뿜어져 나오는 살기가 화면 너머에서도 느껴지는 것 같았다.

이런, 그렇게 생각한 순간에 흉조가 도약했다.

무시무시할 정도의 도약력을 선보이며 서로간의 거리를 삽시간에 줄였다. 손에 쥔 지팡이를 냅다 휘둘렀다.

지팡이이기는 해도 일반 검보다 훨씬 더 무시무시한 공격력을 자랑하는 흉기다.

반사적으로 땅바닥을 굴렀다.

타이밍이 나쁘면 달아난 곳까지 공격 범위에 닿는 무시무시한 공격이 이어졌다. 이제 막 나타난 늑대들이 날아가 버렸지만, 그래도 이쪽은 아무런 피해 없이 가까스로 빠져나왔다.

하지만 흉조는 거기에서 그치지 않았다.

정말 끈질기게 몇 번이고 지팡이를 휘둘러 댔다.

구르기로 도망치는 것보다 지팡이가 닿는 범위가 더 넓기에 쉽사리 뿌리칠 수 없었다.

더군다나 임팩트가 발생하는 순간과 무적 시간이 딱 들어맞지 않으면 회피에 전념해도 쉽게 당하기 일쑤다.

그 일격은 한 번에 이쪽 HP의 대부분을 앗아갈 만큼 강력하다. 아직 몇 번밖에 쓸 수 없는 회복 수단을 써 봤자 어차피 회복하는 동안 추가 공격 세례를 받고 그대로 순삭당하는 결말로 이어질 뿐이다.

이건 절대로 맞아서는 안 된다.

단순히 버튼을 연타하기만 해서는 안 된다. 미묘하게 타이밍을 어긋나게 만들어 상대의 공격을 끝까지 지켜본 다음 피해야 한다.

필사적으로 박자를 맞추며 구르기를 거듭하던 와중에 느닷없이 바닥이 사라졌다. 와타루의 캐릭터는 절벽 아래를 향해 거꾸로 떨어지고 말았다.

『우와아아아아~~~~악!』

단말마의 비명소리와 함께 화면에 빨간색 글자로 'YOU DIED' 가 표시되었다.

와타루는 긴장의 끈이 풀리자마자 화면 밖에서 커다랗게 한숨을 내쉬었다.

"아아~~~~! 역시나 막다른 곳에 몰리면 법사캐는 약하네."

화면 속에 몰두했던 정신이 다시 현실로 돌아왔다. 아파트의 익숙한 방 풍경이 펼쳐졌다.

게임 안에서 이제 막 발을 들이려던 스톰빌 성과는 비교조차 할 수 없지만, 이곳은 아이다 와타루가 자취 중인 자신만의 성이다.

와타루는 딱히 미니멀리스트가 아니지만.

방 내부가 별다른 물건도 없이 썰렁하다는 점은 분명했다.

그럼에도 텔레비전과 외장 스피커 세트, 오랜 시간 앉아 있어도 편안한 좌식 의자와 쿠션 등 게임을 플레이하는 데 필요한 물품만큼은 충분히 잘 갖춰져 있었다.

와타루는 게임을 유일한 취미로 가진 자신을 이러한 방 분위기가 충실하게 잘 표현해 주는구나 싶어 묘한 감탄을 느꼈다.

특히나 지금 플레이 중인 'ELDEN RING' 은 최근 몇 년 동안 전례가 없었을 만큼 푹 빠진 상태였다. 그야말로 일과 생활에 필요한 최소한의 시간을 제외하면 거의 대부분을 이 게임을 플레이하는 데 쏟아붓고 있었다.

다행히도 PS5를 입수하여 PS5판으로 플레이하고 있는데, 그 스펙을 활용하여 수려한 그래픽으로 구현된 필드는 그냥 돌아다니기만 해도 절로 감탄이 나올 지경이었다.

특히나 대부분의 필드에서 보이는 황금 나무의 자태는 어느 장소에서 가장 예쁘게 잘 보이는지 한번 뒤져 보고 싶다는 마음이

들 만큼 아름다웠다.

사실 아까 싸웠던 흉조—— 멀기트는 극초반에 등장하는 보스다.

게임에 푹 빠진 것치고는 공략 진척 상황이 지지부진하게 보일지도 모르지만, 사실 이 캐릭터는 서브 캐릭터다.

게임을 한 차례 클리어하고 나면 그동안 키워 온 캐릭터로 다시 처음부터 2회차 플레이도 할 수 있다. 하지만 진정으로 게임을 처음부터 다시 플레이하고 싶었던 와타루는 즉각 서브 캐릭터를 만들었다.

메인 캐릭터가 근접 타입이었기에 서브 캐릭터는 지력에 집중했다. 솔직히 말해서 초반에 마술을 메인으로 삼기에는 상당히 난이도가 높아 보였다.

늘 FP를 소비해 가며 싸워야 하지만 저레벨일 때는 FP량도 적다. 게다가 초반에는 회복할 수 있는 성배병도 적어서 FP는 금세 바닥을 드러내곤 한다.

근접 타입은 사각에서 치명적인 일격을 노리거나 상대의 공격을 흘린 직후에 빈틈을 노려 일격을 가할 수 있는 등, 전투 기술 이외에도 다양한 수단과 방법을 강구할 수 있다. 하지만 그에 반해 지력에 특화된 원거리 타입의 경우는 마술 종류를 많이 익히지 못한 상태라면 전략의 폭이 제한될 수밖에 없다.

한 차례 게임을 클리어한 와타루로서도 몇 번이나 난감한 상황을 겪곤 했었다. 하지만 고생은 했어도 힘들다는 생각은 조금도 들지 않았다.

FP가 바닥을 드러낼 것 같으면, 근접 타입 캐릭터로 플레이했을 적에는 거의 사용한 적 없는 아이템 등의 도움을 받으며 어찌어찌 돌파해 왔다.

마치 전혀 다른 새로운 게임을 플레이하는 것처럼 완전히 다른 종류의 만족감이 들었다. 메인 캐릭터를 플레이하는 동안에는 맛보지 못했던 엘든 링의 새로운 일면임이 분명했다.

그리고 수려한 경치를 만끽하고 싶을 적에는 메인 캐릭터의 데이터를 불러와 별다른 목적도 없이 틈새의 땅을 정처 없이 돌아다니곤 했다.

그만큼 와타루는 이 엘든 링이라는 게임에 푹 빠져들었다.

"하아, 힐링되네……. 현실에서 일어났던 여러 불쾌한 일들이 눈 녹듯 사라지는 것만 같아……."

이제 막 멀기트에게 순삭당한 참이지만, 현실의 굴레에 비하면 한두 차례의 게임 오버는 오히려 포상이나 다름없었다.

와타루가 일하고 있는 회사는 칸토 지역의 소도시—— H시에 자리한, 사무 용품을 중점적으로 취급하는 리스(장기 렌탈업) 회사다. 회사명은 '이츠키 리스'.

소속은 영업직이다.

실제로 와타루에게는 바로 이 점이 고민거리였다.

"……난 솔직히 영업직과는 안 어울린단 말이지."

게임을 재개한 와타루는 멀기트와의 싸움에 임하며 그렇게 중얼거렸다.

딱히 하고 싶어서 택한 일은 아니다. 취업 활동 중에 입사할 만한 회사가 이츠키 리스밖에 없었기 때문이다.

물론 보람을 느끼며 일하는 사원도 있을 테니, 그런 식으로 말하면 그 사람에겐 미안하겠지만 어쨌거나 자신과 맞지 않는 일이었다.

원래 세상일이라는 것이 억지로 해서 잘될 리가 없다.

가장 큰 문제는 와타루 본인이 화술에 자신이 없다는 점이다. 영업직이면서도 다른 사람과 대화를 주고받는 것이 서툴렀다. 같은 회사 사원 중에는 말주변과 친화력이 좋아 계약을 따내는 사람도 있다. 마음에도 없는 말을 능청스럽게 떠벌리며 고객으로부터 계약을 따내는 것이다.

연수 중에 그 과정을 옆에 앉아 견학해 본 적이 있었는데, 와타루에게는 마치 다른 차원에서 일어나는 일 같았다.

당연하게도 실적은 밑에서부터 헤아리는 것이 빠를 만큼 바닥을 맴돌았고, 오늘도 직장 동료로부터 싫은 소리를 들은 참이었다.

스스로 생각해도 조금 한심하지만, 좋아하는 게임을 마음껏 즐기는 생활을 이어 나가려면 어쩔 수 없이 일해야 하는 것이라 결론짓고서 하루하루를 살아갔다.

회사에 가서는 잘리지 않을 정도로만 일을 했고, 집으로 돌아온 뒤에는 마음껏 게임에 몰두했다.

그것이 아이다 와타루의 일상이었다.

◆◆◆

그러던 또 어느 날.

와타루는 일을 마치고 집으로 돌아왔다. 시간을 쓸데없이 낭비하기 싫었기에 식사는 기본적으로 편의점 주먹밥이나 샌드위치로 때우는 경우가 많았다.

게다가 집에 온 뒤에는 넥타이만 헐렁하게 풀 뿐, 입은 정장조차 제대로 벗지 않았다.

그러고는 곧바로 텔레비전과 PS5 전원을 켜고 엘든 링을 실행하는 것이 평소 루틴인데, 오늘 밤에는 그 움직임이 평소와 달리 굼떴다.

"으~. 긴장되네……!"

평소와는 다른 심경으로 게임을 실행한 다음, 가고자 하는 축복까지 곧바로 이동했다. 그러고는 평소와는 다른 행동을 취했다.

그 행동은 땅바닥에다 '빛바랜 자의 갈고리 손가락' 을 사용하여 소환 사인을 작성하는 것이었다.

『이쪽은 준비 다 됐어요.』

뒤이어 스마트폰으로 문자를 보냈다.

그러자 화면에 '소환되고 있습니다.' 라는 메시지가 표시되며 로딩 화면으로 넘어갔다.

다시 게임 화면이 표시되었을 때, 와타루의 캐릭터는 옅은 노란색 막으로 뒤덮인 듯한 색을 띠고 있었다.

평소와 다름없는 경치가 펼쳐졌지만 이곳은 와타루의 세계가 아니다. 다른 플레이어가 즐기는 엘든 링의 세계다.

——요컨대, 멀티 플레이였다!

원래 와타루는 솔로 플레이만 즐겨 왔기에 지식으로서는 알고 있어도 실제로 멀티 플레이를 시도해 보기란 이번이 처음이었다.

낯을 가리는 성격의 와타루로서는 알지도 못하는 사람과 같이 멀티 플레이를 하는 건 부담스러웠다. 학생 시절의 지인 중에서 엘든 링을 할 만한 사람도 대충 짐작은 갔지만, 학교를 졸업한 후에는 관계가 완전히 소원해진 상태였다.

그런 상대에게 '야, 엘든 링 같이 할래?' 라고 말을 걸기에는 역시나 부담스러웠다.

애초에 솔플로도 충분히 만족스러웠기에 굳이 멀티 플레이를 해야겠다는 생각 자체를 하지 못했었다.

지금도 썩 그렇게까지 하고 싶다는 생각은 들지 않았다. 하지만 그럼에도 멀티 플레이가 엘든 링의 일부임은 분명한 사실이다.

자신이 좋아하는 것을 구석구석 모조리 맛보고 싶은 와타루였기에 또 한편으로는 가슴이 진심으로 설레기도 했다.

상대 플레이어의 캐릭터가 눈앞에 나타났다.

소환된 쪽은 와타루였기에 '나타났다.' 라고 해야 할 쪽은 오히려 와타루였지만.

『어이, 내 말 들려~?』

음성 채팅 기능을 활성화했기에 컨트롤러에서 상대방의 목소리가 들려왔다.

"아, 네. 고생, 많으십니다."

익숙하지 않았기에 어떤 반응을 해야 할지 고민한 끝에 그럭저럭 무난한 대답을 골라서 말했지만, 상대방은 채팅 너머로 그 말을 듣고는 뿐었다.

『야, 지금이 무슨 업무 중이냐! 편하게 해 편하게. 애초에 도움을 받는 쪽은 나거든?』

“아, 그게, 좀 익숙하질 않아서요.”

『으~음. 뭐, 됐어. 어차피 게임이니까 마음 편하게 가자고.』

“네, 네에. 그렇게 할게요. 저어, 음성 채팅하는 데 문제는 없으시죠?”

『그럼. 가르쳐 준 대로 했거든. 문제없이 잘 들려. 만약 무슨 문제가 생기면 폰으로 대신 해 줘.』

“아, 네. 알겠습니다.”

상대방은 와타루와 같은 직장 동료였다.

다만 얼마 전에 와타루에게 싫은 소리를 한 사람과는 별개의 인물로, 같은 부서에 소속된 직장 선배, 카시마 레이토였다.

와타루의 성격은 본인이 생각하기에도 수수한 편이며, 겉모습 또한 살짝 과장을 보태서 수수한 편이다.

그에 반해 레이토는 영업직답게 항상 차림새가 말쑥한 데다 청량한 느낌이 감도는 꽃미남이다. 게다가 성격도 밝아서 직장 동료들과도 늘 즐거운 기색으로 담소를 나누고 인기도 많다.

다만 와타루 본인은 그간 레이토와 거의 대화한 적이 없었다.

딱히 레이토로부터 불쾌한 짓을 당한 적은 없다. 그저 와타루가 일방적으로 불편하게 여기며 꺼릴 뿐이었다.

앞서 말했다시피 레이토는 용모도 수려한 편이고 차림새도 말끔하며 늘 자신감 넘치는 모습을 보이고 있다. 와타루의 눈에는 마치 자신과는 완전히 다른 세상에서 사는 사람으로밖에 보이지 않았다.

주관적인 선입견에 불과하지만, 와타루는 레이토처럼 쾌활하고 인싸 같은 인물은 완전히 천적이었기에 최대한 다가가지 않고자 했다.

그런 레이토가 오늘 느닷없이 와타루에게 말을 걸었다.

저기, 나한테 엘든 링 좀 가르쳐 주지 않을래?——라고 말이다.

와타루의 입장에서는 깜짝 놀랄 일이었다.

이유를 물으니, 평소 뚱한 표정을 짓는(것처럼 보이는) 와타루가 점심시간 중에 태블릿을 보며 히죽거리는 모습이 눈에 들어왔다고 한다.

레이토가 신기하게 여겨 뒤쪽에서 태블릿 화면을 보았더니, 마침 엘든 링 요약 사이트를 보는 중이었다나 뭐라나.

인터넷상에서는 탐구와 빌드 업데이트 등이 매일같이 갱신되고 있다.

괜히 싸움이 나거나 비난의 타깃이 되는 건 귀찮았기에 와타루 본인이 작성한 적은 없지만, 다른 플레이어의 사고방식이나 스탠스, 스토리에 관한 탐구를 보는 것은 좋아했기에 점심시간 중에는 주로 그러한 사이트를 서핑하며 시간을 보내곤 했다.

레이토는 그 모습을 보고는 '아, 이 녀석. 엘든 링을 하고 있구나.' 라고 여긴 모양이다.

참고로 와타루로서는 자신의 그런 모습을 설마 누가 보았으리라고는 꿈에도 몰랐기에 부끄러웠던 나머지 머리를 싸쥐고 싶은 심정이었다.

그랬던 와타루가 도망치고 싶은 심정을 애써 억누르며 레이토의 요청을 받아들인 건, 그가 자신에게 도움을 구한 이유에 감탄했기 때문이었다.

두 사람이 집합한 장소는 끔찍한 흉조, 멀기트가 있는 축복이었다.

요컨대 레이토는 이미 멀기트를 클리어했다는 말이 된다.

겉모습만 보면 게임과는 인연이 없을 것 같았던 레이토는 역시나 이런 부류의 게임을 플레이한 건 이번이 처음이라고 한다.

사실 멀기트를 잡은 것도 자기 나름대로의 까닭이 있었다.

애당초 몇 번을 시도해도 멀기트한테 당하기 일쑤였던 레이토는 즉흥적으로 다른 플레이어에게 도움을 받기로 했다.

일반적으로 멀티 플레이에서는 레벨이 비슷한 수준대의 플레이어가 소환된다.

하지만 소환에 응한 플레이어는 이런 부류의 게임에 익숙했는지, 아니면 와타루와 마찬가지로 서브 캐릭터를 만든 고수였는지, 어느 쪽이든 간에 호스트인 레이토가 전혀 손쓸 새도 없이 혼자 활약을 펼치며 멀기트를 잡아 버렸다는 모양이다.

그렇게 공략이 진행되었지만, 막상 호스트인 레이토는 전혀 즐겁지 않았다고 한다.

뒤이어 스톰빌 성에 들어가서도 계속 애먹는 상황이 이어져 지금에 이르렀지만, 단순히 거들어 달라기보다는 이 게임의 요령을 가르쳐 주었으면 싶다는 것이 레이토의 요청이었다.

일반적으로 애먹는 적을 누가 대신 손쉽게 잡아 주면 편하다.

하지만 레이토는 이 게임의 그러한 난관 또한 즐기고 싶다는 모양이었다.

같은 게이머로서 그 마음가짐이 기뻤다. 게임과는 별로 인연이 없어 보였던 레이토의 입에서 그런 말을 들었던 만큼 더더욱 말이다.

그렇기에 '설마 별로 친하지도 않은 직장 동료와 같이 멀티 플레이를 하게 될 줄이야.' 라는 중압감을 견디며 이번 초대에 응한 와타루였다.

"자, 자, 잘 부탁, 드립니다!"

『왜 가르침을 받는 나보다 네가 더 긴장하는 건데?』

"아, 아뇨. 이건 제 성격이 원래 그래서요!"

아, 왜 자신은 이리도 말이 서투르단 말인가.

상대는 보나 마나 이상한 녀석이라 여기고 있을 텐데.

코치 역할을 제대로 수행하고 싶다는 마음이 드는 한편으로 자신의 서투름 때문에 암담한 기분이 드는 와중에.

『너, 이제 보니 꽤 재미있는 녀석이었잖아? 지금까지 대화를 나눈 적이 없어서 잘 몰랐었는데, 이럴 줄 알았으면 진작에 말 좀 붙여 볼 걸 그랬나 봐.』

라는 말씀을 내리셨다.

'이분은 신인가요?!'

와타루에게 레이토는 지금껏 자신과는 거의 인연이 없었던 부류의 사람이다. 그런 그로부터 이렇게나 다정한 말을 들을 줄은 꿈에도 몰랐다.

'엘든 링을 하길 잘했어~~!'

와타루는 본인이 느끼기에도 참 단순한 녀석이라는 생각이 들었지만, 레이토의 말을 듣고는 의욕이 솟구치며 최대한 도움이 되고자 플레이에 집중했다.

◆◆◆

끔찍한 흉조, 멀기트의 축복에서 레이토와 합류한 와타루는 곧바로 강사 역할을 시작했다.

먼저 레이토의 장비 상황부터 확인했다.

시작 시의 출신으로 방랑기사를 고른 모양이었다. 장비는 초기 장비를 차고 있었다. 밸런스가 좋고 초보자도 플레이하기 편한 출신이다.

캐릭터 네임은 'Ray' 였다.

그대로 번역하자면 '광선' 이라는 뜻을 가진 단어인데, 어쩌면 본명에서 그대로 따왔는지도 모른다.

'왠지 좀 멋있잖아. 부러워.'

그것이 와타루의 솔직한 심정이었다.

참고로 와타루는 혹시나 싶어 메인 캐릭터를 데리고 왔다.

게임을 시작할 당시에 출신으로 무사를 선택했지만, 게임을 한 차례 클리어할 때쯤에 이르러서는 '이게 어딜 봐서 무사냐?' 라는 소리가 나올 정도로 무사와는 완전히 동떨어진 모습이 되고 말았다.

원래 같았으면 일본식 갑주를 계속 쓰고 싶었다.
하지만 일본식 방어구는 수가 한정되어 있었기에 땅 잃은 기사 세트를 맞췄다.
무기는 '도(刀)' 로 분류된 시산혈하를 사용하는 중인데, 무사답다고 할 만한 부분은 이 점이 유일하다고 할 수 있을 테지.
하지만 이것 또한 '일본도' 의 분류에 넣어 보자면 고개를 갸웃거릴 수밖에 없다.
참고로 캐릭터의 이름은 'W' 다. 딱히 무슨 코드 네임은 아니다. 와타루의 머리글자에서 따왔을 뿐이다.
지금 와서 생각해 보면 이름과 캐릭터를 조금 더 공들여 지었으면 어땠을까 싶기도 하지만, 엘든 링을 구입했던 날에는 1초라도 빨리 게임을 하고 싶어서 그 부분은 죄다 대충 넘기곤 했었다.
'나도 화장 기능을 사용해서 그 부분을 다시 설정해 볼까.'
와타루는 레이토를 보면서 조금 반성했다.
『네 장비, 멋있는데! 게임을 더 진행하다 보면 나도 그런 걸 모을 수 있을까?』
"네. 보물 상자 외에도 적이 드롭하는 장비도 있거든요. 인내심이 조금 필요하기는 하지만 일단 입수할 수는 있어요."
『이제 즐길 거리가 하나 더 늘었군.』
"그, 그럼요! 적을 잡았을 때 확률적으로 드롭하는 경우에만 입수할 수 있는 장비도 잔뜩 있거든요. 정말 파도 파도 끝이 없을 지경이죠!"
자신이 좋아하는 게임에 관해 자기도 모르게 말이 많아지는 것은 게이머의 본능이다. 그런 와타루를 보며 레이토가 자그맣게 웃었다.

『회사에 있을 때랑은 비교도 안 될 만큼 말수가 많아지네?』

"아, 죄송해요. 제가 말이 너무 많았죠?"

『아니야. 그게 아니라고. 말해 주니까 좋다는 뜻으로 한 말이었어.』

"그, 그래요?"

『그래. 물론 귀여운 여자애였다면 더 좋았을 테지만. 어쨌거나 남녀 상관없이 다른 사람과 친해지면 즐겁잖아?』

"그게, 저는, 잘 모르겠네요."

『그래? 뭐, 그건 사람마다 다 다르니까. 어쨌거나 네가 말을 해 주니 난 좋아. 그 점은 꼭 기억해 줘.』

"아, 네. 그럼, 가 볼까요?"

『좋아. 잘 부탁해!』

역시나 인싸답게 친화력이 장난 아니었다.

인간관계 능력 수준이 하늘과 땅 차이였다.

분명 친화력 만렙을 찍었음이 틀림없다고 멋대로 납득한 와타루는 레이토를 데리고 스톰빌 성안으로 걸음을 옮기기 시작했다.

올려다봐야 할 높이의 성벽이 눈앞에 우뚝 서 있었다.

삭아 가는 돌바닥으로 이루어진 비탈길을 오르자, 견고한 성문이 플레이어의 앞을 막아섰을―― 터였지만, 와타루는 가까워지는 성문을 보고는 "어라……?" 하고 자기도 모르게 목소리를 냈다.

『왜 그래?』

"아, 그게, 성문이, 왜 열려 있냐 싶어서요."

멀기트를 잡았다고 곧바로 스톰빌 성으로 침입할 수는 없다.

그곳에는 매운맛으로 유명한 프롬 소프트웨어답게, 마치 플레이어를 거부하려는 듯 성문은 튼튼한 쇠창살 문으로 굳게 잠겨 있기 때문이다.

수많은 플레이어는 어디로 침입해야 할지 몰라 멀기트를 상대로 힘겨운 승리를 거두었다는 성취감을 안은 채 시시한 탐색을 이어 나가게 된다.

하지만 레이토의 세계에서는 정면에 있는 성문이 열려 있었다.

게임을 더 진행하다 보면 정문을 개방할 수도 있다. 하지만 레이토가 거기까지 진행했다고 보기는 도무지 어려웠다.

그렇다면 남아 있는 가능성은, 하나뿐이다.

"혹시, 고스토크에게 말을 걸어서 정문으로 들어가겠다는 선택지를 고르셨나요?"

『고스토크? 그 탈주한 죄인처럼 생긴 녀석? 응, 그랬지.』

"대, 대체 왜……."

레이토의 대답에 와타루는 곧바로 그의 플레이 상황을 파악했다.

『그야, 구린내가 풀풀 풍기잖아?』

지극히 정론이었다.

"하긴, 누가 봐도 수상하긴 하죠. 게다가 그 녀석이 샛길을 알려 주고 나면 성가신 장난질을 부리고요."

『장난질?』

"네. 카시마 씨, 이미 몇 차례 죽으셨으리라 보는데요. 원래 룬을 회수하면 100퍼센트 찾을 수 있잖아요. 하지만 고스토크가 샛길을 알려 주었을 경우, 그 녀석은 플레이어가 죽을 때마다 룬을 30퍼센트 가량 훔쳐 먹죠."

『뭐? 룬이, 줄어든다고?!』

"네. 아, 샛길을 거부하면 괜찮지만요."

『하지만 그렇다고 정문으로 들어가면 벌집이 되던데?』

어디서 막혔나 싶었는데, 듣고 보니 당연히 막힐 만했다.

스톰빌 성은 정문으로 들어갈 수도 있지만, 그럴 경우에는 버거운 적들이 만반의 준비를 하고서 기다리고 있다.

게다가 강력한 발리스타와 화염 방사기도 설치되어 있기에, 레벨이 어지간히 높은 캐릭터가 아닌 한은 통과하기가 어렵다.

"그건 그래요……. 원래 이 게임은 어려워 보이는 길과 간단해 보이는 길이 있으면, 어려워 보이는 길은 대충 말도 안 될 정도로 어려우니 말이죠."

『너한테도 어려워?』

"이 캐릭터는 한 차례 클리어를 해서 꽤 강해진 편이지만, 그래도 1회차였다면 거의 불가능하다고 할 수 있죠."

엄밀히 말해서 와타루와 레이토는 데이터상으로 레벨 차이가 많이 나기에 와타루의 캐릭터는 능력치가 뚝 떨어진 상태였다.

그럼에도 스킬이나 전투 기술을 구사하여 억지로 뚫고 지나갈 수는 있을 테지만, 그런 짓을 1회차에 하는 것은 생각하기도 싫었다.

『호오? 그럼 수상하든 말든 간에 확실한 방법을 선택하는 게 좋다는 말이야?』

“기본적으로는 그 패턴이 많죠. 일단 어려운 길은 테크닉에 자신이 있는 사람이 자신의 실력을 시험해 보려고 이용하는 경우가 많으니까 가급적 피하는 게 상책이거든요.”

이 게임은 자유도가 대단히 높다.

지나칠 정도로 높지만, 정해진 루트에서 벗어나면 엄청난 난관에 봉착하기 일쑤다.

『그럼 이제 어쩌지? 다시 말을 걸어도 샛길을 가르쳐 주진 않던데?』

“그건 이미 그 루트로 들어가서 그래요. 하지만 괜찮아요. 그냥 가면 되거든요.”

『어? 그래도 돼?』

“오히려 앞으로는 죽어도 룬을 빼앗기지 않아요. 우연이기는 하지만 가장 현명한 선택지를 고른 셈이라 할 수 있죠.”

『진짜?! 그거 운이 좋은데? 몇 번이고 걸레짝 신세가 된 보람이 있었어.』

“걸레짝 신세라…….”

그 광경이 눈에 선했다.

아마 전후좌우에서 인정사정없이 달려드는 잡몹들에게 박살이 났을 테지. 이 게임은 여러 적에게 동시에 둘러싸이면 정말로 위험하니까.

“뭐, 어쨌거나 빠져나갈 길은 제가 안내해 드릴 테니, 이만 가 볼까요?"

레이토의 상황을 파악한 와타루는 마침내 스톰빌 성 공략에 착수했다.

◆◆◆

정문 옆에 있는 작은 방은 바깥과 접한 벽에 커다란 구멍이 뚫려 있고, 그 구멍을 통해 별도의 루트로 이어지게끔 되어 있다.

일반적으로 이러한 별도의 루트를 발견하기만 하면 '여기가 통로다.' 라는 사실을 한눈에 알 수 있는데, 엘든 링은 이런 부분 또한 인정사정없었다.

구멍을 빠져나오면, 길이라기보다는 처마 내지는 단순히 벽에 튀어나온 '돌출부' 에 가까운 것이 나온다.

도저히 길이라고 하기 힘든 그것에 올라타 좁은 길을 나아가야 한다.

한 발짝 잘못 내디디기만 해도 아래로 추락하는 발판을 지나면 성벽이 커다랗게 뻥 뚫린 곳이 나온다. 그리고 그 너머에 있는 발판으로 나아갈 수 있게끔 되어 있다.

이와 같이 뻥 뚫린 부분은 성 곳곳에서 볼 수 있으며, 비스듬한 각도로 평행하게 세 군데가 뻥 뚫려 있다. 아마 과거에 일어났던 커다란 싸움에서 남은 잔해일 테지.

『……실화냐?』

레이토의 그런 반응도 당연했다.

하지만 그럼에도 이곳이 정규 루트 중 하나라는 증거로, 발을 들인 곳에는 적이 떡하니 배치되어 있었다.

와타루는 주의를 줄까 말까 잠시 고민했지만, 레이토가 그곳에 발을 들이는 모습을 일부러 가만히 지켜보기로 했다.

그 직후.

『우왓, 뭐야, 이거?!』

레이토가 소리를 질렀다.

사각에서 날아든 대형 맹금류가 레이토의 캐릭터를 습격하는 장면이 화면에 펼쳐졌다.

와타루는 침착하게 무기를 바꿔 장궁을 겨눈 뒤, 복잡한 궤도를 그리며 날아드는 맹금류를 한 방에 격추시켰다.

『후우, 이런 적도 있구나.』

"앞으로도 종종 나올 거예요. 다들 이 녀석을 참 싫어하더라고요."

그야 머리 위에서 날아드는 데다, 한 번 공격을 가하면 냉큼 벗어나 거리를 벌리니까 말이다. 공격하려고 해도 금세 날아오르기 때문에 좀처럼 대응하기 힘들다.

방랑기사의 초기 장비인 히터 실드는 튼튼하지만, 레벨이 낮으면 스태미나가 금방 바닥나기에 무방비해진다. 지금 레이토의 캐릭터로는 가드 카운터를 구사하기 아직 힘들 테지.

사전에 주의를 촉구할까 싶은 생각이 잠시 들었지만, 한번 그랬다간 앞으로 수도 없이 그래야 한다. 결국 레이토로부터 깜짝 놀라는 재미를 앗아 가는 것만 같아 가만히 있기로 했다.

'멀티 플레이도 생각보다 참 어렵네.'

그렇지만 모처럼 좋은 기회였기에 할 수 있는 것은 최대한 해 보기로 했다.

"이 앞에 축복이 있으니 잠시 한숨 돌릴 수 있어요."

엘든 링의 '한숨 돌린다.'는 휴식을 취할 수 있다는 말이 아니다.

축복을 개방한 상태라면 죽어도 거기에서 다시 시작할 수 있다는 최소한의 보험이다.

하지만 스톰빌 성 공략은 지금부터가 본격적인 시작이었다.

◆◆◆

축복 '스톰빌 절벽'은 성 뒤편으로 돌아간 곳에 있다.

과거에 대체 무엇과 싸웠는지, 견고한 성벽은 여러 개의 구멍이 뻥 뚫린 채 무참한 모습을 드러냈다.

그 상흔을 바라보며 그 앞에 있는 나무로 된 계단을 타고 올라가면 성안으로 들어갈 수 있다.

계단이라고는 해도 벽에다 나무판자를 박아 넣어 만든 조잡한 것으로, 발밑에는 구멍이 숭숭 뚫려 있고 난간은 기대조차 할 수 없다.

게다가 적도 배치되어 있기에 이 좁은 곳에서 난전이 벌어지기도 한다.

익숙하지 않은 상태라면 낙사할 우려가 있기에 심장 쫄깃한 느낌을 받으며 게임을 플레이해야 한다.

하지만 의외라고 말하면 실례일지도 모르지만, 레이토는 와타루의 생각보다 능숙하게 캐릭터를 조작했다. 이와 같은 험난한 곳의 난관도 잘 즐기는 기색이었다.

『이 정도면 문제없겠어!』

레이토는 그렇게 말하며 브로드 소드를 힘껏 휘둘렀다.

도보다 묵직한 모션을 통해 펼쳐지는 공격이 적 하나를 해치웠다.

상대의 절반은 병사조차 아닌, 고스토크와 같은 죄인 같은 차림새의 잡몹이다.

엄폐물 뒤에 숨어 나이프로 한 차례 찌르기 공격을 가하는 등의 기습 공격만 조심하면 뉴비라도 그리 상대하기 힘든 적은 아닐 테지.

안으로 들어서면 내부가 복잡한 구조로 되어 있기에 와타루가 앞장섰다. 그러던 와중에 작은 방에 배치된 무척 강력한 적――땅 잃은 기사에게 1패를 당했다.

다시 스톰빌 절벽까지 되돌아왔지만, 레이토는 오히려 분발하며 곧바로 복수전을 감행했다. 그리고 이번에는 돌파하는 데 성공했다.

"해내셨네요. 이 너머에 있는 다음 축복까지 가려면 좀 거리가 있지만, 아까 그 땅 잃은 기사는 한 번만 잡아도 되니까 실질적으로는 진전했다고 할 수 있죠."

『아, 이 열쇠는 죽어도 수중에 남는구나.』

"맞아요. 어떻게 보면 이 게임은 숱한 죽음을 통해 죽어도 리셋되지 않는 강적이나 아이템 등의 요소를 모아 나감으로써 한 걸음씩 진행한다고 볼 수도 있죠."

『그렇군. 이거 참 여러모로 고마워. 나 혼자였다면 앞뒤 분간도 못 했을 테니까.』

"도움이 되셨다니 다행이네요."

『아까도 말했다시피 회사에 있을 때랑은 이미지가 영 딴판인데?』

"저요?"

『그럼. 얼마나 듬직한지 몰라.』

"어, 그게……."

다시금 그런 말을 듣자 와타루는 정신을 차렸다.

"뭐, 뭐어, 엘든 링이랑 관련된 일이라면 자신감이 생긴다고나 할지, 이 게임 덕분에 스스럼없이 말을 붙일 수 있게 됐다고나 할지."

『그만큼 이 게임에 푹 빠졌나 봐?』

"좀 그렇죠? 제가 봐도 어른스럽지 못한 것 같지만요……."

『아무렴 뭐 어때? 좋아하는 것이 있는 건 좋은 일이라고 봐.』

별 대수롭지 않다는 투로 말하기는 했지만 와타루로서는 레이토가 해 준 말이 기뻤다.

인터넷상이라고는 하지만 자신이 다른 사람과 이런 식으로 함께 시간을 보내리라고는 상상조차 못 했다.

그렇지만 즐거웠다.

엘든 링이 이렇게까지 매력적인 게임이 아니었다면 분명 레이토 또한 빠져들지 못했을 테지.

그렇게 생각하니 엘든 링이 무척이나 고마웠다.

『좋~았어. 팍팍 공략해 보자고!』

두 사람은 스톰빌 성 중심부를 향해 공략을 이어 나갔다.

여세를 몰아서 나아간 두 사람은 성벽 탑 축복까지 다다랐다.

나선 계단을 타고 올라가는 그 탑은 원통형의 커다란 건물로, 내부에 있는 어느 조악한 방에 축복이 있다. 와타루는 스톰빌 성에서 이곳을 상당히 중요한 분수령이라고 여겼다.

이 축복은 일직선으로 이어지는 루트 중간에 있는 것이 아니다. 이 축복을 기점으로 루트가 여러 갈래로 분기하기에, 이곳은 스톰빌 성의 다양한 장소로 갈 수 있는 공략 거점이 된다.

와타루로서는 레이토를 어디까지 거들어야 할지 고민이 드는 참이었다.

스포일러를 주의하고는 있지만 어쨌거나 거들고는 있기에 혼자서 나아갈 때보다는 진척 상황이 훨씬 수월해졌다.

하지만 오히려 반대로, 갖은 고생을 거치며 나아가는 동안 느끼는 이 게임의 재미를 혹여나 자신이 반감시키고 있지는 않을까 싶은 걱정도 들었다.

아니면 차라리 스톰빌 성을 깔끔하게 포기하는 건 어떨까? 이곳은 초반에서 가장 흥미진진한 장소가 맞지만, 그간 와타루가 익힌 요령들을 전수함으로써 레이토가 이후에 솔로 플레이를 즐길 수 있도록 하는 방법도 고려해 볼 수 있다.

'내 지나친 생각일지도 모르겠지만…….'

어차피 게임이니까 즉흥적으로 즐기면 그만일지도 모른다.

하지만 와타루에게는 이러한 사소한 부분이 무척이나 신경 쓰였다.

어쨌거나 이곳은 하나의 분수령이다.

이 에어리어를 클리어하고 나면 엘든 링의 기본은 터득할 수 있으리라 보기 때문이다.

"여기서부터 제법 빡세긴 한데, 준비는 다 되셨나요?"

『빡세다고? 무슨 강한 적이라도 나오나 봐?』

"보스가 나오기는 해요. 하지만 앞으로도 써먹을 수 있는 요령 등을 보여드릴 수 있으니 참고에 도움이 되지 않을까 싶어요."

『아하, 그런 건 얼마든지 환영이지. 둘이서 협력하여 공략하는 것도 생각보다 흥미진진하지만, 이대로 가다가는 버스만 잔뜩 타는 신세가 될 테니까 말이지.』

"도와드리는 것 자체야 그리 어렵지 않지만, 아무래도 자기 힘으로 나아가고 싶은 욕구도 있으니까 말이죠……."

『그래도 오늘은 무진장 즐거워. 저번에 모르는 사람에게 도움을 받았을 적에는 자기 혼자 일방적으로 멀기트를 잡더라니까.』

"이런 식으로 음성 채팅을 해야 의사소통도 할 수 있고 말이죠."

『그렇고말고! 그런 의미에서 오늘은 엄청 즐거워!』

지난번 멀티 플레이에서 모르는 사람에게 도움을 받았을 적에 미련이 어지간히도 남았던 모양이다.

"그럼 여기서부터는 제가 앞장설게요."

와타루는 레이토가 게임을 즐기고 있다는 사실에 내심 가슴을 쓸어내리며 가이드를 시작했다.

『잘 부탁해!』

"이 방에서 곧바로 나오면 아까 카시마 씨를 애먹게 만들었던 새가 세 마리 가량 대기하고 있어요."

『으엑? 그 새가 세 마리나 있다고?』

"게다가 폭발하는 나무통까지 투척해 대는 바람에 엄청 성가시고요."

『그렇겠네.』

진저리 치는 레이토의 기색이 음성을 통해서도 전해져 왔다.

"정규 루트는 아마도 그쪽이 맞을 테지만, 이 게임은 놀라울 정도로 샛길이 많단 말이죠."

『지름길로 가게?』

"네. 다만 중간에 얻을 수 있는 아이템을 포기해야 하기 때문에 일반적으로 게임을 플레이하겠다면 정규 루트로 가는 쪽을 추천하지만, 일단 지름길을 통해 안쪽에 위치한 축복까지 간 다음 다시 되돌아오는 편이 여러모로 편할 때도 있거든요."

수많은 적이 도사리고 있을 법한 장소── 예를 들어 레이토가 맨 처음 애먹었다고 하는 정문 앞의 경우에도 샛길을 통해 뒤로 나오면 만반의 태세를 갖춘 적진을 바로 뒤쪽에서 칠 수 있다.

망자 같다는 설정이라 그런지, 적의 반응은 미적지근하며 바로 옆의 아군이 쓰러졌는데 반응하지 않는 경우도 많다.

그렇게 적을 각개 격파해 나가다 보면 격전 에어리어도 비교적 수월하게 제압할 수 있다.

"뭐, 보면 아실 거예요."

와타루는 그렇게 말하고는 성벽 탑의 축복이 있는 방을 나섰다.

정규 루트인 밖으로 나간 것이 아니었다. 탑 내부로── 요컨대 되돌아가는 방향으로 향했다.

방을 나선 와타루의 캐릭터는 나선 계단을 계속 타고 오르며 더 높은 곳으로 나아갔다.

그러고는 거의 탑 꼭대기에 도달했다. 바닥은 뚫려 있지만 원래는 다락방처럼 사용했는지 이곳에는 탑 중심을 관통하는 승강기 도르래가 설치되어 있었다.

와타루는 이따금 마주치는 적을 손쉽게 처리하고 나서 좁은 통로를 통해 밖으로 나왔다.

그곳은 탑 옥상에 자리한 망루였다.

주위에는 유배병이 득시글거리기에 신중하게 행동해야 한다. 와타루는 건물 뒤에 숨어 있는 적 하나를 처치하고는 몸을 숙인 채 나아가, 서 있는 보초를 해치웠다.

사실 이 둘을 제외하면 나머지 적들은 사실상 휴면 상태이기에 명백하게 전투 상태에 접어들거나 직접 공격만 가하지 않으면 일어나지 않는다. 이곳에서도 각개 격파를 유념하는 것이 중요하다.

『여기가 지름길이야? 그런데 여긴 막다른 곳인데?』

레이토의 지적도 지당했다. 옥상은 가슴 높이까지 오는 벽으로 둘러싸여 있고 '통로'는 보이지 않았으니까.

물론 와타루가 길을 잘못 들었을 리는 없었다.

"여기 한번 보실래요?"

와타루는 그렇게 말하고는 자신의 캐릭터를 벽면의 어느 장소로 이동시켰다.

『여기? 딱히 무슨 아이템이 떨어져 있지는 않은데?』

레이토의 캐릭터가 와타루가 가리킨 장소 부근을 오가며 확인했다.

"맞아요. 아이템을 말씀드리는 게 아니거든요. 여기에 흙 포대가 쌓여 있는 거 보이시죠?"

『흙 포대? 이 포대 말이야?』

"네. 다른 곳에서도 동일하게 적용되는 사항인데, 이 게임은 원래 사물을 조금만 건드려도 부서지는 경우가 많거든요. 하지만 개중에는 부서지지 않는 오브젝트가 놓여 있는 경우가 있죠."

『아, 그러네? 올라타도 멀쩡하잖아.』

"그래서 이번 경우처럼 단순히 점프로는 뛰어넘을 수 없는 높이의 벽 근처에 이런 게 놓여 있으면, 저 같은 사람들은 '여기를 발판으로 삼아 주세요.' 라는 메시지라고 이해하죠."

『아하, 이 부서지지 않는 사물을 발판으로 삼아 살짝 높은 곳으로 올라가는구나.』

"그렇죠."

비단 엘든 링뿐만 아니라 프롬 게임은 좋은 의미에서 불친절하기에 이러한 사소한 특이점을 보고 제작자의 의도를 파악하는 것이 하나의 즐길 거리다.

고개를 끄덕이며 흙 포대를 타고 벽 위로 올라간 레이토가 불쑥 중얼거렸다.

『……아까도 든 생각이지만, 정말 여기가 맞아?』

"뭐, 따라와 보시면 알 거예요."

와타루는 익숙한 조작으로 벽 위로 올라가 앞으로 나아갔다.

그러고는 건너편과의 거리를 잠시 가늠하더니 점프했다.

향한 곳은 옆쪽 탑이었다.

와타루는 통로로 나아가지 않았다. 가느다란 벽을 타고 처마를 따라 나아가다가 인접한 다른 건물로 점프했다.

엘든 링의 캐릭터는 점프력이 그리 뛰어나지도 않기에 자칫 잘못했다가는 건물 틈새 사이로 떨어지기 십상이다.

실제로 레이토는 한 번 떨어져 멀티 플레이를 다시 접속해야 했다.

하지만 레이토는 그 험한 길을 극복하며 본인이 질색하는 맹금류 적 하나를 해치웠다. 그리고 널찍한 지붕 위로 나왔다.

『이런 데를 돌아다니는 거야?!』

지붕 위에 착지한 레이토는 놀라움, 황당함, 감탄, 그 모든 것이 뒤섞인 말을 입에 담았다.

적이 배치되어 있거나 건너편으로 점프한 곳에 아이템이 놓여 있다는 점에서도 알 수 있다시피, 이런 말도 안 되는 장소 또한 어엿한 루트로서 제작되었다.

와타루는 레이토의 그런 심정을 이해할 수 있었다.

프롬 게임을 사랑하는 와타루마저 이런 부분까지 세세하게 만드는 그 꼼꼼함에 매번 혀를 내두르니까 말이다.

와타루는 그렇게 생각하면서 앞으로 더 나아갔다.

다시 작은 틈새 하나를 건너뛰었다. 이번에는 다른 건물의 돌출부에 올라탔다. 캐릭터의 다리가 반쯤 허공으로 벗어날 것 같은, 심장 건강에 안 좋은 상황에 처해졌지만 아랑곳하지 않고 앞으로 나아갔다.

음성 채팅에서 "히엑."이나 "우왓."하는 목소리가 들려왔다. 하지만 레이토는 더 이상 의문을 표하지 않으며 얌전히 와타루의 뒤를 따라왔다.

건물을 반 바퀴 빙 도는 모양새로 불안정한 발판을 디디며 제법 나아가자, 아래쪽의 탁 트인 장소가 시야에 들어왔다.

다른 루트로 지나는 통로를 조금 위에서 내려다보는 구도였다.

그리고 그곳에 적 여러 마리가 배치되어 있음을 한 눈에 알 수 있었다.

『아, 저 짜증 나는 녀석이 여기에도 있구나…….』

그동안 같은 종류의 다른 개체에게 여러 차례 죽은 레이토가 끙끙대는 소리를 냈다.

레이토의 눈에 들어온 적은 땅 잃은 기사로 불리는 타입이다. 체력도 제법 많고 이쪽의 공격에도 움츠러들지 않는다. 게다가 인정사정없이 전투 기술을 연발하기에 익숙지 않은 플레이어라면 순삭당하고 만다.

솔직히 말해서 게임 초반의 잡몹으로 배치되기에는 반칙이 아닐까 싶을 만큼 무지막지한 적이다. 만약 정규 루트로 진행했다면 그런 상대와 정면에서 싸워야 하는 신세가 되었겠지. 하지만 지금은 그렇지 않다.

와타루는 가차 없이 무기를 장궁으로 교체한 다음 활을 겨누었다.

피잉, 하는 날카로운 소리를 내며 날아간 화살이 땅 잃은 기사의 몸을 꿰뚫었다.

땅 잃은 기사는 공격을 받고 대응 태세에 들어갔다.

원래라면 플레이어를 감지하자마자 일직선으로 달려들었을 테지만, 지금은 고저차라는 이름의 보이지 않는 방벽에 가로막힌 상태다.

이 지경이 되면 내로라하는 땅 잃은 기사도 그저 이쪽을 노려보며 좌우로 움직이기만 할 뿐 별수가 없다.

반면에 와타루는 망설임 없이 화살을 두 발, 세 발 쏘았다.

역시나 맷집이 상당해서 화살을 여러 번 쏘아야 했지만, 땅 잃은 기사는 이쪽에게 공격 한 번 가하지 못한 채 쓰러지고 말았다.

『오오! 이렇게 쉽게 잡을 수 있다니?!』

거리도 비교적 가까운 데다 엄폐물도 없기에 화살을 쏘아 맞히기는 쉽다. 화살이 다소 필요하긴 하지만, 여러 종류를 번갈아 사용하면 화살이 떨어지는 사태를 피할 수 있을 테지.

"이와 같이 이 게임은 저격 포인트가 곳곳에 마련되어 있거든요. 그러니 게임을 진행하다가 중간에 막힌다 싶으면 여기처럼 저격할 수 있는 다른 장소를 한번 찾아보시는 걸 추천드려요."

『오호라.』

"취향 문제기는 하지만, 오로지 근접전만 벌이고 싶다는 사람이 아니라면 원거리 공격 수단을 하나 정도는 마련해 놓는 것도 여러모로 편하죠."

다른 사람의 방침에 이러쿵저러쿵 참견하지 않는다.

그것은 게이머의 철칙이다. 그래도 편리한 건 분명하다.

『그렇구먼.』

와타루는 레이토를 데리고 여기저기를 돌아다니며 적을 손쉽게 해치울 수 있는 포인트를 전수했다.

물론 스톰빌 성을 공략하고 나면 더 이상 볼일이 없을지도 모르지만, 비슷한 포인트는 수도 없이 많기에 앞으로의 진행에 도움이 되리라고 생각했기 때문이다.

"신기에 가까운 테크닉으로 압살하는 플레이어도 있지만, 이 게임에서는 이와 같이 다양한 방식으로 전략을 짜서 난관을 돌파하는 것 또한 좋은 방법 중 하나죠."

이처럼 여러 가지 방향성을 모색할 수 있으면서도 각 요소들이 게임을 어그러뜨리지 않고 밸런스가 잘 잡혀 있다.

정말로 깊이가 남다른 게임이다. 와타루는 그런 점을 무척이나 좋아했다.

"참고로 저는 테크닉 자체는 평범한 축에 속해요. 정면에서 돌파하기엔 리스크가 너무 커서 상황, 자신이 가용할 수 있는 방법, 공격 수단, 언제 치고 언제 빠질지를 가늠하는 타이밍 등── 온갖 요소를 구사하여 적을 요리하는 것이 마음 편하더라고요. 여차하면 비겁한 전법도 마다하지 않고요."

정면에서 싸웠다간 곧바로 죽을 것 같은 적을 일방적으로 조금씩 깎아 나갈 때 와타루는 일그러진 쾌감을 조금 느끼곤 했다.

"크크크, 분하지?"

컨트롤러를 쥔 채 속으로 그렇게 생각하며 자기도 모르게 혼자서 악역처럼 행동한 적도 가끔 있었다.

와타루는 레이토가 자신의 말을 귀담아들어 주니 기뻤다. 설명을 이어 나가는 와타루의 목소리가 점차 열기를 띠기 시작했다.

그렇다고 너무 몰아붙이지 않게 주의하며 정면에서 치고 들어가는 방법 이외의 싸움 방식과 그 매력을 열심히 말하고 있는데, 어느 순간부터 음성 채팅 너머의 레이토가 조용해졌다.

'——아, 이런. 혼자서 너무 떠들었나?!'

와타루는 혹여나 레이토의 심기가 불편해지지는 않았을까 걱정했지만, 이어지는 레이토의 말은 생각지도 못한 것이었다.

『와~. 그렇군. 여러 가지를 모색해 보니 게임이 확 다르게 느껴져.』

순전히 감탄해서 잠자코 있었던 모양이다.

와타루는 가슴을 쓸어내렸지만, 레이토의 말은 거기서 끝나지 않았다.

『넌 게임은 이렇게나 잘하면서 영업 일은 왜 그렇게 서툴러?』

"네? 그, 그게 무슨 말씀이세요……?"

◆◆◆

한창 게임을 플레이하는 와중에.

『넌 게임은 이렇게나 잘하면서 영업 일은 왜 그렇게 서툴러?』

레이토가 느닷없이 영업 일이 서투른 부분을 지적했다.

그 갑작스러운 비약에 와타루는 화가 나기보다는 그저 어안이 벙벙할 따름이었다.

"네, 갑자기, 그, 그게 무슨 말씀인가요……?"

『그게 말이야. 네가 말한 그 내용은 영업에도 고스란히 적용되잖냐.』

너무나도 혼란스러웠던 나머지 와타루는 자신이 아까 무슨 말을 했는지 허겁지겁 곱씹어 보았다.

『요컨대, 사 주세요! 하고 대놓고 들이대 봤자, 이쪽이 권하는 상품을 때마침 상대가 원하는 상황이 아니라면 '아뇨, 됐습니다.' 로 끝나잖냐.』

세상일이 원하는 대로 돌아가는 경우 자체가 거의 없다 보니 영업직은 참으로 어렵다.

『기막힌 테크닉—— 우리의 경우에는 말주변이 능해야 하지. 그런 게 있으면 돌파할 수 있겠지만, 그래도 보통은 어렵잖아?』

"그, 그렇죠."

『그래서 말인데. 지금의 내가 게임을 진행하다가 막힌 거랑 경우가 똑같지 않아?』

왠지 비약이 아닐까 싶었지만 정말로 비약적인 논리였다. 와타루는 자기도 모르게 언성을 높였다.

"아니, 잠시만요. 게임과 현실은 다르잖아요."

어쩌면 상대가 음성 채팅 너머에서 술이라도 마시는 중이 아닐까. 그런 의심이 들었지만, 레이토의 말은 멈추지 않았다.

『상대의 뒤를 캐내 무엇이 필요한지 미리 조사하거나, 서로의 거리를 가늠하여 상대방이 화를 내지 않을 만큼의 빈도로 얼굴 도장을 찍거나, 실수로 상대방을 화나게 만들었을 때 분노가 가라앉을 때까지 살짝 물러나 보거나……. 요컨대 자신이 바라는 상황으로 몰고 가기 위해 수단 방법을 가리지 않는다는 말이잖아?』

"그야 뭐, 그건 그렇지만요……."

『나라고 게임과 현실을 완전히 똑같다고 여기지는 않아. 내 말은 그게 아니라, 넌 상황에 따라 의도를 헤아리거나 전략을 짤 수 있는 녀석이잖냐. 만약…… 아니라면 미안하지만. 그런데 평소 네 영업 실적을 보면 이게 웬걸? 정면으로 부딪쳤다가 상대방으로부터 필요 없다는 말을 들으면 금세 물러나는 사람이 보일 법한 수치를 기록하고 있거든.』

참으로 시대착오적이 아닐까 싶지만, 이츠키 리스의 사무실에는 개인 영업 실적이 당당하게 붙어 있다. 와타루는 밑에서부터 헤아리는 것이 빠른 위치에 있기 일쑤였다.

『좀 더 상대를 요리하겠다는 식으로 나가면 그렇게 되지는 않을 것 같거든.』

매사에 자유분방한 레이토가 영업 실적 하나로 거기까지 꿰뚫어 볼 줄은 미처 몰랐지만 전적으로 공감했다.

"하지만 현실에서는 살아 있는 사람을 상대해야 하잖아요. 이쪽의 요청을 막 들이밀면 상대방에게 폐가 되지 않을까요?"

『아~. 역시나 그런 점을 신경 쓰고 있었군. 그야 물론 속여서 계약을 따내면 범죄겠지만, 선만 넘지 않으면 연출의 범위에 들어가잖아? 만약 그게 정말로 좋은 상품이고, 처음엔 계약할 마음이 없었지만 막상 쓰고 나니 '아, 역시나 계약하길 잘했네.' 라는 생각이 들면 모두가 행복한 결말을 맞이하겠지.』

그렇군. 그런 식으로 생각할 수도 있겠다 싶었다. 와타루는 눈이 확 뜨이는 느낌을 받았다.

『아, 물론 너 또한 나름대로의 방식이 있을 테니 강요할 마음은 없어.』

"부끄러운 얘기지만, 저는 영업직으로 일하고 있으면서 다른 사람과 대화하는 게 영 서툴러서요……."

『아~. 그런 식으로 말한 적 있었지.』

"앗, 네. 특히나 초면인 상대와 대화를 나누는 건 정말로 고역이에요. 그래도 업무라면 말하는 용건이 뚜렷하잖아요?"

『영업직이라면 상대방이 이쪽 물건을 사 주었으면 싶겠지. 뭐, 그에 관해 대화를 주고받는 거라면 얘기할 거리를 찾는 것보단 뚜렷하지.』

"맞아요! 그래서 일을 할 적에는 머릿속으로 온갖 상황을 상정해 보거나 대화 예상 문답 리스트를 짠 다음, 상대 회사를 방문하기 전에 면밀하게 시뮬레이션을 돌려 보거든요!"

물론 상대방의 반응을 전부 예상할 수 있을 리 만무하다.

조금이라도 생각에서 벗어난 대화가 나오면 와타루의 경우에는 머릿속이 하얗게 된다. 그러면 상대방이 본인뿐만 아니라 상품마저 못마땅하게 여기기 일쑤였기에 계약 또한 당연히 따내지 못했다.

『그래도 내 눈에는 네가 훨씬 유능한 녀석으로 보이는데 말이야.』

"과, 과찬이세요."

『글쎄, 과연 그럴까~? 원래 난 인생을 대충 사는 녀석이거든. 그러니 내 말도 그냥 적당히 흘려들어도 돼.』

파격적인 평가기는 했지만, 상상조차 하지 못했던 말이 이상하리만큼 와타루의 가슴속에 푹 박혀 들었다.

게다가 서로 행복한 결말을 맞이한다는 레이토의 표현 또한 신선했다.

지금껏 영업직이란 아무리 그럴듯하게 포장하더라도 결국엔 자신의 사정을 강요하는 줄로만, 열심히 하면 할수록 고객에게 폐만 끼치는 줄로만 알았다.

실제로 영업직은 미움을 사는 경우도 잦다.

하지만 레이토의 발상은 지금껏 떠올려 본 적이 없었다.

아니, 어쩌면 연수를 받던 때나 다른 상황에서 서로를 위하는 길이라는 말을 들었는지도 모른다.

다만 와타루에게는 그 말이 그저 말장난으로밖에 들리지 않았다.

그렇지만 한없이 쾌활한 레이토의 입에서 그 말을 들으니 정말 신기하게도 마치 진실처럼 들렸다.

그렇기에 와타루는 다시 한 번 더 분발해 보자고 속으로 다짐했다.

◆◆◆

오후 9시.

최근 들어서는 와타루와 레이토가 엘든 링에서 서로 만나는 시간이 되었다.

직장인이기에 한 번에 그리 많은 시간을 들일 수는 없지만, 그래도 매일 조금씩 함께 멀티 플레이를 즐기는 나날이 이어졌다.

『내가 남자랑 매일 밤 데이트를 하다니, 첫 경험일지도 모르겠어!』

"카시마 씨는 인기 많으실 것 같은데요."

『자랑은 아니지만 중학생 시절부터 오늘날까지 여친 없는 날이 없었지.』

레이토는 그렇게 말하며 "그래 봤자 한 달을 못 가지만."이라고 덧붙였지만, 어쨌거나 인간관계가 서투른 와타루로서는 그저 부러운 얘기일 따름이었다.

"그 정도면 엄청난 자랑이죠."

지난번과는 달리 잡담이 늘었다.

게다가 둘 다 가볍게 술을 들이켜면서 편하게 게임을 플레이했다.

오늘 만날 장소는 스톰빌 성이 아니라 그 바로 앞에 있는 폭풍언덕의 낡은 집에 자리한 축복이었다.

"그럼 이 오두막집 안에 있는 여자애한테는 말을 걸어 보셨어요?"

『그래, 한 번 걸어 봤지.』

"아, 역시나. 한 번에서 그치지 말고 여러 번 말을 걸면 뼛가루를 얻을 수 있거든요. 독으로 공격해 주는 해파리의 뼛가루인데 내구력도 높아서 편리하죠. 아, 혹시 엘레의 교회에서 마녀랑 대화를 나눠 보셨나요?"

『늑대의 뼛가루도 얻었어. 한번 써 보니 무진장 편리하던걸?』

“벌써 써 보셨군요. 공격해 주는 것도 좋지만, 혼자서 플레이했다간 적에게 노려지기 십상이니까 말이죠. 적당히 적을 유인해 주기 때문에, 그 틈을 타 이쪽도 공격을 하거나 회복할 수 있는 등, 게임이 엄청 편해지죠.”

『오호라. 그럼 다른 것도 부탁해.』

자세히 물어본 결과, 실제로 레이토는 게임을 시작한 이후 거의 일직선으로 스톰빌 성으로 향했기에 기본적인 탐색은 거의 하지도 않았음을 알 수 있었다.

‘뭐, 이 게임을 시작한 직후에 곧잘 걸려드는 최대의 함정이지.’

그 최대의 함정이란 것도 게임적 장치가 아닌, 제작자가 제공하는 정보의 표현 방식이었다. 실로 프롬 게임다웠다.

스톰빌 성을 나아가는 기본적인 방식은 이미 다 전수했기에 오늘은 함께 필드를 돌아다니며 쓸 만한 아이템과 시스템을 전수해 주고자 했다.

멀티 플레이 중엔 토렌트를 쓸 수 없다.

캐릭터의 두 다리로 이동하기엔 시간이 좀 걸리지만 그렇다고 힘들지는 않다. 애당초 지금 와서 돌이켜 보면, 처음으로 게임을 플레이하며 광대한 필드를 뛰어다녔을 적엔 굳이 토렌트를 쓰지 않고 도보로 이동한 적도 많았다.

혹여나 유적이나 동굴을 놓치지 않을까 싶기도 했고, 중간에 습득할 수 있는 아이템 또한 많았다.

무엇보다도 경치를 바라보면서 돌아다니는 것 자체가 즐길 거리로서 손색이 없을 만큼 즐거웠다.

레이토는 주로 남쪽 아길 호수 주변을 돌아다닌 모양이었기에 와타루는 폭풍 언덕의 낡은 집을 기준으로 북동쪽 방면을 안내하기로 했다.

전투 기술을 살 수 있는 전쟁 배움의 낡은 집이나 피 손가락이 난입할 수 있는 장소 또한 구두로나마 가르치며 더욱 나아갔다.

반짝반짝 빛나는 황금 나무와 바람에 흔들리는 초목, 다가가면 달아나는 야생 동물, 그리고 추악한 언데드와 아인들, 그것들과 맞닥뜨리거나 싸울 당시의 소감을 음성 채팅 너머로 얘기하거나 가벼운 잡담을 나누며 계속 걸어 나갔다.

그건 생각보다 즐거운 체험이었다.

최종적으로는 초반에 도움이 되는 민병 스켈레톤의 뼛가루를 입수할 수 있는 장소까지 안내하고, 거기에서 잠시 다른 길로 빠져 제3마리카 교회에서 성배병의 회복량이 증가하는 성배의 물방울이나 영약의 성배병처럼 회복 능력을 강화하는 아이템 또한 입수하게 거들어 주었다.

『그래서 그 이후로 일은 좀 어때?』

잡담을 나누는 김에 레이토가 가벼운 투로 업무 얘기를 꺼냈다.

솔직히 와타루로서는 게임 안에서 현실 얘기를 하기는 싫었다. 특히나 오늘은 평소에 비해 기분이 한층 더 울적했다.

『어라? 무슨 일 있었어?』

와타루가 아무 말도 하지 않았음에도 레이토는 이상한 낌새를 느꼈는지 걱정스러운 투로 물었다.

"아~. 그~. 일 말이죠……. 까놓고 말해서 제대로 되는 게 없네요."

겨우 한두 가지 '깨달음' 으로 영업 실적이 격변을 일으킬 정도라면 업계의 영업직에서 고생할 사람이 누가 있겠는가.

『아, 그래……?』

"실은 카리야 건설을 방문했는데요……."

『이 근방에선 규모가 제법 큰 곳이잖아? 하긴, 큰 규모의 계약은 원래 따내기 어렵긴 해.』

"그것도 그렇지만요……. 실은 요즘 유행하는 이동식 스탠딩 데스크를 중심으로 사무실을 전체적으로 리모델링할 플랜을 오늘 제안하러 갔거든요."

『호오? 그거 꽤나 대담한 제안이로구만.』

"이동식 데스크를 중심으로 하면 전원선이나 사무기기의 케이블의 경우에도 움직임에 따라 유연하게 대응할 수 있는 상품이 더 편리하잖아요? 그래서 그러한 필연성을 엮어서 대량으로 팔면 전체적으로 비용을 낮출 수 있다고 봤거든요."

『음, 괜찮은데? 정석적인 데다, 카리야 건설 측도 꽤나 유서가 깊은 곳이니 슬슬 그런 쪽을 개선하기에도 적절한 타이밍이 아니었을까 싶은데.』

그렇다. 내가 봐도 착안점 자체는 괜찮았는지도 모른다.

그렇지만 문제는 같은 부분을 착안한 사람이 나 말고도 있었다는 것이다.

"하지만 더 저렴한 플랜을 제안한 곳이 있었거든요."

『가격 경쟁인가……. 거기서 상대가 가격을 깎아 주면 힘들 텐데.』

“네. 그것도 거의 같은 플랜인데, 제가 제시한 비용의 절반 정도에 불과하더라고요.”

『반값?! 그거 엄청 깎아 줬는데?』

“그것도 그렇지만, 단순히 비용을 깎아 줬다고 제가 찝찝한 건 아니거든요.”

『어? 그래?』

“네. ……아마 저를 단념시키려고 그랬겠지만, 카리야 건설 측 관계자가 다른 회사가 제시한 가격 제시 자료를 보여 줬거든요. 근데 그거 너무 싸더라고요.”

『그렇다면, 혹시…….』

“네. 저도 아슬아슬한 부분까지 군더더기는 덜어 냈지만, 그 가격 제시에 따르면 소매점에 손실이 날 수준이더라고요.”

리스 회사는 기본적으로 고객의 요청을 받고 나서 상품을 매입한다.

자사에서 판매 중인 것이 아니기에 리스 요금을 낮추는 가장 손쉬운 방법은 매입 금액을 줄이는 것이다.

어쩌면 경쟁 리스 회사는 목소리를 내기 힘든 소매점에 손실을 전가하면서까지 거래를 강요했는지도 모른다.

적어도 반값을 제시할 정도면 그 정도는 되어야 한다고 보았다.

“카리야 건설 측 관계자는 두 명이었거든요. 한 명은 제 플랜에 관심을 기울이는 것처럼 보였지만, 다른 한 사람은 낮은 가격을 우선시해서…….”

낮은 가격만 중시하면 당연한 반응이다. 하지만.

“누군가가 손해를 보리란 건 알고 있지만, 물건만 확실하다면 어느 쪽이 손해를 보든 상관없다고…….”

거리낌 없이 그렇게 말했다.

어떻게 보면 그것이 회사원으로서 올바른 자세일지도 모른다.

자신이 소속한 회사가 손해를 보지만 않으면 된다.

오히려 사무 용품은 사용하는 쪽에게 직접적인 이익을 창출하지 않는 요소다. 조금이라도 비용을 절감하는 것이 올바르다.

와타루의 꺼림칙한 기분이야 다른 사람들의 사정에 비하면 언급할 가치도 없다고 할 수 있다.

‘이래서 현실은 싫단 말이지…….’

자신이 목적을 이루고자 노력하면 꼭 잡음이 끼어든다.

대부분의 경우에서 무슨 일이든 간에 이익을 보면 손해를 보는 상대가 꼭 있고, 와타루가 성공하면 누군가는 실패하는 경우가 많다.

이쯤 되면 와타루의 천성이라고도 할 수 있지만, 어쨌든 간에 와타루는 그런 점이 무척이나 신경 쓰였다.

“저 스스로도 미숙한 소리를 하고 있다는 점은 잘 알고 있지만요…….”

세상일이 그리 호락호락하지 않다는 건 잘 알고 있다.

하지만 와타루의 예상과는 반대로 레이토는 뜻밖의 반응을 보였다.

『네가 정 신경 쓰인다면, 그건 그거대로 상관없지 않을까?』

"네……?"

『그야, 적어도 한 사람은 네가 제안한 플랜에 관심을 가져 주었잖아?』

"그건 그렇지만요……."

『그렇다면 지금은 치고 나가야 하지 않을까?』

"하지만 플랜 자체는 피차 비슷한데, 그럼 카리야 건설 측에서는 쓸데없는 지출만 늘어나는 꼴이 되잖아요……."

『쓸데없는지 아닌지를 판단하는 사람은 네가 아니야. 고객이지. 넌 네가 할 수 있는 범위 내에서 가격을 제시하고 그 제안을 상대방이 택해야 할 이유를 잘 설명하면 돼. 일이 어떻게 되든 간에 그건 전적으로 카리야 건설의 의향에 달렸을 뿐이지, 네가 책임을 질 이유는 없잖아? 하지만 네가 계약을 따내면 소매점이 손해를 떠안지는 않겠지. 그런 거 아니야? ――뭐, 네 생각이 틀리지 않았을 때의 얘기겠지만.』

"카리야 건설이 낮은 가격을 마다하고 우리 회사를 택할 이유……."

『그래. 그걸 파악하면 돼. 네 제안이 먹히면 카리야 건설 측도 납득했다는 얘기잖아? 우리 회사도 큰 계약을 따냈으니 좋고, 소매점도 손해를 보지 않을 테니 모두에게 이득이지. 지금이야말로 나에게 가르쳐 주었던 그 '끈기'를 발휘해 볼 때가 아닐까?』

상황, 자신이 가용할 수 있는 방법, 공격 수단, 언제 치고 언제 빠질지를 가늠하는 타이밍 등 온갖 요소를 구사하여 적을 요리하는 것—— 그건 분명 와타루 본인 입으로 말한 태도였다.

◆◆◆

늘 만나는 그때 그 시간.

와타루는 요즘 들어 늘 하던 대로 엘든 링을 실행한 다음, 레이토의 세계로 소환되자마자——.

"제가, 한 건 저질렀어요~~!"

라고 커다랗게 탄식을 내질렀다.

『왜 그래? 업무 얘기를 네가 다 꺼내고 웬일이야? ……혹시 무슨 사고라도 쳤어?』

평소 느긋한 분위기의 레이토도 지금은 적잖이 당황한 것처럼 들렸다.

"이걸 사고라고 해야 할지, 사고가 아니라고 해야 할지……."

와타루가 말끝을 애매하게 흐렸지만, 레이토는 재촉하지 않고 이어질 말을 끈기 있게 기다려 주었다. 그 태도에 와타루 또한 마음을 다잡고 마침내 입을 열었다.

『요컨대 그 말은 카리야 건설 측에게 먹혀들었다는 뜻이지? 그거 대단한데?』

와타루의 설명을 들은 레이토는 놀라워하면서도 들뜬 기색으로 기뻐해 주었다. 와타루의 설명 중에는 기뻐할 만한 부분이 있다는 점 또한 분명 있었다.

하지만 그 이상으로 터무니없는 문제 또한 포함하고 있었다. 그럼에도 레이토는 그런 건 안중에도 없다는 듯한 기색이었다.

"아니, 그게, 카시마 씨, 전——."

와타루는 없는 용기를 쥐어짜 내고 나머지 말을 입에 담았다.

"——회사랑 상의도 없이 제 마음대로 조건을 추가했어요!"

그렇다. 와타루는 오전 중에 이루어진 비즈니스에서 분명 계약을 성사시켰다.

구체적으로는 일단 구두로 약속을 주고받았고, 다음에 정식 계약서를 작성하여 가지고 오겠다고 한 부분까지 이야기가 진행되었다.

하지만 와타루는 회사가 규정하지 않은 조건을 멋대로 추가했다. 물론 초대형 위반 행위였다.

회사에서 이 사실을 알았다간 당연하게도 난리가 나며, 자칫 잘못했다간 회사에서 잘리고 만다.

그렇다면 대체 와타루가 무슨 짓을 저질렀는가. 흔히 리스 계약이라고 한마디로 정의하곤 하지만, 사실 그 내용은 크게 두 가지로 나뉜다.

리스란 필요한 상품을 빌려 주는 계약을 뜻하지만, 대부분의 경우에는 리스 회사가 소유권을 가지고 있기에 기간이 짧은 경우에는 '렌탈' 이라고 말한다.

자동차나 영화 DVD 등을 떠올리면 이해하기 쉽다.

리스는 비교적 거래를 오랜 기간 유지하는 형태를 가리키지만, 그것에도 두 가지 종류가 있다.

사전에 기간을 정해 놓고 저렴하게 대여하는 방식과, 최종적으로는 소유권이 이용자에게 돌아오는—— 요컨대 구입과 다름없는 방식, 이렇게 두 가지가 있다.

기간을 정해 놓는 방식의 경우, 계약이 종료되면 리스 회사가 상품을 회수하여 중고 시장에 내다 팔거나 재활용한다.

상품 구입 가격을 여러 번에 걸쳐 회수하기에 매달 나가는 비용을 저렴하게 줄일 수 있다. 오퍼레이팅 리스라 불리는 방식이다.

반면에 후자는 형태만 놓고 보면 구매 대출과 별반 다르지 않다.

이용자와 리스 회사가 계약 기간을 정하고, 이용자는 구입한 상품 대금을 리스 비용이라는 형태로 계속 지불한다.

계약 기간 종료는 상품 대금을 모두 납입했을 때와 동시에 이루어지며, 상품 자체의 소유권도 기본적으로는 이용자가 가진다.

그렇기에 이점은 비단 가격에만 국한되지 않는다. 대출받을 때의 심사나 절차가 간소화되며, 절차 또한 대부분 리스 회사가 대신해 준다.

이건 파이낸스 리스라 불리는 방식이다.

와타루는 그 두 가지 계약을 조합한 제안을 상대에게 제시했다.

요컨대 기본적으로는 파이낸스 리스의 계약으로, 비용을 일정 기간 지불하고 나면 상품은 카리야 건설 소유가 된다.

하지만 중간에 사정이 바뀌어—— 예를 들어 사업 규모 변화로 다시 사무 체계가 바뀔 경우, 원래 중도 해약할 수 없는 파이낸스 리스를 중간에 오퍼레이팅 리스로 변경할 수 있는 특약을 덧붙여 주겠다고 제안했다.

이렇게 하면 만에 하나 사무 재편이 이루어질 경우에도 비용을 최소한으로 줄여서 사무 체계 변화에 대응할 수 있다.

오퍼레이팅 리스를 계속 유지하는 형태나 마찬가지지만, 반면에 아무런 변화도 없는 경우에는 리스 비용을 계속해서 지불해야 하기 때문에 처음부터 구매 계약을 하는 편이 이득이다.

단순히 저렴하기만 해서는 변화에 대응할 수 없고, 만약 불필요해지는 경우에는 그 상품들을 처분하는 비용이 따로 든다.

이러한 유연성을 강조하며 와타루는 본인이 제시한 제안 쪽이 매력적이라고, 스스로도 믿을 수 없을 만큼 열심히 상대를 설득하여 승낙을 받아냈다. 승낙하게 만들었다.

대체 어쩌다가 그런 발상을 떠올렸는지는 지금도 알 수 없었다.

그때는 그저 앞뒤 가리지 않고 상대방을 열심히 설득했을 뿐이었다.

"그래서 제가 사고를 친 거라고요! 이제 어떻게 문제를 최소한으로 줄여야 할지……."

책임 문제는 불가피하다.

와타루 본인만 잘리면 그나마 다행이지만, 자칫 잘못했다가는 관리 감독을 제대로 못 했다며 자신의 상사에게도 피해가 갈지도 모른다.

부정적인 생각이 꼬리에 꼬리를 물며 줄곧 침울한 상태에 빠진 와타루에게.

『아니, 뭘 쓸데없는 걱정을 하고 그러냐. ……그새 까먹었어?』

레이토가 어이없다는 투로 말했다.

"어? 까먹었냐고요? 뭘요?"

『너~ 진~짜~. 그 변동형 계약은 내가 저번에 알려 줬잖아!』

"네에?! 아니, 잠깐만요. 전 카시마 씨랑 업무 얘기를 나눈 적이——."

거기까지 말하다가 와타루의 머릿속 한쪽 구석에서 문득 떠오르는 것이 있었다.

업무 얘기를 나눈 것 같은, 그런 기분이 들었다.

『그 왜, 엘든 링에서 멀티 플레이를 하던 도중에 이번에 이런 새로운 서비스를 시행한다고 얘기했더니, 네가 게임 중에 업무 얘기를 하면 흥이 팍 식는다면서 말을 끊었잖냐.』

그러고 보니 그때는 평소에 비해 술이 많이 들어갔던 것 같은데…….

레이토는 흥미진진한 기색이었다.

"그, 그렇군요! 그랬구나. 그럼 제가 멋대로 그런 아이디어를 만들어 낸 게 아니었군요!"

본인 입으로 얘기하고 보니 참으로 어이가 없었지만, 어쨌든 와타루는 안도감이 들었다.

『——하지만 아직 정식으로 채용되지는 않았다고. 언젠가는 그런 서비스를 시행할 거라는 얘기야.』

다시금 빨간불이 켜졌다.

"역시 전 잘리려나요?!"

와타루가 당황한 투로 말했다. 레이토는 음성 채팅 너머에서 애써 웃음을 참는 기색이었다. 한동안 침묵이 이어진 후.

『뭐, 시범적으로 여러 건의 계약을 실제로 성사시켜 보자는 애기가 오갔으니, 내가 한번 잘 얘기해 볼게.』

레이토가 총대를 메어 주었다.

"정말인가요?! 감사합니다! 덕분에 살았어요!"

몇 년 만에 진심으로 감사의 마음이 치밀어 올랐다. 그런 와타루에게 레이토가 그래 그래, 하고 너그러운 기색으로 고개를 끄덕이고 있는 듯한 목소리가 음성 채팅 너머로 들려왔다.

『하지만 소매점이 손해를 볼 것 같으니 자기도 모르게 급발진을 하다니, 그게 무슨 세일즈맨이야? 참으로 너답다고 해야 할지.』

"그, 그런가요? 왠지 저의 어리숙한 면이 그대로 드러난 것 같아 부끄럽지만요……."

『난 상관없다고 생각하지만.』

레이토의 말에 가슴을 쓸어내리다가 문득 알아차렸다.

'회사였다면 이런 얘기는 꺼내지도 못했을 텐데…….'

음성 채팅 중이라 서로 얼굴이 보이지 않으니 편한 기분이 들어서 그런지, 아니면 멀티 플레이를 통해 서로 간의 거리가 가까워진 덕분인지, 어느 쪽이든 간에 낯을 많이 가리는 와타루가 썩 그렇게 친하지 않은 레이토에게 말을 꺼낸 덕분에 지금의 상황으로 이어졌다.

'고마워, 엘든 링!'

와타루가 속으로 감사를 바쳤다. 그 후, 역시나 오늘은 느긋한 기분으로 게임을 플레이하지 못할 것 같다는 레이토의 말에 따라 그날은 가볍게 잡담이나 나누며 마무리 짓기로 했다.

◆◆◆

카시마 레이토는 경쾌한 발걸음으로 출근했다.

며칠 전에 후배 와타루가 저지른 일의 뒤치다꺼리를 마쳤으니, 아마 오늘 중으로 회사에서 정식 허가가 떨어져 상대방에게 계약서를 전하러 가지 않을까 싶었다.

레이토가 괜찮다고 보장했음에도 최근 한동안 와타루는 줄곧 죽상을 짓곤 했지만, 이제는 안심할 수 있겠지.

독단 행동은 바람직하지 않다. 그렇지만 처지가 딱한 업자가 손해를 뒤집어쓸 상황에 처하자 분개하여 자기도 모르게 급발진을 한 와타루의 성격이 마냥 싫지만은 않았다.

'참 재미있는 녀석이란 말이지.'

지금껏 주위에서 볼 수 없었던 부류였기에 보기만 해도 흥미로웠다. 그렇기에 자기도 모르게 거들고 말았다.

레이토가 사무실로 들어섰다. 이미 출근한 와타루는 어딘가 안절부절못하는 기색이었다.

아무래도 상사가 정식 계약서에 도장을 찍어 주기를 기다리는 모양이었다.

"아이다~~!"

바로 그때, 사무실 전체를 뒤흔들 것 같은 커다란 목소리가 쩌렁쩌렁 울려 퍼지며 사무실 안에 있는 사람들이 소리가 난 쪽을 주목했다.

이름을 불린 와타루는 반사적으로 자리에서 벌떡 일어나 차렷 자세를 취했다.

사무실 입구에 평소 이곳에서는 볼 일이 없는 거한이 서 있었다.

몸 곳곳이 우락부락하고 투박한, 마치 곰이라고 해도 믿을 만큼 체구가 커다란 남자였다.

"오오, 자네가 아이다인가!"

그 곰은 성큼성큼 걸음을 내딛으며 와타루에게 다가갔다. 그렇잖아도 낯가림이 심한 와타루는 완전히 얼어붙은 채 기겁하는 모습이었다.

그렇지만 그 심정도 이해는 갔다.

와타루는 상대가 곰처럼 체구가 큰 남자이기에 얼어붙은 것이 아니다.

이 사무실에서 본 적은 없었지만, 그 남자의 이름은 레이토 또한 알고 있었다.

그의 이름은 아라키 산타.

이츠키 리스의 상무이사―― 요컨대 회사 임원이다.

운동부 출신 같은 분위기를 노골적으로 드러내는 저런 부류를 와타루로서는 상대하기가 참 껄끄러울 테지. 무엇보다도 아직 젊은 축에 속하는 와타루는 아라키 같은 임원과 직접 대화를 주고받은 적이 없을 터.

레이토 또한 기껏 얼굴과 이름만 아는 정도였다.

안색이 창백해진 와타루의 심정을 손바닥 들여다보듯 훤히 알 수 있었다.

'왠지 저 녀석이라면 속으로, 이유는 잘 모르겠지만 아무튼 상

대방에게 분명 혼쭐이 나겠지, 라고 생각하고 있을 것 같은데.'

하지만 레이토 또한 상무이사가 구태여 여기에 나타난 이유는 알 수 없었다. 와타루의 계약에 관해서는 레이토가 문제없이 처리했을 텐데, 뭐 경고라도 하러 온 걸까.

설령 그렇다고 한들 상무이사가 굳이 구태여 직접 찾는 건 상식 밖의 일이다. 레이토는 그렇게 짐작했지만 정작 아라키의 입에서는 전혀 뜻밖의 말이 나왔다.

"아주 잘했어!"

"네? 저── 제가, 말씀인가요?"

"그럼! 이번에 계약을 맺은 카리야 건설 말인데, 방금 저쪽에서 직접 전화를 받았거든!"

아무래도 자신의 생각과는 다른 분위기로 흘러가는 듯싶어서 레이토는 귀를 쫑긋 세웠다.

"사기였다지 뭔가."

와타루로서는 그게 대체 무슨 말인지 이해하지 못하고 그저 어안이 벙벙할 따름인 것 같았다.

"자네가 경쟁한 다른 리스 회사가 있었지?"

"아, 네. 소매점에 손해를 전가할 것 같은 가격을 제시한……어, 설마?"

"그래. 그 자식들이 사기 조직인 게 밝혀졌거든. 지금 경찰이 수사 중인 것 같던데, 만약 자네가 강하게 밀어붙이지 않았다면 지금쯤 피해를 봤을지도 모를 일이라고 저쪽에서 나에게 직접 전화로 연락을 주더군."

"세상에……."

조금 떨어진 위치에서 그 말을 듣던 레이토는 하마터면 자기도 모르게 휘파람을 불 뻔했다.

와타루는 본인의 어리숙한 정의감으로 그저 열심히 계약을 따내려 했을 뿐일 텐데.

앞뒤 가리지 않고 급발진을 했더니 소매점을 구하는 대신 범죄를 저지하는 결과로 이어졌다.

그야말로 소 뒷걸음질 치다 쥐 잡은 격이었다.

"저, 그게, 어쩌면 제 독단 때문에 다른 부서에 피해를 끼쳤을지도 모르는데요……."

그건 굳이 말할 필요도 없는데 그냥 곧이곧대로 털어놓는 와타루였다.

'저 멍청이가. 쓸데없는 말은 굳이 안 해도 될 텐데.'

상무이사쯤 되는 사람에게 와타루가 저질렀던 일 정도는 일일이 보고가 올라가지 않았을 테지.

레이토가 쓴웃음을 지으며 가만히 쳐다보고 있는데, 아라키는 그저 호쾌하게 웃어넘길 뿐이었다.

"결과만 좋으면 장땡이야! 앞으로도 분발하게나!"

아라키는 그 말을 끝으로 사무실 밖으로 성큼성큼 걸음을 옮겼다.

마치 폭풍이 휩쓸고 지나간 것처럼 사무실 내부가 고요한 정적에 휩싸인 와중에 레이토는 애써 웃음을 참느라 한바탕 애를 먹었다.

레이토는 주위가 진정된 걸 가늠하고 나서 와타루에게 살며시 말을 걸었다.

"오오. 일이 잘 풀려서 참으로 다행이야! 계약도 따냈고."

순순히 기뻐할 줄 알았지만 정작 와타루 본인은 안도감이 더 크게 들었는지 눈에 띄게 가슴을 쓸어내리는 기색이었다.

"이게 참. 대체 뭐가 뭔지…… 이런 만족감 비슷한 걸, 저는 이 회사에 들어오고 나서 처음으로 맛보네요."

"계약을 따낸 건 이번이 처음이 아니잖아?"

"네. 하지만 상대를 설득해서 생각을 바꾸게 만들고, 그래서 그 결과가 바람직하게—— 요컨대 카시마 씨가 말씀하셨던 '행복한 결말'이 된 건 이번이 처음이 아닐까 싶어요."

"그래? 영업직도 썩 그렇게 나쁘지만은 않지?"

"아마도요. 아, 아뇨. 아직 잘은 모르겠어요……."

"헤헤헤. 거참 여전히 신중한 녀석일세. 그래도 우리는 좋은 콤비일지도 모르겠어! 짊어졌던 짐도 덜었겠다, 오늘 밤도 한번 달려 보자고!"

"네! 오늘 중으로 카리야 건설 쪽 안건은 일단락될 것 같으니, 집에 가면 한바탕 즐겨 보자고요~!"

와타루는 그제야 환하게 웃는 모습을 보였다.

제 2 장

트리 가드와 의혹의 일격

집으로 돌아온 와타루는 그날도 틈새의 땅으로 여정을 떠났다.

레이토와 멀티 플레이에서 만나기로 했기 때문이다.

역시나 매일까지는 아니더라도 '일 끝나고 즐기는 엘든 링' 은 와타루와 레이토에게 완전히 자리매김한 상태였다.

오늘 목적은 림그레이브 주변 탐색이다.

보나 마나 오늘도 스톰빌 성 공략을 이어 나갈 줄 알았던 와타루는 살짝 뜻밖이었지만, 공략 자체만 보면 레이토는 이미 후미진 작은 방의 축복까지 개방한 모양이었다.

요컨대 스톰빌 가장 안쪽에서 기다리는 보스, 고드릭도 마음만 먹으면 언제든 도전할 수 있는 상태였다.

하지만 레이토는 아직 고드릭에게 도전하지 않았다.

얼마 전에 와타루가 스톰빌 성을 나아가는 방식을 해설한 이후로, 레이토는 연습 삼아 본인 혼자서 성안 곳곳을 돌아다닌 모양이었다.

이전에 와타루와 함께 멀티 플레이를 통해 체험한 내용을 떠올리며 다양한 전략을 짜내다 보니 색다른 재미를 느끼기 시작했다고 한다.

성안에 여럿 있는 땅 잃은 기사를 연습 상대로 삼은 모양이었다.

그렇게 어슬렁거리며 돌아다니던 와중에 지금껏 가 본 적 없는 루트를 찾아내기도 했다고 한다.

그러자 호기심이 동하여 어쩌다 보니 옆길로 새는…… 그런 일이 반복되며 더 나아가지 못하는 상태에 빠진 모양이었다.

다만 그 얘기를 들었을 당시의 와타루는 내심 본인도 이해한다며 즉각적으로 공감을 표했다.

그렇다면 고드릭과의 싸움을 억지로 권할 필요는 없을 테지. 덧붙여 림그레이브 탐색 자체도 좀처럼 진행되지 않은 모양이었기에 오늘은 간만에 여기저기를 돌아다녀 보기로 했다.

지난번 탐색에서는 폭풍 언덕의 낡은 집에서 북동쪽 방향으로 나아가, 케일리드에 들어가기 직전까지 탐색을 이어 나갔기에 오늘은 아길 호수를 중심으로 돌아다니며 아이템을 습득하거나 림그레이브 갱도 공략을 진행하기로 했다.

아인 보크와의 이벤트 등도 접할 수 있는 데다, 드넓은 필드를 가볍게 즐길 수 있는 장소이기 때문이다.

『후우, 몇 번을 와 봤지만 여기에 있는 드래곤만큼은 주의해야겠더라고.』

하마터면 비룡 아길에게 죽을 뻔했던 레이토가 호수로부터 벗어난 다음 성배병을 써서 HP를 회복하고 한숨을 내쉬었다.

참고로 회복 전에는 HP가 80퍼센트 가량 깎인 상태였다.

그래도 위험을 감지하고 반사적으로 회복 행동을 취하는 걸 보니, 이제 레이토도 이 게임에 차차 익숙해졌다고 할 수 있겠지.

그 자리에서 걸음을 멈추고 끝까지 싸움을 이어 나가겠다면 상대의 틈을 노려 회복해야 한다. 하지만 벗어날 작정이라면 회복하고 싶은 욕구를 억누르고 일단은 거리를 벌리는 게 나은 경우가 많다.

성배병에서 내용물을 마시는 액션을 취하면 커다란 빈틈이 생긴다. 황급히 회복하려다가 도리어 위기에 처하는 건 초보자들에게서 흔히 일어나는 실수다.

"특정한 NPC의 이벤트를 보고 싶은 경우가 아니라면 무시하는 게 상책이죠. 강한 무기를 드롭하는 것도 아니거든요."

멀티 플레이 중에는 토렌트를 쓸 수 없기에 달아나는 것도 꽤나 힘들다.

『림그레이브 갱도는 클리어했으니, 이번엔 뭘 해 볼까?』

"그렇군요. 이대로 남쪽으로 가면 흐느낌의 반도가 나오고, 조금 돌아가서 동쪽으로 나가면 저번에 들른 제3마리카 교회가 있는데, 그 너머로도 더 나아갈 수 있죠."

『어디가 더 빡세?』

"어디가 더 빡세냐고요? 으음, 흐느낌의 반도는 여러 이벤트나 동굴, 보스 등이 배치되어 있으니 시간은 좀 걸려요."

『그렇군. 그럼 그쪽은 다음에 시간이 좀 더 있을 때 가는 게 좋겠어.』

"저도 그렇게 생각해요."

그리하여 둘은 동쪽으로 향했다.

도중에 케네스 하이트로부터 의뢰를 받고, 제3마리카 교회에서 남쪽으로 진로를 크게 튼 곳에 자리한 하이트 요새까지 걸음을 옮겼다.

『뭐가 꽤 많네?』

중간에 새로운 지도를 입수하여 시프라 강에 자리한 우물이나 폐허 등지에서 NPC인 블라이드를 찾아내거나 방랑 상인을 한 명 발견하기도 했다.

이걸로 레이토 또한 이 주변에서 훨씬 활동하기 편해졌을 테지.

특히나 시프라 강 우물에서는 긴 승강기를 이용해 지하 유적으로 향할 수 있는데, 시종일관 '오오, 대박~. 여기 완전 대박이야~!' 라며 무척 만족스러워 하는 기색이었기에 와타루 또한 안내한 보람을 느꼈다.

"오늘은 이 요새를 탈환하고 마무리 지으면 되겠네요."

『그러게. 마침 시간도 딱 맞을 것 같아.』

"그렇게 어렵지도 않고, 꽤나 쏠쏠한 아이템을 획득할 수 있으니 해치워 보자고요."

『그거 기대되는군!』

와타루의 한마디에 레이토의 캐릭터는 더더욱 의욕을 불태우며 의기양양하게 내달렸다.

하이트 요새는 해안가에 툭 튀어나온 곶 끄트머리에 지어진 요새로, 깎아지른 듯한 암석이 천혜의 요새처럼 이루어져 있어 침입자의 앞길을 가로막는다.

오직 정면에 자리한 완만한 언덕길을 통해서만 지나갈 수 있다.

그곳에는 현재 끝부분을 뾰족하게 깎아 낸 목재를 엮어 만든 바리케이드가 설치되어 외적을 막아 내고 있다. 덧붙여 안쪽에 자리한 견고한 요새 위에는 발리스타가 접근하는 적을 겨냥하고 있다.

사격할 때 나는 날카로운 소리와 함께 머리 위에서 화살이 쏟아져 내렸다.

자세히 보면 요새로 이어지는 길바닥에는 무수히 많은 화살이 박혀 있다.

『아니, 한창 싸우는 중인가 본데?』

발리스타는 와타루 일행보다 한 발 앞서 요새에 접근한 아인 일당을 노리고 있었다.

여러 마리의 아인이 발리스타의 공격 때문에 발이 묶인 상태였다.

"신경 쓰지 않으셔도 돼요. 오히려 저 녀석들이 죽으면 저희가 발리스타에게 공격을 당하거든요. 지나쳐서 가죠!"

『그래, 알았어!』

우물쭈물하면 요새를 노려보는 아인에게 적의를 사고 만다.

비록 토렌트를 쓸 수 없는 상태였지만, 적의를 사지 않도록 재빠르게 빠져나갔다.

발리스타가 쏘아 대는 눈먼 화살에 맞지 않도록 사격하는 소리의 리듬을 파악하고 적절히 구르기를 사용해 가며 나아가자 손쉽게 빠져나갈 수 있었다.

"게임 내적인 이야기로 말씀 드리자면, 아까 그 케네스 하이트는 림그레이브의 왕인 고드릭의 신하인데 말이죠……."

『고드릭이라면 보스 맞지? 앞으로 싸울 날이 기대되는걸.』

"꽤나 재미있죠! ……그래서, 비록 신하이지만 비판적인 생각을 품고 있었기에 고드릭은 자신의 부하인 기사를 직접 감시 역할로 파견했죠. 그런데 하필 그 기사는 피에 미쳐 버린 위험한 녀석이거든요. 원래 하이트 집안은 주변 아인들과 공존하려고 했지만, 그걸 탐탁지 않게 여긴 기사가 아인들의 여왕을 납치하여 괴롭히다가 그만 죽여 버리고 말았죠."

『그래서 아까 그 녀석들이 공격 중이라는 얘기야?』

"맞아요. 그리고 저희는 그 한복판을 지나려 하고 있고요――."

조심해야 한다고 충고하려 했을 때, 마침 레이토의 캐릭터는 언덕길을 올라 요새 계단에 다다르려던 참이었다.

벽 뒤에서 거대한 물체가 불쑥 나타났다.

알몸 상태에서 너덜너덜한 망토를 두르고 금속 재질의 기묘한 갑옷을 몸에 찬, 호박머리 광병이 하이트 요새에서 대기 중인 병사들과 함께 달려들었다.

이곳이 첫 난관이다.

있다는 사실을 알고 미리 대비하고 있으면 그다지 두렵지 않은 상대지만, 모퉁이에서 느닷없이 나타나면 불의의 일격을 받기 마련이다.

『우왓?!』

아니나 다를까, 강렬한 박치기를 얻어맞고 저만치 튕겨져 나간 레이토는 하필이면 운 나쁘게도 병사들에게 흠씬 두들겨 맞고 삽시간에 1패를 기록하고 말았다.

『제길, 한 번 더~!』

다시 멀티 플레이를 연결하자, 레이토가 콧김을 씨근거렸다.

"얼마든지 하시죠. 저도 원거리 공격으로 엄호해 드릴게요. 호박머리 녀석과 살짝 거리를 둔 채 주위를 돌아다녀 주시겠어요?"

『그럼 난 도망쳐 다니면서 주변 병사들을 처리할게.』

"부탁드릴게요."

재빠르게 역할을 분담한 다음, 다시금 아인들 옆을 지나쳐 하이트 요새로 접근했다.

멀기트나 땅 잃은 기사를 상대로 수도 없이 악전고투를 치렀던 덕분인지 레이토의 움직임도 예전에 비해 좋아졌다. 호박머리 광병 정도라면 그 공격을 피해 가며 주변 적을 소탕하는 것쯤은 손쉬워 보였다.

그 사이에 와타루는 장궁으로 활을 쏘아 대며 호박머리 광병의 체력을 서서히 깎아 나갔다.

원래 활은 보조 무기로 취급했었지만 탈리스만으로 위력을 끌어올린 덕분에 대미지를 가하는 데는 손색이 없었다.

"이걸로, 마무리로군."

호박머리 광병을 잡고 마침내 하이트 요새에 발을 들였다.

하지만 이 요새는 스톰빌 성과 비교하면 규모가 무척 작기에 맨 안쪽에 있는 적을 제외하면 그리 힘들지 않게 클리어할 수 있을 테지.

요새 내부는 멀티 플레이상의 에어리어가 별도로 구성되어 있다. 와타루는 일단 원래 세계로 돌아간 다음, 레이토에게 다시 안에서 소환해 달라고 했다.

사전에 미리 얘기한 대로 요새 내부의 정면에 있는 작은 방 안에서 다시 합류했다. 원래 1층에는 투척 항아리로 공격을 가하는 잡몹이나 쥐가 있지만, 레이토가 능숙한 솜씨로 미리 제압해 놓은 상태였다.

"이제 위쪽만 남았네요!"

『보물, 내 보물!』

미리 알려 주면 재미가 없으니 레이토에게 일부러 말하지 않았는데, 이곳에서는 강력한 전투 기술을 입수할 수 있다.

다만 그 강력한 전투 기술을 장비한 적과 싸워 이겨야 하지만 말이다.

목제 계단을 타고 오르자 2층 전망대가 나왔다.

그곳에서는 다른 병졸들과는 달리 훌륭한 갑옷과 대검, 커다란 방패로 무장한 고드릭 기사가 대기하고 있었다.

와타루 일행의 존재를 알아차린 그 녀석은 서서히, 하지만 확실하게 거리를 좁혀 오며 그 커다란 몸을 굽히는 독특한 모션을 취했다.

마치 거합 자세 같았다.

대검에는 혈액을 두른 듯한 이펙트가 일어났고, 단숨에 휘둘러진 참격은 피가 튀며 넓은 범위를 한바탕 휩쓸었다.

범위도 넓은 데다 기술도 빠르게 발동하는 전투 기술, 피의 참격이다.

와타루는 물론 모종의 공격이 오리라 직감했던 레이토도 재빠르게 구르기로 회피했다.

처음 본 플레이어라면 놀라기는 할 테지만 어디까지나 조금 더 강력한 잡몹에 불과하다.

공격만 잘 피하면 된다. 둘은 곧바로 반격을 가해 순식간에 잡았다.

『오, 아이템인가? 아니, 전투 기술?』

"축복에서 표시되는 전투 기술 항목에서 장비할 수 있어요. L2 버튼을 누르면 아까 그 붉은 참격을 쓸 수 있죠."

『진짜? 그거 좋은데? 2연속 베기나 킥처럼 전투 기술은 비교적 밋밋한 것밖에 안 보였는데 이건 꼭 써 보고 싶군!』

"후반으로 접어들수록 더 화려한 전투 기술이 잔뜩 나와요."

『그거 기대되는걸?』

그러고 나서 와타루의 데이터로도 하이트 요새를 공략하여 요새를 탈환했음을 케네스 하이트에게 보고했다.

『와타루! 얘가 갑자기 나한테 신하가 되어 달라고 하는데, 이거 혹시 까딱 잘못하면 스토리가 막 바뀌기도 해?』

스토리 전개상으로는 요새를 탈환했다는 소식에 감동한 케네스 하이트가 자기 신하가 되어 달라고 권유하는 장면일 테지.

다른 RPG의 경우에는 이와 같은 선택지를 통해 스토리가 크게 바뀌는 경우도 흔하지만, 엘든 링은 그런 점 또한 제법 너그러운 편이다.

"기본적으로 그 선택지는 어느 쪽을 고르더라도 그리 큰 영향은 끼치지 않아요. 자기를 섬기라거나 동료가 되어 달라는 식의 전개는 그 외에도 여럿 나오곤 하죠."

『어? 진짜?』

"네, 좀 더 후반으로 가야 하지만 원탁을 배신하라는 말을 듣는 경우도 있거든요. 하지만 설령 그걸 받아들여도 별다른 영향을 끼치진 않아요."

화산관 이벤트의 경우, 화산관의 일원이 된 이후에 원탁으로 가면 자칫 뭇매를 맞지는 않을까 싶어 마음 졸이며 선택지를 고른 적이 있었다.

특히나 '뭐든 다 꿰뚫어보고 있다.' 는 분위기를 팍팍 풍기는 두 손가락이나 엔야에게는 분명 혼날 줄로만 알았다.

불길한 예감이 잔뜩 들었던 탓에 선택지가 표시된 화면을 앞에 두고 몇 분을 고민했는지 모른다.

그런데 막상 원탁의 일원들은 마치 아무런 일도 없었다는 듯이 태연한 모습이었기에 맥이 탁 풀렸던 경험은 지금도 인상 깊게 기억 속에 남아 있다.

역시나 그 부분은 아직 레이토에게 가르쳐 줄 마음은 없지만, 일단 영향을 끼치지 않는다는 사실을 안 레이토는 납득하고서 이벤트를 계속 진행한 모양이었다.

"이 게임은 그런 의미에서는 다들 참 한결같단 말이죠. 자기 말에 얽매이지 않고서 하고 싶은 것, 해야 하는 일을 우직하게 수행해 나가는 듯한 느낌이 들어서——."

거기까지 쉬지도 않고 떠들던 와타루가 입을 다물었다.

'이런…….'

게임에서 일어난 일과 현실을 겹쳐서 보는 건 과몰입했다는 증거다.

다만 이건 어디까지나 게이머로서의 느낌일 뿐, 일반인 입장에서는 기묘하게 보일지도 모른다. 그걸 강요하면 민폐겠지. 하지만.

『호오? 그런 걸 떠올릴 줄이야. 의외로 생각이 깊은데?』

레이토는 그렇게 답했다.

'카시마 씨는, 역시나 좋은 사람이야!'

일반인이면서 게임 오타쿠를 비웃지 않는 그 모습만 봐도 호감도가 폭발적으로 상승했다.

'엘든 링 덕분에 좋은 만남을 가졌어.'

와타루는 그렇게 생각하며 남몰래 기쁨을 음미했다.

『왜 그래? 역시나 많이 피곤한가 봐?』

"아, 아뇨. 전 완전 말짱해요!"

『뭐, 오늘은 이쯤에서 마무리할까? 내일도 일해야 하니까 말이야.』

"하긴 그렇네요. 그럼 내일 회사에서 뵐게요."

『그래! ──아, 그러고 보니 너한테 뭐 하나 물어보고 싶은 게 있었어!』

"뭔데 그러세요?"

엘든 링 얘기라면 궁금할 때 바로바로 물어보면 될 텐데, 와타루는 속으로 의아하게 여기며 대답을 재촉했다.

『와타루~?』

묘하게 여러 가지 의미가 담긴 목소리였다.

『너도 한창때의 남자다 이거지?』

"네?"

『최근 며칠 동안 줄곧 여사원에게 뜨거~운 눈길을 보내던데?』

"네엣~~?!"

와타루의 목소리가 자기도 모르게 한 옥타브 올라갔다.

◆◆◆

오후 4시.

퇴근 시간까지는 아직 멀었지만, 이번 달 할당량은 다 채웠기에 레이토는 곧바로 일을 마무리 짓고 회사로 돌아왔다.

하지만 딱히 정리할 서류도 없었기에 대신 1층에 위치한 카페로 왔다.

일반적인 체인점이 입점하여 일단은 외부인도 이용할 수 있는 곳이지만, 기본적으로는 사원이 편히 쉴 수 있는 휴게 시설이다.

하지만 레이토의 목적은 커피가 아니었다.

회사에 돌아왔더니 우연히 카페로 들어가는 와타루의 모습을 보았기 때문이다.

퇴근 시간까지 잡담이라도 나눌까 싶어 카페로 들어왔는데, 레이토가 무어라 말을 걸기도 전에 다른 사람이 먼저 와타루에게 말을 걸었다.

"저기 있잖아, 와타루쨩."

그 사람의 머리는 핑크색이었다.

강렬한 핑크색이라기보다는 핑크색 느낌이 도는 금발이었기에 그래도 단정한 축에 속한다고나 할까.

하지만 그건 레이토의 미적 감각을 기준으로 했을 때의 얘기일 뿐이다. 주로 사무 용품을 취급하는 리스 회사에서, 비교적 보수적인 거래처가 많은 이 회사에서 저래도 되나 싶은 생각은 늘 들곤 했었다.

그녀의 이름은 미야마 리세.

작년에 막 입사한 20대 초반의 신입이다.

덧붙여 말하자면 레이토나 와타루와 같은 부서에 소속된 직장 동료다.

그리고 지난번에 본인이 단박에 부정하긴 했지만, 와타루가 흘끔흘끔 쳐다보던 여자 사원이다.

'——이거 어쩌면……. 흥미진진한 현장과 맞닥뜨렸는지도 모르겠는데!'

레이토는 상상조차 하지 않았던 전개에 들뜬 기분을 느끼면서도 들키지 않도록 주의하며 두 사람이 나누는 대화가 들리는 곳에 몰래 자리를 잡았다.

'미안하군, 와타루. 이런 흥미로운—— 아니, 선배로서 걱정이 드는 장면을 놓칠 수야 없지 않겠냐! 그래, 나는 어디까지나 선배로서 걱정이 드니까 엿듣는 거라고. 사내 연애는 문제가 생기면 여러모로 골치가 아프니까 말이지! 안 그렇냐!'

속으로 그런 변명을 늘어놓으니 웃음이 나올 것 같았다. 레이토는 스스로를 달래며 귀를 쫑긋 세웠다.

지난번에는 단박에 부정했지만, 그래도 신경이 쓰였기 때문이다.

'그나저나 '와타루쨩' 이라고라? 이런 괘씸한.'

"나도 엘든 링 샀어!"

입사 2년차 신입이 직장 선배와 대화를 나누고 있다고는 도저히 믿기지 않는 말투였다. 거리감이 너무나도 가까워서 와타루는 완전히 몸을 뒤로 젖히고 있는데, 정작 리세 본인은 전혀 신경도 쓰지 않는 기색이었다.

'오, 취미부터 파고들 줄이야. 이거 제법인데? 그런데 이 분위기로 보아하니 들이대는 쪽은 재인 것 같은데? 좋아. 그렇게 계속 들이대 보라고~.'

리세는 게임과는 인연이 먼 사람처럼 보였는데, 우연히 취미가 서로 맞아떨어진 걸까.

어느 쪽이든 간에 바람직했다.

특히나 와타루는 인간관계가 서툴러 보였기에 레이토 또한 반쯤은 즐기는 한편으로 반쯤은 진심으로 기뻐했다.

그런데…….

"저기, 저번에도 든 생각인데, 내가 엘든 링을 하고 있다는 사실은 어떻게 알았어?"

'응……?'

잠깐, 레이토가 상상하던 것과는 다른 말투로 와타루가 답했다.

좀 더 달콤~한 분위기가 이어지지 않을까 기대했었는데 말이다…….

"그 왜, 와타루쨩, 점심시간에 태블릿으로 엘든 링 관련 정보를 뒤적이면서 히죽거리는 표정을 지었었잖아?"

"누, 누가 히죽거리는 표정을 지었다고 그래?"

"어~? 그랬나~? 그럼 다음에 사진 한번 찍어 볼게."

"그, 그런 걸 왜 찍어!"

"혹시 나 때문에 불편했어?"

"아니, 그건 아니고. 엘든 링 얘기를 물어보는 건 딱히 불편하지도 않아."

"정말? 소감을 들려준 덕분에 여러모로 도움이 되었거든~."

"그건 뭐, 다행이지만."

"다행은 무슨!"

인내심이 한계에 다다른 레이토가 자기도 모르게 버럭 소리를 질렀다.

"우왓! 카, 카시마 씨?!"

"아, 레이톳찌!"

"나 참, 그냥 게임에 관해 물어봤을 뿐이었다니."

"그러니까 오해라고 말씀드렸잖아요."

레이토가 불쑥 모습을 드러내자, 와타루는 지난번에 이어 레이토가 계속 오해 중이라 여기고는 한숨을 내쉬며 그렇게 답했다.

오직 리세만이 두 사람이 무슨 대화를 나누는지 이해하지 못하고 고개를 갸웃거릴 뿐이었다.

"요컨대, 리세짱은 너한테 엘든 링이 어떤 게임인지 물어봤다는 얘기지?"

레이토의 물음에 와타루는 그것 말고 대체 뭐가 있냐는 기색으로 고개를 끄덕였다.

"그런데 뜻밖이네. 여자애들이 막 그렇게 좋아할 게임은 아니라고 봤는데."

"나? 그 뭐냐, SEKIRO 알지?"

"세키로?"

레이토로서는 처음 듣는 단어가 불쑥 나왔다.

옆쪽을 흘끗 살피자, 와타루는 "오오." 하고 감탄에 찬 소리를 냈다.

"SEKIRO는 엘든 링을 만든 프롬 소프트웨어가 몇 년 전에 발매한 게임 타이틀이에요."

와타루는 레이토가 모르는 부분을 헤아리고 설명해 주었다.

"엘든 링과 마찬가지로 극악 난이도의 게임이지만, 작중 배경은 시노비를 모티브로 삼은 일본풍 세계관이죠."

"우리 고로쨩이 '이것이야말로 충의로다!' 라고 말하며 사 왔거든. 그런데 게임이 너무 어려우니까 하도 징징대길래 내가 대신 깨 줬지."

"고로쨩?"

"아, 할아버지. 우리 할아버지야. 사극에 푹 빠진 78세 영감."

"78세에, SEKIRO라……. 아니, 몇 년 전이라고 했으니 그땐 좀 더 젊으셨을 테지만……. 그건 그렇고 네가 클리어했다고?"

"응, 어려웠지만."

"그거 굉장한 일이야?"

게임에 빠삭하지 못한 레이토가 소박한 의문을 입에 담자 와타루가 흥분한 기색으로 고개를 끄덕였다.

"그야 굉장하고말고요! 저도 클리어하기는 했지만, 별 대수롭지 않다는 듯이 '어려웠지만.' 이라고 흘려 넘길 만큼 쉽게 클리어할 만한 게임이 아니거든요."

"같은 회사에서 만든 게임이니까 엘든 링도 관심이 가더라고.

그래서 점심시간에 엘든 링 관련 정보를 보며 히죽거리는 표정을 짓던 와타루짱을 보고는 소감을 물어본 거야."

그렇군. 레이토는 납득했다.

요컨대 레이토와 완전히 똑같은 패턴이었다는 얘기다.

"일단은 구입했다는 사실을 얘기하고 싶었거든. 이따가 모르는 거 생기면 가르쳐 줘."

리세는 그 말을 뒤로하고 경쾌한 발걸음으로 자리를 떠났다.

"게임과는 인연이 없는 사람처럼 보였는데 의외군."

"아니, 그건 카시마 씨도 그렇잖아요."

"어? 그런가? 뭐, 나는 그렇다 치더라도, 이제 보니 재는 할아버지랑 많이 친하나 본데."

"그게 더 의외예요. ……할아버지 대신 게임을 클리어해 줬다니, 정말 흐뭇한 일화네요."

그렇게 말하는 와타루는 첫인상과는 동떨어진 리세의 그런 모습에서 흐뭇함을 느끼는 것 같았다. 바로 그때였다. 조금 떨어진 자리에서 애써 소리 죽여 웃는 듯한 소리가 들려왔다.

"게임 얘기 할 시간에 업무 얘기나 좀 더 하지."

"누가 유유상종 아니랄까 봐. 이쪽은 계약을 한 건이라도 더 따내려고 혈안이 되어 있는데 여유가 참 넘치나 보네."

가게 내부에서 흘러나오는 BGM이 조용한 곡이었기에 떨어진 자리에서 여사원끼리 나누는 험담이 레이토의 귀에도 들려왔다.

"뭐?"

무슨 말을 하고 싶은지는 이해가 갔지만, 이곳은 어디까지나 휴식을 취하기 위한 공간이다. 남이 이러쿵저러쿵 참견하는 건 도리가 아니다.

"어머, 들렸다면 미안해. 근데 내가 뭐 틀린 말을 한 것도 아니잖아?"

험담했다는 사실을 본인에게 들켰다면 원래 조금은 움츠러들기 마련이지만, 역시나 상대방도 같은 영업직이라 그런지 차분하게 받아넘기는 기색이었다.

"저 사람 원래 좀 유명하잖아? 일을 저딴 식으로 하는데 잘리지도 않는 게 참 신기해."

"일을 저딴 식으로 한다니……."

"들어온 지 얼마 되지도 않았는데 너희처럼 출세와는 인연이 없는 부서에 처박혔잖아? 나 같았으면 금방 사표 던졌지."

"맞아. 게다가 외근도 거의 안 나가잖아?"

"어이가 없네. 아, 맞다. 사장 애인 아니냐는 소문도 있던데, 아무래도 입단속 조심하는 게 좋겠지?"

기분은 썩 그렇게 유쾌하지 않았지만, 리세에 관해 거의 알지 못하는 레이토로서는 아무 말도 하지 못했다. 그렇게 이러지도 저러지도 못하는 사이에 여사원들은 지금이 자리를 뜰 타이밍이라 여겼는지 자리에서 일어나 카페를 나섰다.

"나 원."

모처럼 즐거웠는데, 그 좋던 분위기도 싹 식어 버렸다. 이대로 해산하자니 뭔가 분한 느낌이 들어서 레이토는 와타루에게 한 가지 부탁을 하기로 했다.

"그렇지, 와타루. 이번 주 주말에 멀티 플레이 좀 빡세게 부탁할 수 있을까?"

"어? 아, 네. 저야 좋죠. 근데 무슨 일 있으세요? 빡세게 부탁한다니요?"

즉각적으로 기분을 추스를 만큼 똑 부러진 성격은 아니지만, 그래도 쾌히 응해 주는 후배의 모습에 레이토는 만족스럽게 고개를 끄덕였다.

"실은 말이야. 고드릭을 못 잡겠더라고."

탐색하는 데 와타루로부터 도움을 받으며 레벨도 올리고 좋은 아이템도 갖췄겠다, 레이토는 한층 더 강해진 기분을 맛보며 혼자서 고드릭에게 도전해 보았다.

도전해 보았지만, 탈탈 털리고 말았다.

"하지만 고드릭 정도면 멀기트보다는 상대하기 쉬울 텐데요? 전회도 있고 네펠리 루도 있는데……."

게임 잘하는 너나 쉽겠지, 레이토는 그렇게 한마디 따지려다가 참았다.

"네펠리? 그건 또 뭐야? 내가 알지 못하는 테크닉이 또 있어?"

"어라? 고드릭 바로 앞의 축복에 다다르기 직전에 작은 방이 있는데, 거기에 안 들어가 보셨나요?"

"축복 직전? 작은 방? ……방이야 이것저것 많긴 했는데."

그러고 보니 저번의 그 새한테 마구 쫓기기도 하고, 트롤인지 뭔지 하는 거대한 적에게 밟힐 뻔하다가 축복이 있는 작은 방으로 도망치듯 들어왔던 기억이 났다.

모조리 다 둘러보았다, 라고 말하기는 힘들지도 모른다.

"아무튼 그 근처에 네펠리 루라는 NPC가 있는데, 그 녀석에게 말을 걸면 고드릭과 싸울 때 조력자로 나서서 도와주거든요. 그럼 그것도 포함해서 이번 주 주말에 꼼꼼하게 한번 탐색해 볼까요?"

쾌히 응해 주는 와타루의 모습에 레이토는 호들갑스럽게 손을 맞대며 고마움을 표했다.

"고마워! 그 보답으로 커피 한 잔 더 사 줄게."

"아무리 그래도 커피 두 잔은 연달아서 못 마시죠."

드디어 와타루에게도 웃음이 돌아왔다. 레이토 또한 기분 좋게 카페를 나섰다.

◆◆◆

주말 밤이 왔다.

지난번 약속한 대로 와타루는 레이토가 진행할 고드릭과의 일전에 협력자로 참전하고자 로그인을 했다.

모이기로 한 장소는 스톰빌 성 공략 시점에서는 가장 안쪽 부분에 해당하는 축복, 후미진 작은 방이었다.

"안녕하세요."

『여어! 오늘 밤에도 잘 부탁해—— 아니, 그런데 어째 좀 약해 보인다?』

점성술 세트 초기 장비를 장비한 와타루의 서브 캐릭터를 본 레이토가 입을 열자마자 너무나도 솔직한 소감을 말했다.

"거참 너무하시네요. 뭐, 실제로 저번에 비해 약하긴 하지만요. 이건 서브 캐릭터거든요."

자칫 잘못했다간 레벨 차이 때문에 순삭당할 가능성이 있다.

하지만 보스의 경우에는 한번이라도 잡아버리면 재도전이 불가능하기 때문에 메인 캐릭터로는 선뜻 하기가 어렵다.

접대 플레이로 적당히 힘을 빼며 레이토가 활약하게 판을 깔아주는 것도 힘든 데다, 무엇보다도 그건 상대를 우습게 여기는 것만 같아 썩 내키지 않았다.

그래서 마침 비슷한 부분까지 나아갔던 서브 캐릭터를 데리고 왔다.

게다가 서브 캐릭터는 점성술사 출신으로 시작하여 지금까지 초기 방향성을 유지하며 지력에 치중했기에 정면으로 치고 들어가는 레이토의 협력자로서 상성이 좋다.

『그랬군. 그럼 앞으로는 서로 번갈아 가면서 나아가 볼까?』

"서로 번갈아 가면서요?"

『그래. 너도 그 캐릭터로 공략을 이어 나가고 싶을 테잖아? 나를 거들면서 다른 장소에서 공략을 이어 나가는 것도 힘들지 않겠어? 뭐, 넌 이미 게임을 클리어했으니까 정보 측면에서는 내가 별 도움이 안 될 테지만.』

"아뇨, 저야 감사하죠. 이 캐릭터는 수비가 빈약한 축이라서 누군가가 앞으로 나서 주면 큰 도움이 되거든요. 하지만 그럴 경우에는 보스랑 두 번씩 싸워야 하는데, 번거롭지 않으시겠어요?"

와타루는 앞으로도 여러 회차를 플레이할 생각이었다.

서브 캐릭터도 공략을 이어 나갈 수 있고, 메인 캐릭터로 2회차를 플레이해서 그간 빠뜨린 아이템을 습득해 나가는 것 또한 재미있을 것 같았다.

다만 그것은 엘든 링에 푹 빠진 사람한테나 재미있지, 그렇잖아도 상대하기 힘든 보스를 두 번 연속으로 상대하는 건 일반적으로 부담스러울 터.

『전혀. 나 같은 경우에는 가면 갈수록 이 게임의 참맛을 느낀다고나 할까? 술이랑 똑같지. 무진장 쓰지만 점점 빠져드는 그런 술이 있잖냐.』

와타루 본인도 술을 마시지 않는 건 아니지만 독한 술은 취향이 아니기에 레이토의 비유 자체는 별로 실감이 나질 않았지만, 그럼에도 하고 싶은 말은 알 수 있었다.

오히려 확 와닿았다.

"아하! 그렇군요. 몇 번이나 죽어도 그만둘 수 없는 그런 맛이 있죠."

『짜증이 나서 한차례 때려치워도, 하룻밤 지나고 나면 '아, 이걸 시험해 보지 않았는데.' 라는 생각이 문득 들며 다시 게임을 실행하게 만드는 그런 게 있지.』

"아, 그건 저도 잘 알죠. 그럼 앞으로는 서로 번갈아 가면서 공략을 이어 나가 볼까요?"

생각 이상으로 레이토가 엘든 링에 푹 빠진 것 같아 기분이 흡족해진 와타루는 그 기세를 실어 고드릭과의 일전에 들어갔다.

◆◆◆

레이토의 캐릭터가 금색 안개로 가로막힌 결투장으로 발을 내딛었다.

한 박자 늦게 에어리어 보스에 도전할 수 있다는 표시를 확인하고 나서, 와타루 또한 자신의 캐릭터를 움직여 금색 안개를 빠져나왔다.

그 너머로 삭아 가는 스톰빌 성의 맨 안쪽 부분이 펼쳐졌다.

묘비가 좌우로 죽 늘어섰고, 꼬챙이에 꿰인 신세가 된 용의 시체가 널브러져 있는 꺼림칙한 장소였다.

그곳에 무수히 많은 팔을 접목시킨 꺼림칙한 데미갓, 고드릭이 앞을 가로막아 섰다.

『그럼 한바탕 놀아 볼까! 엄호를 부탁해!』

그 말과 함께 레이토의 캐릭터가 똑바로 돌진했다.

달려드는 레이토를 보고 경계 태세에 들어간 고드릭은 오른팔에 쥔 거대한 도끼를 바닥에 질질 끌면서 달려오더니, 발밑에 있는 석재를 깎아 낼 기세로 도끼를 치켜들었다.

역시나 이만큼 동작이 요란한 공격은 먹혀들기 힘들다. 레이토는 그 공격을 깔끔하게 회피하고 나서 고드릭의 뒤로 우회했다.

하지만 엘든 링의 경우에는 공격을 너무 아슬아슬하게 피하면 오히려 상황이 악화되는 경우가 있다.

고드릭 또한 자신의 뒤로 우회한 레이토를 노리고 도끼를 다시 휘둘렀다.

이번에는 세로가 아닌 가로로 휘둘렀다.

어느 방향으로 피하더라도 구르기로 움직일 수 있는 범위를 모조리 베어 낼 수 있는 일격이다.

이러한 전개를 예측하고 있던 와타루는 고드릭의 뒤에서 거리를 좁히며 중거리에서 마술, 휘석 돌팔매를 연사했다.

가장 기본적인 마술로, 소비 FP는 적지만 위력은 그럭저럭 강하다. 그리고 연속해서 사용하기 편하기에 후반까지 요긴하게 써먹을 수 있는 마술 중 하나다.

특히나 이런 상황에서 일격 하나하나의 파괴력은 그리 중요하지 않다.

집요하게 레이토를 노리던 고드릭이 오른쪽으로 왼쪽으로 지팡이를 휘둘러 공격을 거듭하는 와타루를 향해 몸을 빙글 돌렸다.

"좋았어. 이쪽으로 어그로를 끌었어!"

여럿이서 싸울 경우에는 어느 한쪽이 적의 이목을 끌고, 다른 한쪽이 뒤에서 공격을 가하는 전법이 기본이다.

공격이 들어오면 이번에는 피하는 데 전념한다.

피하면서 적의 주의를 끌고, 파트너가 그 빈틈을 찌른다.

뒤에서 가해진 공격 때문에 적의 주의가 그쪽으로 쏠리면 다시 공격으로 전환한다.

혼자서만 너무 오랫동안 미끼 역할을 맡으면 회피하기 힘든 복잡한 공격이 연거푸 이어지기에, 둘이서 할 경우에는 적의 주의가 너무 한쪽에만 쏠리지 않도록 하는 것이 가장 중요하다.

공격력은 부차적인 문제다.

전투가 다소 오래 이어진다는 점을 각오할 필요가 있지만, 좌우지간 살아남는 것이 중요하다.

레이토 또한 고드릭이 표적을 와타루로 바꾸었다 싶으면 다시금 공격에 나섰다. 하지만 그 직후, 고드릭이 도끼를 마구 휘두르며 주변에 바람을 일으키더니, 뒤로 우회한 레이토를 날려 버렸다.

『아니?!』

음성 채팅에서 레이토의 목소리와 함께 버튼을 다급하게 눌러 대는 소리가 들려왔다.

허겁지겁 몸을 일으켜 세우려 하는 모양인데, 이 공격으로 다시금 표적을 레이토로 옮긴 고드릭은 레이토가 일어날 때를 노리며 도끼를 마구 휘둘러 대기 시작했다.

『이런 걸 대체 무슨 수로 피하냐고~~!』

운이 좋으면 일어났을 때 무적 시간이 끝남과 동시에 구르기를 써서 의외로 쉽게 피할 수도 있지만, 이번 경우에는 경직 시간이 끝남과 동시에 고드릭의 날 끝이 명중하여 레이토는 1패를 기록하고 말았다.

와타루 또한 일단 자신의 세계로 돌아가야 했다. 곧이어 스마트폰으로 '한 번 더 부탁해!' 라는 문자가 들어오자, 와타루는 웃음을 지으며 땅바닥에 소환 사인을 작성했다.

◆◆◆

와타루가 익숙지 않은 마술 특화 캐릭터를 고른 점도 작용해서 그런지 고드릭과의 일전은 격화되어 나갔다.

전체적으로 멀기트에 비해 공격 모션이 크기에 피하기는 쉽지만, 한 번이라도 공격을 받으면 자세가 무너지고 만다.

특히나 후반전에 말이다.

용의 머리를 왼팔에 접목시킨 고드릭은 범위 공격을 맹렬하게 퍼부어 대기에 둘이서 비명을 내지르며 도망치고 또 도망칠 수밖에 없었다.

레벨이 낮은 탓도 있기에 둘은 고드릭에게 마구 농락당했다. 그렇지만 혼자서 고전했을 적에는 맛보지 못한, 마치 축제 속에 온 것 같은 들뜬 기분이 느껴졌다.

몇 번째인지 모를 패배를 맛본 후, 이번에는 재도전하는 대신 잡담을 나누며 이야기꽃을 피웠다. 이것도 즐거웠다.

『저 녀석 대체 뭐야. 팔을 뚝 잘라 내고는 그 자리에 드래곤을 갖다 붙이다니, 뭐 저딴 합체가 다 있어!』

레이토가 웃으며 신랄하게 평가했다.

"대체 불을 어디에서 내뿜는 걸까요?"

와타루 또한 웃으며 그렇게 대꾸했다.

『그러고 보니…….』

한바탕 대화를 나눈 뒤, 레이토가 불쑥 그런 말을 꺼냈다.

『저번에 네가 미야마쨩에게 뜨거운 눈길을 보냈다고 내가 얘기했던 거 기억나?』

"아니, 그 얘길 언제까지 하시는 거예요?"

그래도 오해는 풀렸는지 레이토 또한 음성 채팅 너머에서 살짝 웃었다.

『역시나 그 말 같지도 않은 소문이 신경 쓰여서 그렇게 쳐다봤던 거야?』

불순한 의도는 없지만 어쨌거나 신경이 쓰여서 쳐다보았던 것은 사실이기에 와타루 또한 얌전히 고개를 끄덕였다.

"뭐, 그건 그래요……. 사장의 애인이니 뭐니, 그 얘기를 최근에 처음 들었거든요. 카시마 씨, 혹시 우리 과에 관해 어떻게 생각하세요?"

『우리 부서? 뭐, 출세와는 거리가 먼 한직이긴 하지.』

망설임 없는 대답이 즉각적으로 돌아오자 와타루는 자기도 모르게 쓴웃음을 지었다.

와타루가 일하는 이츠키 리스에는 영업 활동과 관련된 부서가 네 군데 있다.

와타루와 레이토가 소속된 영업 제4과.

이름만 같은 영업이라 해도 업무 내용은 다르다. 예를 들어 제1과는 주로 큰 규모의 지속 업무를 담당하는 부서다.

이츠키 리스는 회사가 위치한 H시를 중심으로 영업하며, 시청이나 학교 등의 공공시설을 상대로 사무 용품을 많이 납품한다.

수의 계약이 인정되는 범위에 한하지만, 영업 제1과는 지속 계약을 거의 도맡다시피 하며 회사에 안정적인 수익을 창출한다.

그에 비해 영업 제4과는 주로 아웃바운드 영업으로, 지금껏 거래를 하지 않았던 회사를 방문하여 계약을 맺는 형태의 업무를 주로 맡는다.

일반적으로 '영업' 이라는 말을 듣고 떠올릴 수 있는 건 후자에 해당하지만, 그것이 제 '4' 과에 위치하고 있다는 시점에서 이츠키 리스가 어디를 중시하는지는 불 보듯 뻔하다.

현재 이츠키 리스의 대부분은 지속 계약을 통해 수익을 낸다. 아웃바운드 영업 중심의 제4과는 그저 간판만 내걸고 있는, 있으나 마나 한 곁가지 부서로 전락한 상태다.

"뭐, 다들 의욕 없이 일하는 중이죠. 아, 카시마 씨는 다르지만요."

『나야 뭐 재미있게 일하고 있지~. 근무 태도가 불량한 사원인 건 예나 지금이나 마찬가지지만.』

그 점에 관해서는 와타루도 그간 신기하게 여기던 참이었다.

레이토는 더 중요한 업무를 해낼 수 있을 것처럼 보였다. 그렇지만 정작 본인은 매달 여유롭게 할당량을 채우고 나면 티 나지 않게 일을 쉬엄쉬엄하는 것처럼 보였다.

"저도 영업직인 주제에 다른 사람과 대화 주고받는 게 영 서투르고, 우리 회사 자체가 아웃바운드 영업을 거의 무슨 곁가지처럼 여기잖아요."

『그건 그렇지.』

현재 영업 제4과는 입지가 무척 협소하게 보이는 부서다.

"그래서 다들 의욕 없이 일하는가 싶거든요. 그런데 그런 와중에도 미야마는 늘 즐겁게 일을 하니, 참 신기했어요. 이런 사람이 정말로 그런 소문이 나돌 짓을 저지르고 다니나 싶어서 말이죠."

『좀 더 떳떳하지 못한 기색을 보여야 하는 거 아니냐는 말이지?

뭐, 원래 여자는 속을 알 수 없어. 시치미 뚝 떼고 뒤통수를 치거나 양다리를 걸친 녀석도 있었거든.』

"어?! 그, 그런 적이 있었어요?!"

레이토의 경험담이 나오는가 싶어 와타루는 컨트롤러를 꾹 움켜쥔 채 자기도 모르게 긴장했다.

『뭐, 남자 중에도 양다리 걸치는 녀석은 얼마든지 있지만……. 아, 이건 어디까지나 내 직감. 내 직감에 따르면, 연기력으로는 여자를 절대 이기지 못해.』

어디까지나 레이토의 개인적인 의견이기는 했지만, 같은 거짓말을 하더라도 남자는 들키지만 여자는 들키지 않는 경우가 많다고 한다.

『그 녀석들은 거짓말을 한다기보다는 오히려 굳게 믿는다고나 할까? 본인이 거짓말을 하고 있고 그런다는 인식도 있지만, 거짓말을 하지 않는다고 굳게 믿고서 거짓말을 하는 것 같단 말이지.』

"얘, 얘기가 너무 고차원적이라서 저는 잘 모르겠네요."

『뭐, 어디까지나 내 개인적인 의견이니까 반쯤은 걸러 들어. ……하지만, 이번 경우에는 네 직감이 정답이야.』

"저어, 그렇다고 하심은, 나쁜 짓은 저지르지 않았다는 말씀인가요?"

『소문으로 떠도는 나쁜 짓을 저지르지는 않은 것 같아. 그게, 네가 하도 미야마짱을 신경 쓰는 기색이어서 내가 좀 여러모로 조사해 봤지.』

레이토는 이번에도 농담하는 투로 그렇게 말했다.

아니, 아직도 그 부분은 오해를 하고 있단 말인가.

하지만 따지고 들면 괜히 귀찮아질 것 같았기에 와타루는 잠자코 듣기로 했다.

『그래서 말인데, 아무래도 미야마쨩은 아재들을 돌보고 있었나 봐.』

“아재들? 돌본다고요?”

문득 차라도 끓이나 싶은 생각이 싶었지만, 영업 제4과 사무실에서 그런 모습을 본 적은 없었다.

『자료실이라고 알아?』

“아, 네.”

요즘 대부분의 데이터는 디지털화되어 인트라넷상에 있는 공유 폴더에 저장한다고 한다.

그렇게 하면 회사 내부 PC를 통해 필요한 정보를 열람할 수 있기 때문이다. 반대로 권한을 관리하면 정보 유출을 쉽게 막을 수 있다.

하지만 종이 매체로 작성된 자료—— 그것도 자료로서의 가치가 낮고, 굳이 데이터로 변환할 필요도 없는 자료는 한곳에 모아 관리하고 있다.

당연하지만 회사 내부에서도 중요하게 취급하지 않는 자료다. 그 부서에는 퇴직 직전의 사람이나 다른 부서에서 인원이 남아도는 사람이 배속되곤 한다.

영업 제4과와 우열을 가리기 힘든 한직이다.

『거기서 말이야. 사무기기를 잘 다루지 못하는 아재들을 모아서 컴퓨터 강좌를 간단하게나마 흉내 내고 있었다나 봐.』

“요컨대, 워드 프로세서나 스프레드시트 등의 사용 방법을 알려 주었다는 말씀이죠?”

『맞아.』

“미야마가 대체 왜요?”

『그게 참 신기하단 말이지. 우리 부서는 그런 교육을 위해 존재하는 건 아니니까. 원래 우리 회사는 컴퓨터를 잘 다루지 못하는 사람은 억지로 가르치지 않고 컴퓨터를 쓰지 않아도 되는 다른 부서에 배속하니까 말이야.』

컴퓨터를 쓰지 않아도 되는 부서에 배속한다고는 하지만, 아무래도 현대의 인프라 여건을 고려했을 때 컴퓨터를 다루지 못하는 사람들이 배속되는 곳은 자료실처럼 필요성이 낮은 부서밖에 없다.

“영문을 모르겠네요.”

『그렇지?』

소문이 엉터리임을 알아낸 것까지는 좋았지만, 결국에는 의문만 더 깊어졌다.

참으로 어중간한 결과에 와타루는 괜히 마음속이 찝찝해졌다.

◆◆◆

늘 만나는 그때 그 시간. 여느 때처럼 와타루는 엘든 링을 실행했다.

오늘 밤에도 레이토와 함께 멀티 플레이에서 만나기로 했는데,

레이토가 지정한 축복을 보고는 의아함을 느꼈다.

보나 마나 끝끝내 꺾지 못한 고드릭에게 복수의 재도전을 하지 않을까 싶었는데, 방금 레이토가 문자로 지정한 축복은 '인도의 시작' 이었기 때문이다.

게임을 시작하고 나서 튜토리얼이 끝난 직후에 방문하는 축복이자, 게임이 본격적으로 시작하고 나서 접하는 최초의 축복이라고 할 수 있다.

'변경의 영웅 묘지를 공략할 작정이라면 표류 묘지였을 텐데.'

이유는 알 수 없지만, 와타루는 일단 지정된 장소에서 소환 사인을 작성하고 나서 레이토에게 문자를 보냈다.

잠시 후, 소환되었다는 메시지가 화면에 표시되었다.

"카시마 씨, 오늘은 대체 어떤 걸 하고 싶——."

소환한 사람의 캐릭터가 눈앞에 표시되었기에 오늘 목표를 물어보려고 했지만.

"——누구세요?"

그곳에는 낯선 캐릭터가 있었다.

코부터 그 아래를 뒤덮는 독특한 마스크와, 갑옷이라기보다는 옷에 더 가까운 경량 방어구.

아마도 출신은 도적일 테지. 그 초기 장비를 착용한 핑크색 머리의 여성 캐릭터가 서 있었다.

겉모습이 너무나도 달랐기에 레이토가 '화장' 으로 외형을 바꾸었다고 보기는 어려웠다.

그 다음으로 모르는 사람이 잘못 소환했을 가능성을 떠올렸다.

하지만 암호는 제대로 잘 설정했을 텐데.

'알파벳이나 숫자로 구성된 네 자리 암호라면 우연히 겹칠 가능성도 있——을 리가 있나.'

패턴이 몇 천만 가지나 될지 계산할 엄두도 나지 않았다.

와타루가 쩔쩔매는 와중에, 옆에서 익숙한 레이토의 캐릭터가 나타났다.

방랑기사의 초기 장비를 장비한 'Ray' 라는 닉네임의 캐릭터였다.

이번에는 레이토의 캐릭터임이 분명했지만, 그 캐릭터 또한 몸색이 살짝 노란빛을 띠고 있었다. 와타루와 마찬가지로 소환된 협력자임을 알 수 있었다.

핑크색 머리 도적의 닉네임은 'Rise' 였다.

영단어 라이즈라면 상승을 의미한다. 도적인데 꽤나 자기주장이 강렬한 닉네임이 아닐 수 없었다.

'——아니, 잠깐만. 핑크색 머리라고?'

엘든 링의 캐릭터 네임은 오직 알파벳만 사용할 수 있기에 지레짐작했었지만, 이걸 있는 그대로 로마자로 읽으면 '리세' 가 된다.

"혹시, 미야마가 캐릭터의 주인이야?"

『와우, 정답! 와타루쨩, 예리해!』

음성 채팅에서 들려오는 것은 의심할 여지가 없는 미야마 리세의 목소리였다.

"저기, 미야마……?"

『에이~ 피차 같은 직장을 다니는 사이인데, 좀 더 친밀함을 담아 리세쨩이라고 불러 주면 어디가 덧나?』

와타루는 그만 할 말을 잃었다.

지난번에도 느꼈지만 다른 사람과의 거리감이 자신과는 너무나도 달랐다.

그렇다고 와타루의 경우가 일반적이냐고 한다면 전혀 그렇지 않지만, 적어도 리세의 경우가 일반적인 기준은 아니다.

'만약 그렇다면 나는 내 방에 틀어박힌 채 평생 나가지도 못하는 신세가 될지도 몰라!'

와타루가 속으로 쓸데없는 생각을 하는 와중에, 지금껏 잠자코 있던 레이토가 입을 열었다.

『아하하하, 많이 놀랐지? 미안해. 저번에 미야마쨩이 엘든 링을 구입했다고 그랬잖아? 그래서 이참에 같이 하자고 했지.』

그제야 레이토가 내막을 털어놓았다.

"세상에……."

서프라이즈도 그렇거니와, 겨우 그것만으로 멀티 플레이에 초대하는 레이토의 의사소통 능력에는 그저 놀라움만 느낄 따름이었다.

"카시마 씨는 예나 지금이나 정말 대단하시네요……."

어쨌거나 엘든 링 유저가 늘어나는 건 기쁜 일이다.

『우리도 고드릭을 상대로 막힌 참이니, 다시 한 번 주변을 탐색해 보는 게 어때?』

"아, 그렇네요. 그게 좋을지도 모르겠어요."

듣고 보니 그랬다. 이미 한 차례 클리어한 와타루는 무심코 최단 거리를 떠올리곤 했지만, 1회차 플레이에서는 조금 막힌다 싶으면 탐색을 이어 나갔었다. 그렇게 주변 경치를 만끽하면서 기분 전환을 하고, 레벨 업이나 새로운 아이템을 입수하여 능력치를 강화하곤 했었다.

엘든 링에서는 막히는 부분이 생겼을 때 그 뒤에 이어지는 레벨업 작업은 단순한 작업이 아니다. 정교하게 잘 만들어진 오픈 월드의 탐색이라는 별개의 플레이로 이어지는 것, 그것이 엘든 링의 대단한 점이다.

심지어 막히는 부분이 없는데도 탐색하고 싶은 마음이 들 만큼, 필드를 돌아다니는 것 자체가 재미있다는 점이 엘든 링의 특징이 아닐까 싶었다.

『그렇다면 하는 김에 미야마쨩이랑 같이 탐색하는 게 어떨까 싶었거든.』

하지만 그럴 경우, 소환된 세계에서 축복을 발견하더라도 축복을 개방할 수 있는 사람은 호스트밖에 없다. 같은 작업을 다음에 또 해야 하지만, 어차피 림그레이브 주변이라면 친숙하니 큰 상관은 없을 테지.

리세가 어디까지 진행했는지 모르지만 이왕 세 사람이 한자리에 모인 참이다. 저번에 후순위로 미루었던 흐느낌의 반도로 가서 실컷 플레이하는 것도 나쁘지 않을 테지.

와타루가 오늘 밤 일정을 머릿속으로 짜는 동안, 리세가 다시금 입을 열었다.

『그렇잖아도 누가 좀 도와주었으면 싶은 부분이 있었는데, 때

마침 레이톳찌가 말을 걸어 주었지 뭐야? 정말 운이 좋았어.』

"아, 그래도 혼자서 조금은 나아갔나 보네."

본인이 무엇을 하고 싶은지 확실하다면 이해하기 편할 것 같다고 와타루는 혼자서 고개를 끄덕였다. 그런데.

『아니. 어제 막 시작한 참이라 거의 나아가지 못했는걸?』

리세의 대답은 미묘하게 핀트가 어긋났다.

"그럼 도와주었으면 싶다는 부분은……."

『그, 여기에서도 아마 보일 텐데, 바로 저 녀석이야!』

리세는 자신의 캐릭터를 움직여 '인도의 시작' 이 있는 언덕 가장자리까지 이동한 다음, 눈앞에 펼쳐진 초원 쪽을 향해 그 자리에서 폴짝폴짝 점프했다.

게임 내적으로는 가혹하고, 비주얼도 현실에 가까운 이 세계관에서 그런 동작을 취하니 살짝 귀엽게 느껴졌다.

리세가 무언가를 가리키고 싶으리라 짐작한 와타루가 그쪽으로 시점을 전환했다.

"서, 설마……."

그 녀석은 거대한 황금 할버드와 커다란 방패로 무장하고서 황금 갑옷으로 온몸을 감싼 강적이자.

마찬가지로 금색 마갑을 장착한 애마에 올라탄 거구의 기사였다.

『으엑…….』

이건 레이토의 반응이었다.

『아무리 해도 이 녀석을 잡지 못하겠더라!』

"그야 당연하지!"

1회차 플레이어의 대부분이 피해 다닌다고 하는, 바로 그 트리 가드였다.

대부분의 플레이어는 녀석의 압도적인 힘에 유린당해 몇 번이나 죽고 나서야, 이 게임은 피해 다니는 것 또한 선택지 중 하나임을 깨닫고 비명을 내지르며 다음 장소까지 도망치곤 한다. 녀석은 플레이어로 하여금 그렇게 하도록 만드는 존재다.

시작 직후의 플레이어라면 한두 번만 공격을 당해도 죽을 정도의 위력을 자랑한다.

일반적인 RPG라면 시작 직후에는 가볍게 플레이할 수 있는데 반해, 시작부터 일반적인 방법으로는 절대로 이길 수 없는 적을 배치해 두는 부분이 참으로 프롬 소프트웨어다웠다.

"있잖아. 저 녀석은 그냥 피하고 지나치면 되거든?"

와타루는 리세가 혹여나 강제 이벤트라고 착각하고 있을 가능성에 일말의 기대를 걸고 의견을 제시해 보았지만.

『그야 물론 잘 알지. 그냥 내가 잡고 싶어서 그러는 거야!』

리세는 그렇게 대답했다.

『미야마쨩, 너 엄청 당찬 성격이었구나.』

그 레이토마저 잠긴 목소리로 그렇게 웃을 뿐이었다.

와타루 또한 애당초 무리라고 생각했으며, 앞으로 나아가고 싶다는 욕구가 더 강했기에 트리 가드는 패스했었다.

그런데 이것도 프롬 게임에서 자주 볼 수 있는 부분이지만, 이 트리 가드를 냉정하게 지켜보다 보면 '잘하면 어찌어찌 해치울 수 있지 않을까?' 싶은 생각이 들 만큼 위력이 미묘하게 조정되어 있다.
승산은 거의 없다.
하지만 이쪽의 공격도 통하면 몇 퍼센트 정도는 HP를 깎을 수 있다.
공격도 정말 피하기 어렵지만, 타이밍을 딱 맞춰 계산해서 피하면 어떻게든 된다.
다른 게임에서 흔히 보이는, 명백한 패배 이벤트 수준의 격차는 없다.
피하고 또 피하며 계속 공격하다 보면 어떻게든 될지 모른다, 그렇게 악마가 유혹하는 듯한 느낌이 들 만큼 위력이 조정되어 있다.
『저기, 한번 해 보자!』
"음~. 나는 카시마 씨만 괜찮다고 하시면 상관없어."
와타루는 잠시 생각하고 나서 그렇게 답했다.
『어?! 나한테 떠넘기기야? ……뭐, 딱히 서둘러 클리어할 필요도 없으니, 어느 정도라면 같이 어울려 줄게. 그렇지만 도저히 답이 안 나올 것 같으면 패스해야 한다?』
『정말?! 둘 다 고마워! 덕분에 살았어!』
이리하여 오늘 PS5의 전원을 켤 때까지만 해도 상상조차 하지 못했던 무모한 싸움이 느닷없이 시작되었다.
일단은 한번 해 보자는 마음가짐으로 세 사람은 '인도의 시작' 근처를 돌아다니는 트리 가드에게 다가갔다.
일정한 거리까지 접근하자, 줄곧 느긋하게 말을 몰던 트리 가드의 움직임이 우뚝 멈추는가 싶더니—— 이쪽을 향해 내달리기 시작했다.

『온다!』

"어쨌든 간에 처음엔 피해!"

레벨도 낮은 데다 방패도 제대로 된 걸 입수하기 전까지는 어차피 가드해 봤자 방패와 함께 튕겨져 나갈 뿐이다.

두 사람 모두 굳이 말하지 않아도 잘 아는 모양인지, 그 자리에서 구르기를 써서 공격을 피하고자 했다.

하지만 엘든 링에서는 상대의 모션에 잘 맞추지 못하면 회피해 봤자 소용없는 경우가 대부분이다.

아니나 다를까, 크게 도약한 트리 가드가 단숨에 거리를 좁히고는 할버드를 휘두르며 머리 위에서 내리찍었다.

『우왓?!』

첫 희생자는 레이토였다.

단 일격에 HP의 90퍼센트가 깎였다. 레이토는 다급히 거리를 벌리고 나서 성배병으로 HP를 회복하고자 했지만, 그렇게 필사적으로 벌린 거리를 트리 가드는 순식간에 좁히고 들어왔다. 결국 트리 가드가 가볍게 휘두른 일격에 레이토는 그대로 사냥당하고 말았다.

『레이톳찌~~!』

리세가 전우의 죽음을 슬퍼했지만, 그 목소리를 내질렀을 때 이미 트리 가드는 말과 함께 뛰어올라 리세에게 달려든 뒤였다.

『꺄악~~~~! 오지 마, 저리 가라고~~~~!』

리세는 필사적으로 도망쳤다.

그래도 구르기에 전념한 것이 잘 먹혀들었는지, 리세는 가까스로 한 대도 맞지 않고 그 맹공을 뿌리쳤다.

하지만 이대로 트리 가드의 공격을 계속해서 받다 보면 어차피 레이토의 전철을 그대로 밟을 뿐이다.

와타루는 중간 거리까지 다가갔을 즈음에 휘석 돌팔매를 날리며 공격을 가했다.

이것이 트리 가드에게 적중한 첫 공격이었다.

그래서 정작 중요한 대미지는 대체 얼마나 들어갔는가. 화면 하단에 표시된 트리 가드의 HP 게이지에는 짤막하게 두 자릿수 숫자만 표시될 뿐이었다.

"이거 대체 몇 번을 맞혀야 하는 거야?"

와타루는 끝이 보이지 않는 여정에 맥이 빠졌다. 공격을 당하고 표적을 바꾼 트리 가드가 이번에는 와타루를 향해 맹렬한 속도로 달려들었다.

하지만 와타루는 이미 메인 캐릭터로 공략을 완료한 상태였기에 트리 가드의 공격 패턴을 잘 알고 있었다.

"여기서, 피하면 돼!"

크게 휘두른 할버드가 내리 찍히며 이펙트가 발생한 순간, 와타루는 그 자리에서 구르기로 공격을 피했다.

오른쪽으로 왼쪽으로, 밑에서 위에서, 트리 가드는 엄청 무거워 보이는 그 할버드를 가볍게 휘둘러 대며 공격을 가했고, 와타루는 그 공격을 차례차례 피했다.

『와타루쨩, 굉장해!』

어느새 제법 거리를 벌린 리세가 감동받은 듯한 어투로 그렇게 외쳤다.

눈앞에 있는 스마트폰이 빛을 반짝이며 레이토로부터 받은 문자를 간략하게 표시했다. 거기에는 나도 싸우고 싶으니 얼른 죽으라고 적혀 있었다.

'제가 죽는 건 기정사실인가요?! 이렇게 된 이상 오기를 부려서라도! 부리고 싶은데!'

어차피 피하기만 해서는 죽도 밥도 안 되기 때문에 어떻게든 공격을 가하고자 했지만, 트리 가드는 그럴 틈조차 주지 않았다.

애당초 메인 캐릭터로 공략했을 경우에는 높은 레벨 덕분에 방어구도 강화된 상태였다. 그래서 여러 차례 공격을 받아도 죽지 않았기에 어찌어찌 잡을 수 있었다.

하지만 검에 비해 모션 시간이 긴 마술로는 공격을 제대로 가하기 어렵다.

『내가 도우러 왔어!』

리세가 트리 가드의 뒤쪽으로 신나게 달려들었다.

하지만.

"아……."

리세가 일격을 가한 직후에 몸을 빙글 돌린 트리 가드에게 일격을 받았다. 리세는 곧바로 도망치려고 했지만 바짝 추적해온 트리 가드에게 다시 일격을 받았다. ——푸슉, 하는 꺼림칙한 소리와 함께 1차전은 막을 내렸다.

『한 번 더! 한 번 더 해 보자!』

리세는 다시금 와타루와 레이토를 소환하고는 의욕 충만한 기세로 재도전을 제안했다.

이러면 본인도 조금은 마음을 바꾸지 않을까 싶었지만, 오히려 패하고 나니 의욕에 불이 붙은 모양이었다.

솔직히 말해서 엘든 링과 잘 맞는지도 모른다.

사실 와타루가 메인 캐릭터를 데리고 오면 손쉽게 해결할 수 있을 테지.

소환되고 나면 와타루의 캐릭터도 상당히 약해지지만, 그렇다 쳐도 지력에 특화된 빌드로 바꾸는 방법도 고려할 수 있다.

일정 시간 FP를 소모하지 않는 푸른 숨겨진 물방울을 써서 아스테르 메테오나 다른 강력한 마술을 마구 날려 대면 순식간에 해치울 수 있겠지.

하지만 시시하다고 해야 할지, 그건 플레이의 취지와는 어긋나는 것 같았다.

역시나 지금은 낮은 레벨의 캐릭터만으로 갖은 고생을 해 가며 어찌어찌 클리어해야 게임의 참맛을 맛볼 수 있겠지.

문제는 레이토 쪽인데.

『어쩔 수 없지~. 이렇게 된 이상 끝장을 봐야겠는걸? 오늘 밤은 끝까지 달려 보자고!』

살짝 자포자기하는 분위기를 띠기도 했지만, 이리하여 오늘 밤에는 '트리 가드와 함께 노는 모임' 이 갑작스럽게 열리게 되었다.

◆◆◆

생각지도 못하게 세 명의 멀티 플레이가 시작되었다. 리세의 의향으로 '트리 가드와 함께 노는 모임' 이 갑작스럽게 열렸고, 그로부터 거의 1시간이 경과했다.

이제 상대 HP를 절반 정도 깎는 데 성공했지만, 좀처럼 결정타를 먹이지 못하는 교착 상태에 빠졌다.

캐릭터 레벨과 장비가 충분하지 못할 뿐만 아니라 와타루를 제외한 나머지 둘은 엘든 링 초보자라는 점도 영향을 주었을 테지.

그럼에도 여러 시행착오를 거치고 전략을 쥐어짜 내며 계속해서 싸움을 이어 나가다 보니 즐거웠다.

오히려 승리는 단순히 결과에 지나지 않았다. 이와 같이 계속해서 전략을 짜내는 과정 자체가 엘든 링에서 맛볼 수 있는 전투의 즐거움이 아닐까 싶은 생각이 새삼 들었다.

『잠시 휴식 좀 취하지 않을래?!』

그렇지만 역시나 중간에 레이토가 앓는 소리를 냈고, 리세 또한 이에 동의했다.

"그럼 전 잠깐 마실 것 좀 가져올게요."

와타루가 냉장고에서 탄산음료를 꺼내고 다시 돌아와 보니, 계속 멀티 플레이에 접속 중인 상태에서 레이토와 리세가 음성 채팅을 통해 작전 회의를 나누고 있었다.

『공격하는 박자도 계속 바뀌고…….』

『그리고 말도 문제야. 무기에 집중하다 보면 갑자기 짓밟기도 하니까. 와타루, 왔어?』

"아, 네. 방금 막 왔어요."

『무슨 요령이라도 있어?』

"요령이요? 이것저것 있지 않을까 싶지만, 아무리 공격에 주의해도 코앞에서 모조리 회피하기란 역시나 힘들단 말이죠."

『그렇다면……?』

"좀 더 대략적으로, 표적이 되었는지 아닌지로 구분하는 것이죠. 자신이 표적이 되었다 싶으면 도망치는 데만 전념해도 충분하지 않을까 싶어요."

『그럼 표적이 되지 않았다 싶으면 뒤에서 찔끔찔끔 공격하는 식이야?』

"그런 식으로 말해 놓고 보니 엄청 짜치긴 하지만……."

정말로 잘하는 사람은 트리 가드의 모션을 모조리 기억했다가 모든 공격을 즉각적으로 피하는 동시에 일방적으로 공격을 가하며 승리를 거둔다.

역시나 그렇게 하기에는 무리가 따르기에 현 상황에서는 확실한 방법으로 나가는 것이 상책일 테지.

『아니, 오히려 머리에 쏙쏙 들어와.』

『맞아. 나도 그렇게 듣고 나니 왠지 이번에는 할 수 있겠다 싶어. 와타루짱, 완전 잘 가르쳐!』

두 사람도 딱히 불만은 없어 보였기에 와타루는 내심 가슴을 쓸어내렸다.

『잘 가르친다고 하니까 문득 떠올랐는데. 미야마, 회사 아재들에게 컴퓨터 다루는 법을 가르친다면서?』

잡담을 나누다가 겸사겸사 묻는다는 느낌으로 레이토가 이전부터 품었던 의문을 슬쩍 들이댔다.

약삭빠르게 빈틈을 잘 노렸는지, 아니면 우연인지는 모르겠지만 대담한 화제 전환이었다. 이러한 단호함도 화술에 필요할지도 모르겠다 싶어, 와타루는 내심 감탄하면서 대화의 흐름을 지켜보기로 했다.

반면에 리세는 깜짝 놀랐다는 듯이 소리를 질렀다.

『레이톳찌, 그건 또 어떻게 알았대?! 아저씨들한테 들었어?』

『아니? 그런데 당사자 외에도 이미 몇몇은 알고 있던데?』

『으아…….』

정확하지는 않더라도 실제로 묘한 소문은 이미 돌고 있었다. 애당초 회사 내부에서 그렇게 하는데 숨길 수 있을 리도 만무하다.

무엇보다 리세는 영업 제4과에 소속되어 있기에 자신에게 주어진 업무를 제대로 수행하지 못하면 위에서 한 소리 들을 게 뻔하다.

"그런데 왜 또 그런 일을……?"

레이토가 꺼낸 화제였기에 잠자코 듣는 데 전념할까 싶었지만, 무척이나 궁금했던 탓에 와타루 또한 자기도 모르게 입을 열었다.

『그야, 그 아저씨들은 막 입사했을 당시만 해도 이렇게까지 디지털화가 진행되지는 않았고, 일하는 와중에 점점 근무 환경이 변했잖아?』

"뭐, 그런 사람도 있겠지."

『요즘 시대에 컴퓨터도 다루지 못하면 업무조차 제대로 볼 수 없지만, 실제로 당사자들은 다루지 못하는걸. 그렇다고 이제 와서 다른 사람한테 배우자니 거부감이 드는 모양이고.』

"어? 그렇지만 미야마는 가르치고 있는 거지?"

와타루의 솔직한 물음을 듣고 리세는 웃어넘겼다.

『사실 나는 가르치고 있다기보다는 같이 놀고 있다고 보는 게 맞아.』

『요컨대 누군가에게 배우고 있다는 형태 자체가 싫은가 보군. 심지어 그런 부분에 빠삭한 사람은 본인 자식보다 더 어릴 테고. 그러니 그런 사람에게 머리를 숙이는 데 거부감이 든다는 말이지?』

『그렇다고 적개심까지 느끼지는 않겠지만, 어차피 처음엔 배운다고 제대로 할 수도 없을 테니 아무래도 거부감이 들 수밖에 없겠지.』

"하긴, 60대에 접어든 사람의 경우엔 어린 시절에 컴퓨터가 없었을 테니까 말이지……."

『맞아. 그래서 반쯤 놀면서 진행하다 보니 어느새 이렇게 됐지 뭐야. 다들 그간 다른 업무를 맡으며 열심히 일해 오던 사람들인데, 컴퓨터를 잘 다루지 못한다고 기존 업무를 죄다 남들에게 빼앗긴 채 하기도 싫은 서류 정리를 지루하게 하는 모습들을 보고 있으니, 왠지 불쌍하다는 느낌이 들지 뭐야.』

리세는 아무렇지 않다는 기색으로 딱 잘라 말했다. 필요 이상으로 감정적이지 않고 시원시원한 그 말투에서는 호감마저 느껴질 정도였다.

"하지만 정 그렇다면 그런 부서로 이동하고 싶다고 얘기를 하지 그랬어?”

회사 내부 컴퓨터는 인트라넷으로 연결되어 있기에 전체 시스템을 관리하는 부서도 존재한다.

그들 또한 사원 지도가 업무에 포함될 리 없다. 애당초 이츠키 리스의 방침으로 보자면 연수를 받도록 열심히 장려하는 분위기도 아닌 것 같고 말이다.

그럼에도 영업직 사람이 강사 흉내를 내는 것보다는 훨씬 자연스럽지 않을까 싶었다.

과연 이것도 웃어넘길까 싶었지만.

『나는 영업 제4과에 있고 싶어!』

리세는 생각보다 진지한 투로 와타루의 말을 부정했다.

와타루 본인도 잘 알고 있다시피 영업 제4과는 이츠키 리스 내부에서도 중요도가 무척 낮은 부서다.

본인이 자진해서 속하고 싶어 할 이유는 딱히 없어 보였다.

『그렇지만 아재들에게 얽매이는 바람에 정작 영업직을 소홀히 하면 언젠간 잘리지 않을까 싶은데……. 그건 그렇고 아무리 최저 라인이라도 그렇지, 평소에 계약은 대체 무슨 수로 따내는 거야? 아, 물론 본인만의 영업 비밀을 밝히기 싫다면 더는 캐묻지 않을게.』

점점 깊숙한 부분까지 파고드니 신경이 쓰였지만, 와타루 본인도 무척 궁금했던 부분이었기에 딱히 레이토를 만류하지 않았다.

『아, 그거? 아저씨들이 인맥을 여럿 소개해 주면서 날 배려해 줬거든. 애초에 그러려고 컴퓨터를 가르친 건 아니지만.』

『아! 그래서 여러 회사로부터 계약을 따냈던 거구나!』
『맞아. 애초에 내가 발이 그리 넓은 편도 아니잖아.』
리세는 딱히 언짢아하는 기색도 없이 웃어넘겼다.
『게다가 연줄이 있어서 입사한 건 사실이기도 하고.』
"어? 그랬어?"
『그래. 얼마 전에 우리 할아버지 얘기했던 거 기억해?』
"아, SEKIRO를 하다가 중간에 너무 어려워서 징징댔다고 하던 그분?"
『맞아. 고로짱은 옛날에 우리 회사에서 일했었거든. 난 머리가 나쁘니까, '이대로 가다간 취업은 절대 꿈도 못 꿀 거야! 내가 소개해 주마!' 라고 본인이 막 나서지 뭐야. 취업은 절대 꿈도 못 꾼다고 말하다니, 참 너무하지 않아?』
뭐라 해야 할지 참으로 난감했다.
그럼에도 할아버지와 사이는 좋은 편인지 리세는 계속 웃으며 말했다.
『그럼 혹시 영업 제4과에 있으려 하는 이유도 원래 할아버지가 소속된 부서라서 그래?』
『아, 레이톳찌, 예리해! 옛날엔 우리 회사도 아웃바운드 영업 중심이라서 당시엔 고로짱도 엄청 활약했었다나 봐. 영업직은 역시나 직접 부딪쳐 가면서 하는 게 최고라나 뭐라나.』
"할아버지께 걱정 끼쳐 드리기 싫어서 다른 부서로 가기 싫다는 말이야?"
『맞아. 대놓고 직접적으로 그렇게 설명하니까 좀 부끄럽기도 하지만. 뭐, 아무튼 그래. 어쨌거나 난 아저씨들도 내버려 두기도 싫고, 다른 부서로 이동하기도 싫어.』

드디어 의문이 풀렸다.

보통은 상황을 정리할 수 있게 어느 한쪽을 포기하는 것이 일반적이지 않을까.

적어도 와타루라면 분명 그랬겠지.

하지만 할아버지한테 걱정 끼쳐 드리기 싫다는 마음가짐도, 시대로부터 버림받고 난처한 입장에 처한 연상의 동료들에게 친절한 손길을 내미는 것도, 어느 쪽이든 훌륭하게 보였다.

스스로 올바르다고 생각하는 것을 관철하려면 강인함이 필요하지 않을까.

와타루 같은 사람에게는 특히나 더 그렇게 느껴졌다.

그렇기에 자못 당연하다는 듯이 그렇게 행동하는 리세의 스탠스가 와타루의 눈에는 눈부시게 보였다.

◆◆◆

결국 트리 가드에겐 탈탈 털리기만 하다가 끝나고 말았지만, 그럼에도 속이 후련해진 와타루는 근시일 내로 재도전할 것을 약속하고서 레이토와 리세랑 헤어졌다.

게임 공략은 별다른 진전이 없었지만, 그래도 이날 밤에 맛본 만족감은 컸다.

하지만 그러고 나서 며칠 뒤에 레이토로부터 온 문자가 이날 밤에 느꼈던 기분을 물거품으로 만들었다.

『——아무래도 미야마의 입장이 슬슬 난처해질 것 같아.』

그것은 와타루를 동요시키기에 충분한 일격이었다.

◆◆◆

미야마 리세의 행적이 문제시되어 배치 전환이나 퇴직을 통보받을 것 같다고 한다.

레이토로부터 그 소문을 들은 그날 밤, 와타루는 잠도 못 자고 이런저런 생각에 빠져들었다.

"……그야, 자기 입장에 얽매여 하고 싶은 것을 못하면 참 답답하겠지."

물론 제대로 된 어른의 사고방식에서 보자면 영업 제4과에 몸담고 있는 한은 영업 업무에 전념해야 마땅하다. 정 다른 일을 하고 싶다면 다른 부서로 옮기는 편이 낫다.

하지만 컴퓨터를 사용하지 못해 난처한 입장에 처한 아저씨들을 내버려둘 수 없다는 리세의 마음은 분명 잘못되지 않았을 터.

"엘든 링이라면 동료에 가담하겠다는 선택지를 골라도 자기 하고 싶은 대로 할 수 있는데 말이지……."

와타루는 지난번에 레이토와의 멀티 플레이에서 맞닥뜨렸던 케네스 하이트의 이벤트를 어렴풋이 떠올리며 그런 말을 중얼거렸다.

다만 리세의 마음이 부정당하는 것은 와타루의 눈에는 아무래도 잘못된 것처럼 보였다.

"하지만 그렇다고 내가 할 수 있는 일이 있을까? ——할 수 있다면……. 아니, 그런데 그게 관계가 있나……?"

사실 리세를 위해 해 보고 싶은 것이 있었다.

하지만 그건 도리어 역효과가 일어나도 이상하지 않을 만큼 엉뚱한 아이디어였다.

일반적으로 보자면 오히려 리세 쪽에서 사고방식이나 행동을 바꿔야 마땅하다. 와타루의 의견이 먹혀들 리 만무하다.

"아니, 그렇지만……. 자칫 잘못했다간 다른 사람한테 민폐를 끼칠 수도 있는데……. 아아~. 진짜! 대체 어쩌면 좋담!"

그 고민은 그로부터 며칠 동안 계속해서 와타루를 괴롭혀 댔다.

◆◆◆

그로부터 며칠 동안 와타루는 엘든 링도 플레이하지 않고 회사와 집 사이를 오가기만 하는 생활을 이어 왔다.

그러던 어느 날, 와타루의 스마트폰으로 리세가 보낸 문자가 왔다.

『지금 바로 엘든 링 접속해!』

그러고는 뒤이어 집합할 축복과 암호를 보냈다.

"어라? 어, 어째서?"

그곳으로 자신을 불러들이는 의도가 무엇인지 문자로 답장을 보냈지만.

『잔 · 말 · 말 · 고 오기나 해!』

그런 답장이 돌아왔다.

아무리 봐도 왠지 화가 난 듯한 분위기였다. 와타루는 그 기세에 떠밀려 어쩔 수 없이 엘든 링을 실행했다.

이 게임을 구매한 이후로 이렇게나 마음이 울적한 건 이번이 처음이었다.

◆ ◆ ◆

『와타루쨩!』

"어, 어?!"

소환되자마자 음성 채팅을 통해 리세의 힘찬 목소리가 들려왔다.

비록 얼굴은 보이지 않았지만, 아무리 들어도 나무라는 음성이었다.

지금껏 인생을 살아오면서 여성에게 추궁당한 경험이 거의 없던 와타루는 명백하게 평소와는 다른 톤의 목소리로 대답했다.

『와타루쨩, 대체 뭔 짓을 한 건데?!』

"에엑?! 나, 나?! 아니, 뭔 짓을 했냐니, 대체, 뭐가?"

아무런 설명도 없이 이유를 따지고 있으니 그야 대체 뭐가 뭔지 영문을 모를 수밖에.

이제 보니, 먼저 소환된 것으로 보이는 레이토의 캐릭터가 눈에 띄지 않는 곳에 서 있었다.

"카, 카시마 씨, 이건 대체……?"

이대로 가만히 있어 봤자 죽도 밥도 안 된다는 사실을 이해한 와타루는 마음을 다잡고 레이토에게 말을 걸었다.

『아, 아~. 그게~.』

레이토는 어째선지 오늘따라 말끝을 애매하게 흐렸다.

『와타루쨩, 지 · 금 · 내 · 가 질문하는 중이잖아!』

"아니, 그러니까 지금 뭘 묻는지 모른대도!"

『하, 하긴 그렇겠지. 내가 대신 설명해 줄게. 그 왜, 미야마가 현재 처한 상황은 너도 잘 알지?』

물론 와타루도 그 가능성은 고려했었지만, 그것이 자신과 엮일 줄은 꿈에도 몰랐기에 이미 머릿속에서 지운 상태였다.

"설마……."

가장 먼저 떠올린 것은 상황의 악화였다.

하지만 그럼에도 와타루와 엮일 여지는 없다.

어째서 추궁당하는 중인지 이해할 수 없었다.

『그게 말이야. 문제가 깔끔하게 해결될 것 같거든.』

"네에?!"

와타루는 자기도 모르게 얼빠진 소리를 냈다.

"어? 문제가, 해결될 것 같다고요? 어라? 근데, 나 지금, 혼나는 중인데……?"

『뭐어?! 지금 누가 누굴 혼낸다는 거야?』

리세는 그렇게 말했다.

"자, 잠깐만 머리 좀 식히자! 다들 진정해 보자고요! 일단은 상황 정리부터 하죠!"

상대방의 얼굴을 볼 수 없는 지금 상황에서는 분위기를 파악할 수가 없어서 힘들다.

일단 와타루는 자신이 어떠한 입장에 처해 있는지부터 파악하기로 했다.

“저번에 미야마의 입장이 조금 난처해졌다는 얘길 들었는데, 지금 그게 해결되었다는 말씀인가요?”

와타루가 레이토에게 확인을 구하자, “그래, 맞아.”라는 답변이 돌아왔다.

“해결되었다고요? 그런데 미야마가 다른 부서로 이동하면 해결되었다고 할 수 없으니, 해결되었다고 하심은…….”

『그러니까 네 제안 덕분에 우리 제4과에 신규 업무가 할당되었다는 말이잖아?!』

“내가?!”

마른하늘에 날벼락이라는 말이 머릿속에서 떠올랐다. 왠지 요즘 들어 이런 상황에 연거푸 직면하는 것 같다는 느낌이 들었다. 이것도 엘든 링의 힘일까? 와타루는 잠시 현실에서 도피할 뻔했다.

『아니, 미안.』

거기서 입을 연 사람은 아까부터 묘하게 거북한 기색을 보이는 레이토였다.

『요컨대, 미야마가 말이야. 영업 제4과에 소속된 채로 예전처럼 계속 아재들에게 컴퓨터 지도도 할 수 있대.』

“어? 어, 어쩌다가요?”

『그게, 우리 회사에서 컴퓨터를 전혀 쓸 수 없는 사람은 극히 일부의 연령대밖에 없잖아?』

『네, 그건 그렇지, 만……? 어, 어라? 그거……?』

레이토가 지금부터 입에 담을 내용을 어째선지 와타루는 예상할 수 있었다.

이츠키 리스에서 컴퓨터를 전혀 쓸 수 없는 탓에 가르침이 필요한 사람의 경우, 시대별로 보자면 컴퓨터를 전혀 접한 적 없는 사람들로 한정된다.

연령대로 보자면 정년퇴직을 코앞에 둔 대략 60대 사람들이다.

그렇기에 젊은 사람이 강사로서 그들을 대하는 건 힘든 부분이 있는데, 반대로 말하자면 그보다 젊은 40대 사원은 어릴 적부터 컴퓨터 게임이나 무선 호출기, 휴대전화, 스마트폰과 IT 기기에 친숙한 연령층이라 할 수 있다.

지도가 시급히 필요한 사람은 소수에 불과하다.

그렇기에 리세가 반쯤 놀면서 이것저것 가르쳤다고도 할 수 있다.

거기에서 관건은, 과연 그 몇 안 되는 일부의 사람을 위해 외부 강사를 초빙해 강습할 필요가 있는지의 여부다.

아니면 전문 부서를 신설할 필요가 있는지의 여부다.

와타루에게는 '불필요' 한 것처럼 보였다.

그렇기에 회사 측에서도 그러한 사람들을 모아 자료 정리 등을 하는 한직으로 부서를 이동시켰던 것이다.

만약 그 사람들이 정년퇴직을 맞이하고 나면, 따로 컴퓨터 지도를 위한 강습회를 열지 않아도 다들 어느 정도는 컴퓨터를 쓸 수 있는 사람만 남는다.

세대교체를 기다리자는 것이 회사가 내린 선택이었을 터.

『반대로 말하자면 굳이 구태여 컴퓨터 지도를 하는 부서를 신설해 봤자 아저씨들은 몇 년 안에 다 떠나고 없어지니 쓸모가 없다는 말이야. 또한 원상복구를 하는 데에도 쓸데없는 노력과 시간이 들지. 그러다가 마침 곁가지 부서 취급을 받는 우리 영업 제4과가 눈에 들어온 거야.』

그리고 레이토는 어째선지 와타루가 생각한 것과 완전히 똑같은 내용을 입에 담았다.

"보, 본인이 소속된 부서인데도 가차 없으시네요……."

『그야 사실이니까. 회사 측에서는 정사원을 그리 쉽게 자를 수도 없는 노릇이지. 하지만 아무리 해도 일을 제대로 못 하니까 이런 부서에 처박아 두는 거야.』

"으으, 그건 부정 못 하겠네요."

거기에는 영업 상담에 자신 없는 세일즈맨이 소속되어 있을 터였다.

『영업 일을 하다 보면 다양한 작업이 요구되는데, 컴퓨터를 리스한 고객한테 간단하게나마 지도를 할 때도 있지. 그걸 회사 내부에도 적용해서, 누군가가 정식으로 아재들을 지도하는 편이 결과적으로는 쓸데없는 시간과 노력을 줄일 수 있을 것이다——라는 것이 바로 네 의견이었잖아?』

"그, 그건 그렇지만요! 하지만 그건……."

『그 왜, 메모에다 여러 가지를 적어서 생각을 정리했었잖아?』

이츠키 리스에서는 사원으로부터 사무 개선 제안을 그때그때

받고 있다.

이는 인사 고과에도 반영되며 자신의 열의를 어필할 수도 있기에 다른 부서에서는 열심히 제출하는 편이다.

영업 제4과에서는 그다지 제출하지 않는 편이라고 하는데, 어쨌거나 여기에다 의견을 담으면 어떻게든 되지 않을까 싶었다.

하지만 그와 동시에 리세의 행위에 관해 괜한 고자질로 이어지면 오히려 역효과가 일어날 가능성도 있었다. 그래서 와타루는 끝내 제출하지 않았다.

그 의문이.

『난 왠지 재미있을 것 같아서 그대로 베껴 쓴 다음 네 이름으로 제출했었지.』

순식간에 풀렸다.

"카~시~마~씨~~~~~~~~~!"

와타루는 PS5의 컨트롤러를 향해 있는 힘껏 소리쳤다.

『어? 와타루쨩, 혹시 몰랐어? 레이톳찌가 그건 네 아이디어라고 그랬는데.』

"그러니까, 카~시~마~씨~~~~~~~~~!"

『아, 그게~ 왠지 될 것 같기는 했지만, 그래도 이렇게 단박에 결정 날 줄은 몰랐지 뭐야.』

상황은 대충 파악했다.

이게 다 레이토 때문이다.

『그리고 우리 과장 말인데, 요즘 들어 본인 부하들이 개선 제안을 단 한 건도 제출하지 않아서 그런지 위에서 눈치를 많이 받았나 보더라고. 그래서 이때다 싶어 냅다 통과시켰다지 뭐야.』

"설마 거기까지 계산했어요?"

『그럴 리가! 나도 일이 이렇게까지 잘 풀릴 줄은 꿈에도 몰랐다고.』

『엑?! 그랬어?!』

『난 그저 마침 와타루가 재미있는 생각을 떠올렸길래 이대로 묻히기에는 좀 아깝지 않나~ 싶었을 뿐이었다고.』

"그럼, 그러니까, 어찌어찌 우연히 일이 잘 풀린 거네요."

하지만 와타루는 그 타고난 소심한 성격 탓에 자신의 의견을 좀처럼 상부에 제출하지 못했다. 게다가 만약 레이토가 없었다면 정말로 리세는 퇴직을 강요당했을지도 모른다.

와타루의 표현이 이상했는지 레이토가 음성 채팅 너머에서 웃었다.

『하지만 이것도 다 네가 무슨 좋은 방법이 없을까 여러모로 궁리하고 노력한 덕분에 이루어진 결과라고. 이참에 거드름도 좀 피우고 그래 봐.』

『맞아! 그래서 난 그 얘기를 듣고는 너한테 꼭 고맙다는 말을 하고 싶었거든!』

"어? 화, 화난 게 아니었어?"

『내가 화를 왜 내겠니? 감격한 나머지 지금 흥분 폭발 상태인데!』

"포, 폭발했다고……?"

뭐, 화난 게 아니라면 다행이지만 말이다. 이와 같이 다른 사람에게 극적인 감동을 받은 적은 이번이 처음이었기에, 이제 보니 양손이 땀으로 흠뻑 젖어 있었다.

자칫 잘못했다간 최종 보스와 싸우기 직전의 상황처럼 잔뜩 긴장했을지도 모른다.

『그러니, 저 미야마 리세! 앞으로는 당당히 영업 제4과 소속으로서 계속 아저씨들을 돌볼 수 있게 되었습니다! 뭐, 영업 일도 제대로 하라는 말을 듣기도 했지만.』

"그건 뭐……."

『하긴, 그럴 만도 하지.』

『뭐, 어쨌거나 문제는 해결됐으니! 이젠 아무 걱정 없이 트리 가드를 냅다 두드려 팰 일만 남았네!』

"어? 이게 그렇게 이어진다고?"

와타루는 싸우기 전부터 다소 진이 빠진 상태였지만, 리세의 기세에 떠밀리는 형태로 다시금 '트리 가드와 함께 노는 모임'의 개최가 결정되고 말았다.

그렇지만 문제를 해결해서 그런지, 아니면 저번에 진득하게 싸우다가 익숙해져서 그런지 그날 리세가 보인 움직임은 훌륭했다. 그리하여 세 사람은 마침내 트리 가드를 잡는 데 성공했다.

마술학원에 비 온 뒤 땅이 굳는다

제3장

복잡한 구조로 이루어진 학교 건물을 지나 마치 법정처럼 엄숙한 분위기에 잠긴 토론실을 빠져나오자, 정원 같은 분위기의 드넓은 장소가 나왔다.

공교롭게도 비가 내리는 날씨였다.

회색으로 물든 하늘에서 빗방울이 조용하게 부슬부슬 내리고 또 내렸다.

그 안쪽에 자리한, 깎아지른 암석 지대 위에 장엄한 성이 세워져 있다.

이곳은 마술학원 레아 루카리아.

레아 루카리아 공략은 벌써 중반으로 접어들었다.

『왠지 적이 많을 것 같은데.』

레이토가 토론실 출구 밖으로 고개를 내밀어 정원을 바라보면서 그렇게 말했다.

『하필 비가 내려서 시야도 안 좋아~.』

이렇게 말한 사람은 리세였다.

셋이서 정기적으로 멀티 플레이를 시작한 지도 제법 지났다.

직장인이라 한정된 시간에만 플레이할 수 있기에 진행 속도는 느긋했다. 다른 유저들 눈에는 엄청 느린 것처럼 보일 테지.

하지만 일반적인 진척 속도를 빼고 보면 세 사람의 공략 자체는 순조로웠다.

리세도 다른 두 사람에 비해 한 발짝 늦게나마 스톰빌 성을 클리어했고, 세 사람은 순조롭게 각지를 탐색하다가 레아 루카리아 공략에 착수했다.

이곳은 스톰빌 성과는 달리 그렇게까지 복잡한 미로는 없다. 거기에다 와타루의 길 안내도 더해져 공략은 순조롭게 진행되었다.

특히나 전투에서는 차원이 다른 진보를 이루어 냈다.

레이토는 전체적으로 방랑기사의 초기 장비를 유지했지만, 팔 부분은 스톰빌 성에서 운 좋게 적이 드롭한 땅 잃은 기사의 장갑을 장비했다.

검 또한 적이 드롭한 군주군의 직검을, 방패는 물리 경감 100%를 자랑하는 짐승 문양 히터 실드를 장비했다.

모두 초반에 유용하게 쓸 수 있는 무기와 방패다.

레이토의 포지션이라면 특히나 방패를 어떻게 사용하느냐나가 중요해진다.

물리 경감 수치가 낮으면 공격을 방어해도 대미지를 조금씩 받지만, 물리 경감이 100%에 달하면 비로소 물리 공격을 완전히 가드할 수 있다.

이제 스태미나만 받쳐 주면 침착하게 상대의 공격을 방어하다가 빈틈을 노려 반격을 가하는 식으로 플레이할 수 있다.

리세의 경우, 방어구는 도적의 초기 장비를 그대로 유지했지만 림그레이브의 흐린 강 부근에서 맞닥뜨렸던 피 묻은 손가락 네리우스를 잡고 레두비아를 입수한 상태였다.

레두비아는 출혈을 일으키는 무기다. '신비' 를 올리면 출혈 성능이 높아지며, 이는 '신비' 를 올리기 용이한 도적과 상성이 좋다고 한다.

그리고 리세는 "이게 더 멋있어."라고 말하더니, 원래 가지고 있던 대형 나이프를 왼손에 장비하여 이도류 스타일로 나갔다.

솔로 플레이라면 방패를 들 수 없는 이도류는 리스크가 크다. 하지만 기본적으로 멀티 플레이를 즐기는 경우가 많은 와타루 일행의 경우, 레이토나 와타루가 적의 주의를 끌고 리세가 움직이기 용이한 상황을 조성하면 이러한 선택지도 꽤 유리하게 작용한다.

적의 종류에 따라 다르기는 하지만, 실제로 순수하게 공격력만 놓고 보면 전투에 가장 크게 공헌하는 사람은 바로 리세다.

와타루는 두 사람에게 여러 가지 조언을 건네는 한편으로, 자신의 서브 캐릭터는 필요한 아이템만 골라서 장비를 갖췄다.

주로 지팡이와 마술에 집중했다.

리에니에 지방과는 사뭇 다른 분위기의 붉은 황야가 펼쳐진 케일리드에서 운석 지팡이와 암석탄 마술을 입수했다.

케일리드 또한 탐색할 가치가 있는 장소지만, 일단은 이 두 가지에 집중하기로 하고 솔로 플레이 때 토렌트를 타고 최단 거리로 달려갔었다.

암석탄은 초반에서 유용한 마술 중 하나로, 마술로 커다란 암석을 셋이나 생성하여 적에게 날린다.

효율과 정확성만 따지면 휘석 돌팔매가 더 낫다. 하지만 암석탄은 위력이 매우 강하고 추적 성능도 높다. 게다가 적을 그로기 상태에 빠뜨릴 수도 있기에 공략을 더욱 수월하게 할 수 있다.

게다가 운석 지팡이는 암석탄과 같은 운석 계통 마술을 강화해 준다. 덕분에 와타루의 공격력은 상당히 강화된 상태다.

세 사람의 무장이 서서히 갖춰져 나가고 있다는 사실에 와타루는 만족감을 느끼며 당장 눈앞의 공략에 집중했다.

"이곳엔 여러 지름길이 섞여 있기에 꽤나 중요한 장소라 할 수 있죠."

『아, 그렇구나. 아, 으엑, 그 기계인형까지 있잖아.』

리세가 진심으로 질색하는 목소리를 냈다. 그것은 처형 기구인 '강철의 처녀'를 연상케 하는 부품을 복부에 장착한 기계인형으로, 단단해서 좀처럼 잡기 힘든 편이다. 게다가 맞붙을 시엔 맹렬한 속도로 거리를 좁히며 달려든다.

구석구석 탐색하고 싶은 마음이 드는 이 정원에서는 분명 맞닥뜨리고 싶지 않은 상대라 할 수 있다.

"흐음, 그렇다면 저 기계인형은 되도록 피하기로 하고, 그 외의 잡몹들을 처리하고 나서 천천히 탐색하는 편이 낫겠네요."

『그렇다면…….』

레이토가 그렇게 말하며 의기양양하게 정원으로 걸음을 내디뎠다.

가장 먼저 왼편에 보이는 자그마한 건물을 노렸다. 일부가 무너져 내린 상태이기에 그 잔해를 발판 삼으면 2층 테라스로 올라갈 수 있다.

그곳에서는 망자들이 넙죽 엎드린 채 모종의 작업을 수행하는 중이었다. 바로 그때, 감시자로 보이는 마술사가 자기 쪽으로 다가오는 레이토를 향해 일제히 마술을 시전했다.

『우왓!』

마땅히 몸을 숨길 곳조차 없는 이 좁은 장소에서 레이토는 미처 피할 새도 없이 차례차례 공격을 얻어맞았다.

비명을 내지르면서 다시 돌아온 레이토는 황급히 건물 뒤에 숨어 공격을 피했다. 그런데 그 소란을 감지했는지 기계인형이 맹렬한 속도로 접근해 왔다.

『레이톳찌, 적을 조용히 줄여 나가기로 한 것 아니었어?』

레이토가 허둥거리는 모습을 보고 리세가 웃었다.

『너무 뭐라 그러지 마~. 설마 저런 곳에 보초가 있을 줄 누가 알았겠냐고!』

레이토가 변명했다. 그러고 나서 세 사람은 입구 부근에서 안쪽으로 후퇴했다.

"오늘은 이쯤에서 마무리하죠."

토론실까지 물러난 뒤, 와타루가 중얼거리듯이 말했다.

지금의 전력으로는 기계인형을 잡기 힘들 테고, 어그로가 풀려 다시 멀어지기를 기다리자면 시간이 걸린다.

게다가 내일도 출근해야 하는 현실이 갑자기 스멀스멀 고개를 쳐들기 시작했기에 와타루는 마무리를 제안했다.

『그래, 알았어. 미야마쨩, 오늘따라 컨디션이 영 안 좋아 보이던데 마침 잘됐지?』

『어어? 나?』

농담 섞인 투로 응답하는 리세였지만, 레이토의 말마따나 오늘따라 유독 실수가 두드러졌다. 이곳이 적의 거점이라는 점을 감안해도 너무 쉽게 죽어 나가곤 했다.

『음~. 어쩐지 오늘따라 손에 잘 안 익더라고.』

"아, 혹시 오늘 많이 바빴어?"

와타루와 레이토가 기다리고 있으니 없는 시간을 쥐어짜 멀티플레이를 하러 온 게 아니었을까 싶었지만, 정작 리세 본인은 음성 채팅 너머에서 쓴웃음을 지을 뿐이었다.

『아니, 오늘도 엘든 링은 재미있게 잘 즐겼어. 그러는 와타루짱이야말로 오늘은 기분 저기압인 거 아니었어?』

"나, 나?"

『아, 회사 일 때문에?』

"회사 일이라면, 오후에 그 일?"

레이토가 설명을 덧붙이고 나서야 와타루는 리세가 말한 의도를 알아차렸다.

오늘 업무 중에 와타루는 회사에서 질책을 들었다.

물론 업무 내용에 부족한 부분이 있으면 주의를 받는 건 당연하다. 하지만 와타루는 점심시간에, 그것도 사무실 한복판에서 다른 동료들이 지켜보는 자리에서 질책을 들었다.

『그때 난 그냥 보기만 했었지만, 그래도 그 과장 때문에 계속 짜~~~~증이 나서 오늘 내내 집중을 제대로 못했지 뭐야. 미안해!』

"아, 아니야. 왠지 날 위해 화내 주는 것 같아서, 오히려 고마운걸?"

와타루는 무슨 말을 꺼내야 할지 망설이며 어중간하게 대답했다. 그 말을 듣고 레이토가 웃었다.

이와 같이 엘든 링의 멀티 플레이는 어느새부턴가 직장 얘기를 가볍게 나누는 자리가 되기도 했다.

각자가 입수한 정보 중에서 자신과는 상관없겠다 싶은 것은 이 자리에서 교환하기도 했다.

덕분에 와타루 또한 비록 규모는 작지만 계약을 한 건 따내기도 했기에 이러한 자리도 도움이 되었다.

『그건 그렇고 굳이 그런 소리를 점심시간에 해야 했을까?』

『맞아! 그게 짜증 나.』

그렇게 말해 주니 고맙기는 했지만, 그래도 정작 질책을 들은 본인보다 더 화를 내는 것도 좀 그렇지 않나 싶었다.

다만 이처럼 남 일도 자기 일처럼 여기는 부분이 리세의 장점이라 할 수 있겠지.

와타루는 점심시간에 질책을 들었다.

상대는 과장이었다.

와타루는 개인 태블릿으로 여느 때처럼 엘든 링 관련 정보를 찾아 광대한 인터넷 속을 서핑하는 중이었는데, 그 모습을 본 과장이 '직장이 무슨 놀이터도 아니고 그런 장난감을 왜 가지고 오냐!' 며 질책했다.

원래 태블릿 자체는 업무용으로 흔히들 사용하지만, 와타루의 홈 화면에는 엘든 링 공식 홈페이지나 공략 wiki, 탐구 사이트, 포럼 사이트 등이 바로가기로 저장되어 있다.

브라우저의 즐겨찾기를 통해 접속해도 되지만, 그렇게 해 놓은 이유는 궁금할 때 바로바로 볼 수 있도록 하기 위함이었다.

그 외에 배경 화면 또한 자신이 게임 플레이 중에 찍은 스크린샷으로 설정했다.

이제 스티커 비슷한 것을 만들어 태블릿에다 덕지덕지 붙여 놓는 것 정도만 남았지만, 굳이 그렇게까지 할 마음은 없었다.

어쨌든 간에 온통 엘든 링으로 물든 태블릿인 만큼, 남들 눈에는 그것이 장난감처럼 보일지도 모른다.

그럼에도 점심시간에 굳이 질책을 들어야 할 이유는 아무리 생각해 봐도 없는 것 같지만…….

『뭐, 그래도 우리 과장은 원래 그런 사람이잖아?』

완전히 체념한 투로 말하는 레이토의 말에 와타루 또한 살짝 메마른 웃음소리를 냈다.

영업 제4과 과장, 하이자키 케이타로는 늘 언짢은 표정을 짓고 있는 왜소한 체구의 50대 중반 남자다.

부하의 실수는 짜증스러운 기색으로 꾸짖지만 자신의 실수는 최대한 숨기려 든다.

게다가 자기보다 더 높은 사람 앞에서는 한없이 움츠러든다.

의욕 없는 사람들만 잔뜩 모인 부서니까 어쩔 수 없겠지만, 자기 부하에게 애착이라고는 눈곱만큼도 없는 모습이었다.

당연하게도 인망 또한 거의 없다.

와타루 또한 하이자키가 그러한 사람임을 잘 알고 있었다. 그렇기에 점심시간에 찍힌 것 자체는 그냥 운이 없다고 여겼을지언정 딱히 마음에 담아 두지는 않았다.

오히려 리세가 퇴근한 뒤에도 계속 그것 때문에 화가 났다고 한 것이 의외일 따름이었다.

『뭐, 그렇지만 미야마쨩도 우리 과장 성격은 이미 잘 알잖아?』

레이토 또한 의외라 여겼는지 살살 달래는 투로 그렇게 말했다.

『그건 그렇지만! 아무리 그래도 역시나 너무하단 말이지. 그리고 와타루쨩도 태블릿을 사용할 땐 좀 더 남들 시선을 신경 쓰는 게 좋지 않을까 싶은데…….』

오히려 그런 식의 말이 와타루의 마음에 상처를 입혔다.

'여, 역시나 너무 눈에 띄나 보네…….'

그러고 보니 예전에도 레이토나 리세로부터도 태블릿을 보며 히죽거린다고 지적을 받은 적이 있었다. 역시나 좀 반성해야 하려나 싶은 생각이 들던 차에 리세가 뜻밖의 사실을 입에 담았다.

『내가 화난 건 그 다음부터야. 그 왜, 우리 부서가 있는 층 안쪽에 중회의실이 있잖아?』

이츠키 리스에서는 회의나 비즈니스를 논의할 때 쓰는 회의실이 세 종류 있다.

대회의실은 응접실처럼 널찍한 장소로, 화상 회의용 기자재나 대형 프로젝터 등의 설비가 잘 갖춰져 있다.

외부인을 초청하여 중요한 비즈니스를 논의하거나 회사 내에서 중요한 계약을 맺는 경우에 사용하는 곳이다.

다만 영업 제4과가 있는 층에는 없다.

소회의실은 말만 '실' 일 뿐, 사무실 한쪽 구석에 대충 파티션으로 구분만 해 놓은 공간으로 가벼운 논의를 주고받을 때 사용하는 장소다.

리세가 말한 중회의실은 밀폐된 개인실로 이루어져 있기에 비밀 유지 의무가 적용되는 중요한 안건을 논의하는 경우에 사용하는 회의실이다.

대형 디스플레이나 인터넷 환경도 갖춰져 있지만, 그렇다고 외부의 중요한 고객을 응대할 때 사용하는 경우는 없다. 이곳은 영업 제4과가 있는 층에도 두 곳 정도 마련되어 있다.

『우리 과장이 거기에다 자기 개인 물건을 갖다 놓았더라고!』

『개인 물건? 뭐, 바람직하다고는 할 수 없겠지만, 그래도 자기 개인 물건 한둘 정도는 누구나 다 가지고 오잖아?』

『내 말은 그게 아니라! 자기 개인 물건으로 PS5를 갖다 놓았다고!』

와타루와 레이토는 누가 먼저랄 것도 없이 동시에 "뭐?" 하고 소리를 냈다.

『과장 그 인간, 와타루쨩에겐 그런 식으로 큰소리쳤지만 정작 자기는 한가할 때 회사 모니터랑 회선을 써서 게임이나 하고 있다고!』

『으엑, 진짜?』

『진짜라니까! 그것도 엘든 링을 하고 있다고! 완전 짜증 나!』

"에엑?! 우리 과장님이? 우리 과장님이, 엘든 링으을?!"

이번에야말로 그거 거짓말 아니냐는 소리가 나올 뻔했다.

물론 다른 사람한테는 왜 회사에 장난감을 왜 가지고 오냐고 지적하는 주제에 정작 본인은 회사에서 게임을 하는 건 모순이다. 그렇지만 그런 모순은 의외로 '과장이면 그럴 수 있지.' 정도로 이해하고 넘어갈 수 있다. 오히려 와타루로서는 그 과장이 엘든 링을 하고 있다는 사실이 더 놀라울 따름이었다.

『그래, 그건 좀 너무하네…….』

『그치?!』

드디어 자신이 원하는 반응이 나왔다며 리세가 고개를 커다랗게 끄덕이는 기척이 음성 채팅 너머로 전해져 왔다.

"그런데 왜 굳이 회사에서 엘든 링을 하고 있을까……."

와타루는 그 부분이 참으로 신경 쓰였지만, 정작 리세는 과장의 불성실한 태도에 머리끝까지 화난 기색이었다.

바로 그때였다.

『헤헤헷, 이왕 이렇게 된 거 과장한테 따끔하게 한 방 먹여 주는 건 어때? 너희는 어떻게 생각해?』

『어? 데이터를 모조리 삭제하게?』

"——어?!"

『——아니, 아무리 그래도 그건 좀 아니지, 미야마짱…….』

자못 당연하다는 듯이 튀어나온 그 피도 눈물도 없는 아이디어에 와타루와 레이토는 그만 할 말을 잃었다.

과장이 어디까지 공략을 진행했는지는 모르지만, 엘든 링의 데이터를 삭제하는 것은 역시나 정도가 지나치다.

『아니, 그래도 그 정도로 따끔한 맛을 보여 줘야 속이 좀 풀리지 않겠어?』

하지만 리세는 좀처럼 납득하기 힘들다는 기색이었다.

『아무리 그래도 데이터를 모조리 삭제하는 건 좀 심하고. 어쨌거나 내 계획 한번 들어 볼래?』

와타루와 리세는 레이토가 자신만만하게 내세우는 그 계획이 무엇인지 일단은 잠자코 들어 보기로 했다.

◆◆◆

와타루에게는 직장에 장난감을 왜 가지고 오냐며 질책한 주제에, 정작 본인은 PS5를 가지고 왔을 뿐만 아니라 회사에서 게임까지 즐기는 괘씸한 과장.

와타루 일행은 레이토의 제안에 따라 그 과장한테 따끔하게 한 방 먹이기로 했지만, 정작 그 준비를 하는 데만 며칠을 소모하고 말았다.

중간에 추가적인 정보를 입수하여 약간의 수정을 거쳤지만, 마침내 계획을 결행할 날이 오늘로 다가왔다.

시간은 밤 8시.

업무를 재빠르게 마무리 짓고 곧바로 집으로 돌아온 와타루는 여느 때에 비해 살짝 이른 시간에 게임을 로그인하고서 긴장한 기색으로 틈새의 땅으로 여정을 떠났다.

적이 나오지 않는 원탁에서 모자란 도구를 보충하거나 장비를 재검토하며 기다리는 와중에 리세가 스마트폰으로 문자를 보냈다.

『준비 다 됐어! 뒷일을 부탁해!』

그 문자에는 짤막한 메시지와 함께 축복의 이름이 적혀 있었다.

그것을 본 와타루는 잠시 망설이면서도 지정된 축복으로 순식간에 이동하여 땅바닥에다 사인을 작성해 나갔다.

다만 오늘은 여느 때와는 달리 '빛바랜 자의 갈고리 손가락' 대신 '투사의 갈고리 손가락' 을 사용하여 적대 멀티 플레이를 의미하는 붉은 사인을 작성했다.

'아무렇지 않게 스스로 적대 멀티 플레이를 하는 건 이번이 처음이야!'

레이토나 리세와 멀티 플레이를 하는 도중에 때때로 다른 플레이어에게 침입을 받고 이기거나 진 적이 있었는데, 자신이 흔히 들 말하는 '침입자' 가 되어 끼어드는 건 이번이 첫 경험이었다.

그렇게 과장과의 PvP에 집중하려던 차에 리세로부터 다시 연락이 들어왔다. 이번에는 전화였다.

왜 굳이 전화를 걸었을까. 와타루가 의아하게 여기면서도 전화를 받자, 리세의 장난기 어린 웃음소리가 들려왔다.

『나 말이야. 문득 좋은 생각이 떠올랐어.』

"좋은 생각?"

『그래. 지금부터 내 스마트폰을 스피커 모드로 설정해 놓고 회의실 안에다 밀어 넣을 거야.』

"뭐……?"

리세가 무엇을 하고자 하는지는 이해했다.

회의실이라 해도 완전히 밀폐된 방은 아니다. 문 밑으로 작은 틈새가 나 있다.

바닥에는 카펫이 깔려 있기에 스마트폰을 있는 힘껏 미끄러뜨리면 안쪽까지 밀어 넣을 수 있다. ——아마 그럴 셈인가 보지만, 그 의도를 알 수 없었다.

『그야 지금부터 과장한테 따끔하게 한 방 먹이려고 그러잖아? 그렇다면, 에이 씨, 이게 진짜, 하고 본인이 짜증을 내는 목소리가 들리면 와타루짱도 더 할 맛이 나지 않겠어?!』

누가 들으면 오해하겠네.

리세는 평소에 자신을 어떤 눈으로 쳐다보는 걸까. 와타루는 고개를 갸웃거릴 따름이었다.

"아니, 나는……."

『뭐 어때!』

본인이 짜증을 내는 목소리가 들리면 할 맛이 난다라, 그야말로 새디스트적인 발상이 따로 없었다. 와타루는 앞으로 리세의 심기를 건드리지 말자고 속으로 다짐했다.

그리고 황급히 게임 소리를 음소거로 설정했다.

스피커 모드로 설정했다는 말은 이쪽에서 나는 소리 또한 상대방에게 고스란히 들린다는 뜻이다. 굳이 그렇게 한 이유는 떨어진 장소의 소리를 포착하기 위함일 테지만, 애초에 과장한테 들키면 죽도 밥도 안 되니까 말이다.

『난 무슨 일 있으면 노트북을 써서 SNS로 채팅을 보낼 테니, 그쪽도 잘 보고 있어!』

"어, 응. 대충은, 알았어."

이젠 무슨 말을 해도 그만둘 생각이 없어 보였기에 와타루는 완전히 등 떠밀리는 모양새로 승낙했다.

그 직후에 스마트폰이 카펫 위를 스르르 미끄러지는 소리가 나더니, 뒤이어 과장이 움직이는 듯한 소리가 들려왔다.

리세는 스마트폰을 무사히 세팅하는 데 성공한 모양이었다.

'어쨌거나 지금은 집중하자! 절대로 질 순 없는 노릇이니까.'

스스로를 고무시킨 후, 와타루의 캐릭터는 표적이 있는 세계에 출몰했다.

축복 장소는 학원 정문 앞이었다.

마침 와타루 일행이 공략 중인 레아 루카리아의 입구였다.

리에니에 호수 북부에 자리한 바위산 위에 세워진 마술학원.

그 입구는 돌바닥이 원형으로 깔린 광장으로 이루어져 있고, 그곳에 빛바랜 자 한 명이 와타루를 기다리고 있었다.

방어구로는 갈대의 땅의 투구, 갑옷, 장갑을 장비했고 무기는 타도였다.

출신은 와타루의 메인 캐릭터와 마찬가지로 무사로 시작했지만, 여기까지 오는 동안 입수한 무기나 방어구는 전혀 활용하지 않은 모양이었다.

엘든 링은 게임이 진행되어도 특히나 방어구의 경우에는 성능이 확 오르지 않기에 리에니에 정도라면 초기 장비로도 문제없이 클리어할 수 있다.

하지만 보아하니 방패도 장비하지 않았고, 타도를 양손으로 사용하는 모양이었다.

『이번에야말로!』

리세의 스마트폰이 과장의 목소리를 포착했다. 와타루 일행에게 하는 말이 아니었다. 아마도 혼잣말일 테지만, '이번에야말로.' 라는 말을 대체 왜 하는지는 알 수 없었다.

하지만 그런 의문이 미처 풀리기도 전에 전투가 시작되었다.

엘든 링의 적대 멀티 플레이는 별도의 화려한 연출도 없이 갑작스럽게 시작된다. 그렇다 보니 침입에서는 상대방이 어디에 있는지 알아차리지도 못한 채 뒤에서 기습을 받는 경우도 적잖이 있을 정도다.

그 간소한 전개가 어떤 의미로는 매우 현실적으로 느껴졌다.

먼저 달려든 쪽은 과장이었다.

검을 양손에 쥔 자세 그대로 크게 걸음을 내디디며 참격을 날렸다.

와타루는 타이밍을 끝까지 확인하고 나서 구르기로 피한 후, 거리를 벌리며 과장의 뒤를 잡고자 돌아 들어갔다.

PvP는 와타루도 거의 경험이 없었다.

상대방도 인간이기에 움직이는 패턴을 읽기 어렵다.

게다가 이쪽에서 나는 소리가 상대방에게 들리지 않도록 게임 소리를 음소거로 설정해 놓았기에 평소에 비해 미묘하게 느낌이 달랐다.

발소리나 무기를 휘두르는 소리는 평소에 별로 신경도 쓰지 않았지만, 막상 들리지 않으니 생각보다 적잖은 영향을 받았다.

'어쨌거나 차분하게 기본을 떠올리면서 할 수밖에 없어.'

오늘을 위해 그간 조사해 온 지식들을 머릿속으로 곱씹었다.

그러고 보니 인터넷에서는 피하기 어려운 공격이나 상태 이상을 어떻게 구사하여 상대방을 자기 페이스에 끌어들일지가, 요컨대 자신의 필승 패턴을 어떻게 구사하는지가 핵심이라 적혀 있었다.

와타루도 그렇지만 아마 과장 또한 PvP는 경험이 거의 없을 터였다. 그렇다 보니 정교한 싸움이 펼쳐지지는 않았다.

과장은 마구잡이로 검을 휘둘러 댔다. 페인트 동작도 전혀 없었기에 움직임을 읽기 쉬웠다.

서브 캐릭터는 레이토 및 리세와 멀티 플레이를 즐기는 데 주안점을 두었기에 빌드는 마술에 치중되어 있었다.

이 캐릭터를 좀 더 만능형으로 키웠다면 레이토가 쓰는 짐승 문양 히터 실드 등으로 적의 공격을 받아 내어 가드 카운터를 따내는 장면도 나왔을 테지.

반대로 말하자면 과장도 쓸데없는 공격을 지나치게 가하는 중이었다.

PvP에서 쓸데없이 공격하면 빈틈만 생길 뿐이다.

와타루는 과장의 맹공을 막아 낸 뒤, 상대방의 스태미나가 떨어졌을 타이밍을 재고 침착하게 암석탄을 시전했다. 보라색 암석이 공중에 떠오르며 과장을 향해 날아갔다.

암석 셋이 모조리 명중했다.

'한 방 더!'

와타루는 계속해서 마술을 연사했다. 과장도 피하고자 움직였지만 표적을 따라 궤도가 바뀌는 암석에 쫓기자 반사적으로 방어에 들어갔다.

그 일격에 마침내 스태미나가 바닥났는지 과장의 캐릭터는 자세를 유지하지 못하고 무릎을 털썩 꿇었다.

『제길! 안 움직이잖아! 이게 어떻게 된 거야?!』

와타루는 지금까지의 공방을 통해 상대방을 그로기 상태로 몰아넣었다.

한순간이지만 몸을 움직일 수 없기에 상대방의 공격을 무방비 상태로 받게 된다.

와타루는 그 틈을 놓치지 않고 단숨에 거리를 좁힌 후, 서브 무기로 세팅해 두었던 로지에르의 자검으로 바꿔 들고 과장의 캐릭터를 꿰뚫었다.

그렇게 치명적인 일격을 날린 후 상대방이 일어날 때를 노려 암석탄을 한 번 더 날려 마무리 일격을 가했다.

『젠장~~~~!』

그런 장난감이라고 무시한 것치고는 진심으로 짜증을 내는 과장의 목소리를 들으며 와타루는 다시 원래 세계로 돌아왔다.

"후우, 이겼군."

와타루는 과장이 스마트폰으로 소리를 듣지 못하게 주의하면서 작은 목소리로 중얼거리듯이 말했다.

레이토가 떠올린 '따끔하게 한 방 먹인다' 라는 말은, 이와 같이 적대 멀티 플레이를 통해 과장을 탈탈 털어 버린다는 계획이었다.

당연히 패하거나 좋은 승부를 펼치면 단순히 PvP를 즐기는 모양새가 되니 압승하는 것이 조건이었다.

와타루는 자신이 패하지는 않으리라 여겼지만 그래도 그 점은 불안했었기에, 승리하고 나니 일단은 마음을 놓을 수 있었다.

물론 이 일전으로 끝은 아니다.

무난하게 승리하여 자신의 세계로 돌아온 와타루는 다시 한 번 땅바닥에다 적대 멀티 플레이 사인을 작성했다. 그러자 작성이 끝남과 동시에 다시 소환된 와타루는 다시 과장의 세계에 다다랐다.

그렇다. 와타루 일행은 과장이 계속해서 적대 플레이어를 소환하고 있음을 알아냈다.

추가로 입수한 정보에 따르면 과장의 플레이 방식이 상당히 특이하다는 사실이 판명되었다.

사실 과장은 일이 끝나고 나면 늦은 시간까지 직장에 남아 엘든 링을 플레이했다. 딱히 스토리를 진행하지도 않았다. 그저 매일같이 이렇게 적대 플레이어를 소환해서 결투 흉내를 내 왔다.

애당초 회사에서 엘든 링을 플레이하고 있다는 것은 엄밀히 말해서 게임 화면을 비추는 모니터, 인터넷 회선, 전기 등을 멋대로 사용하고 있다는 얘기가 된다.

회사 내규상으로 아웃임은 분명했다.

이유는 알 수 없다.

하지만 그 말을 들은 레이토는 한 가지 계책을 떠올리고 과장 습격 계획을 세웠다.

원래 적대 멀티 플레이는 플레이어끼리 실력을 겨루기 위해 마련된 기능이지만, 아무것도 하지 않으면 매칭이 될지 안 될지는 랜덤으로 정해진다.

요컨대 그간 과장은 멀티 플레이로 불특정다수와 PvP를 거듭해 왔고, 이대로 있으면 와타루가 과장과 매칭이 될지 안 될지는 그저 운에 달린다.

하지만 따끔하게 한 방 먹이기 위해서는 몇 번이고 탈탈 털어야 한다.

그러기 위해 리세가 활약을 했다.

지금 회사에는 리세가 몰래 남아 있다. 과장이 화장실을 가고자 자리를 비운 틈을 타, 중회의실에 몰래 숨어들어 과장의 멀티 플레이에 암호를 설정해 놓았다.

이로써 강제적으로 침입하지 않는 한, 같은 암호를 설정한 플레이어의 소환 사인만 표시된다.

요컨대 과장이 계속해서 소환하여 적대 멀티 플레이를 하고자 하면 자연스럽게 그 상대는 와타루로 한정된다는 말이다.

물론 이름을 주의해서 본다면 같은 플레이어라는 사실을 알아낼지도 모르지만, 어쨌거나 정체가 와타루라는 사실만 들키지 않으면 상관없다.

참고로 지금 상황은 와타루가 영상 스트리밍 사이트에 업로드하여 실시간으로 시청할 수 있도록 설정해 놓았다.

레이토는 집에서, 그리고 회사에 있는 리세는 아까 말한 노트북으로 지금 상황을 파악하는 중이다.

리세의 강력한 요청 때문이었는데, 본인이 말하기를 '나 혼자 달랑 숨으면 재미없잖아!' 라고 한다.

물론 한정 공개이기에 패배하는 모습을 전 세계에 퍼뜨릴 목적은 아니다. 이걸 보는 사람은 레이토와 리세밖에 없다.

어디까지나 이번 목적은 과장한테 따끔하게 한 방 먹이기 위함이다.

유일한 걱정거리는 과장이 사실 고인물이라 와타루가 역으로 탈탈 털리는 경우였지만, 다행히도 싸움은 무난하게 와타루의 승리로 끝났다.

와타루는 이 기세를 몰아 연거푸 3연승을 거두었다.

원래 제대로 보복을 하려면 저번에 리세가 말했다시피 물리적으로 피해를 입히는 것이 일반적일지도 모른다.

지금처럼 적대 멀티 플레이에서 이겨 봤자, 사람에 따라서는 아무렇지 않을 수도 있다.

어쩌면 회사 비품을 무단 사용 중이라고 위에다 보고하는 것이 어른의 보복일지도 모른다.

그런데 그것을 게임 안에서 '따끔하게 한 방 먹이기' 로 퉁치자는 것은 레이토의 온화한 성품 덕분이 아닐까 싶었다.

그리하여 과장한테 여러 차례 몇 방 먹이고 끝낼—— 예정이었지만 몇 번을 이겨도 과장은 소환을 멈추지 않았다.

원래라면 과장이 거듭 패하다가 '오늘은 영 날이 아니네.' 라고 물러서면 마무리할 예정이었다.

요컨대 과장이 소환할 마음이 가실 때까지 와타루는 적대 멀티 플레이 사인을 계속 작성할 예정이었다. 그런데 아무리 이겨도 과장은 물러설 기미를 보이지 않았다.

이윽고 PvP 횟수는 10번을 돌파했다. 그럼에도 과장은 주저하는 기색 하나 없이 이쪽이 사인을 작성하면 바로바로 소환했다.

『——과장도 참 골이 아픈 사람이지만, 이쯤 되니 죄책감이 드는데요.』

이제는 몇 번을 이겼는지 세는 것조차 귀찮아지기 시작했을 즈음, 로딩 화면이 표시되는 동안에 와타루가 문자를 보냈다.

그러자.

『아직 멀었어! 와타루짱, 겨우 이 정도로 용서할 거야? 사람이 왜 그렇게 물러 터졌어?』

『그렇고말고. 우리 과장이 평소에 얼마나 거들먹거리는 사람인데. 이참에 참교육을 시켜 주자고.』

와타루의 생각보다 더 격렬한 답장이 돌아왔다.

확실히 말도 심하게 하는 편인 데다, 자기 기분에 따라 태도가 휙휙 바뀌고 남의 공적을 슬쩍 가로채는 등 평소 문제가 많은 사람인 건 사실이다. 하지만 이런 식의 방법은 썩 내키지 않았다.

무엇보다도 엘든 링을 보복의 수단으로 삼는 것 또한 곰곰이 생각해 보니 뒷맛이 씁쓸했다.

'과장님도 딱히 즐거워하는 기색은 아닌 것 같고…….'

와타루에게 연패를 기록하기 전부터도 과장이 엘든 링을 즐기고 있다는 기색은 전혀 느껴지지 않았다.

팬 입장에서 보자면 참 안타까운 부분이었다.

'그건 그렇고 애당초 과장님은 왜 굳이 회사에서 게임을 하고 있었을까?'

와타루가 속으로 딴생각을 하며 PvP에 임해도 쉽게 이길 만한 상대였다. 그래도 슬슬 두 사람을 진정시키고 이쯤에서 마무리 지을까 싶던 차에 리세의 스마트폰이 포착한 과장의 목소리에 변화가 일어났다.

불평불만이야 이전부터 여러 차례 들려왔지만, 이제는 노성이 쩌렁쩌렁 울려 퍼지기 시작했다.

『이것들 때문에! 이것들 때문에 우리 아들이!』

'우리 아들……?'

『으악, 과장이 갑자기 회의실 안에서 미쳐 날뛰기 시작했잖아! 역시나 이쯤에서 끝내야 하려나?』

의문의 노성에 뒤이어 리세의 문자가 들어왔다.

역시나 정도가 너무 지나치지 않았나 싶어 걱정이 들었다.

『왠지 분위기가 점점 이상해지는 것 같은데요. 역시나 오늘은 이쯤에서 끝내기로 하죠!』

와타루가 그렇게 문자를 보내자 이번에는 레이토와 리세도 반대하지 않았다. 세 사람은 그렇게 해산했다.

솔직히 말해서 와타루도 과장한테 화가 난 건 분명한 사실이었기에 레이토의 제안을 받아들였었지만, 끝나고 나서 보니 자신이 좋아하는 엘든 링을 보복의 수단으로 삼은 것은 역시나 잘못되지 않았나 싶은 생각이 들었다.

그렇게 그날 밤은 살짝 뒷맛이 씁쓸했다.

◆◆◆

금요일 밤.

주말 밤.

토요일을 앞두고 실컷 멀티 플레이를 즐길 수 있는 밤이다.

와타루는 술과 안주를 준비하고는 콧노래를 부르며 들뜬 기분으로 엘든 링에 로그인했다.

이번 주는 과장과 얽힌 일련의 에피소드 때문에 현실이 게임 안으로까지 파고들자 마음이 뒤숭숭했다. 그렇기에 오늘 밤은 기합을 넣고 한바탕 즐길 작정이었다.

집합 장소는 토론실의 축복이었다.

그 바닥에 소환 사인을 작성하고 나서 잠시 기다리다가 레이토의 세계로 소환되었다.

『여어!』

레이토가 정중한 인사 제스처를 취하며 와타루를 맞이했다.

“안녕하세요.”

『와타루쨩, 안녕~.』

리세도 이미 와 있었다.

『오늘 밤엔 끝장을 보자고!』

두 사람 모두 과장 일 때문에 심기가 껄끄럽지는 않을까 걱정했지만, 여느 때와 마찬가지로 이 시간을 손꼽아 기다린 듯한 기색이라 마음이 놓였다.

마술학원 레아 루카리아의 공략이 마침내 최종 단계에 이르렀다.

집합 장소는 지난번과 마찬가지로 토론실의 축복이었지만, 이미 세 사람은 거대한 철구가 굴러 떨어지는 언덕을 클리어하고 레아 루카리아 가장 안쪽에 자리한 성 부분으로 발을 들인 상태였다.

그리고 지름길을 개방하고 오늘을 맞이했다.

『좋~았어. 그럼 슬슬 가 볼까?』

레이토가 재촉했다. 세 사람은 행동에 나섰다.

토론실을 나와 정원을 가로지른 뒤, 레이토가 마술사에게 집중 포화를 퍼부으며 건물을 올랐다.

그 3층에는 연결 복도가 있고, 그곳을 통하면 레아 루카리아의 보스에 도전할 수 있는 승강기까지 일직선으로 갈 수 있다.

전력을 최대한 아끼고자 세 사람은 중간에 나오는 잡몹에는 눈길도 주지 않고서 단번에 연결 복도를 뚫고 나가 승강기로 향했다.

그리고 승강기를 이용해 맨 위층에 자리한 보스 에어리어 앞까지 도달했다.

마치 성처럼 보이는 이곳은 레아 루카리아 대서고라는 이름으로 불리며, 그 안에는 방대한 양의 서적이 보관되어 있다.

아마 대부분은 마술과 관련된 내용이 서술되어 있지 않을까 싶었다.

『그럼, 먼저 갈게.』

보스 에어리어의 경우, 호스트인 레이토가 먼저 들어가 컷신을 감상한다. 그리고 나서 와타루 일행이 들어갈 수 있고, 비로소 참전 가능한 상태가 된다.

『와타루쨩, 오늘 밤엔 보스를 세 번 잡기 전까지는 잠잘 생각은 엄두도 내지 마~.』

"글쎄, 과연 그게 뜻대로 될지 모르겠는데."

기합이 잔뜩 들어간 리세의 말에 와타루는 가벼운 투로 대꾸했다. 레이토가 컷신을 다 감상했는지 드디어 참전 가능한 상태가 되었다.

◆◆◆

안으로 들어서자 광대한 서고가 펼쳐졌다.

내부를 살피려면 천장에 달린 샹들리에와 바닥에 놓인 촛대의 불빛에 의지해야 하는 공간이다.

모름지기 서고는 정숙해야 마땅한 장소일 테지.

현재 그곳에서 레이토는 무수히 많은 적과 맞서는 중이었다.

그중 하나가 만월의 여왕 레날라였다.

레아 루카리아의 주인임과 동시에 엘든 링의 파편 중 하나를 가진 인물이다. 그녀는 황금색 빛으로 감싸인 모습으로 공중에 뜬 채 이쪽을 내려다보았다.

그 외에 이상한 움직임을 보이는 적이 대다수를 차지했다.

원래 보스 에어리어에서는 격렬한 공격이 날아들기 마련이지만, 이곳에 있는 적은 아주 단순한 마술 공격만 가할 뿐이었다.

모습은 아직 젊은, 어린이로 보였다.

마술학원 교복을 착용한 아이들이었다.

쇠약해졌는지 퇴화했는지는 모르지만, 두 다리로 서지도 못한 채 마치 갓난아기처럼 바닥을 기며 느릿한 움직임으로 공격을 가할 뿐이었다.

피하기는 쉬웠다.

게다가 생명력도 약해서 단 한 방만 공격을 가해도 잡을 수 있다.

얼핏 싸울 의지 자체가 없는 느슨한 분위기로 보인다. 하지만 아무리 잡아도 계속해서 새로운 아이들이 나타난다.

『으엑, 난 똑같이 생긴 것들이 득시글거리는 건 딱 질색이야! 소름 돋잖아!』

"일종의 환 공포증 같은 그런 건가?"

『그, 그건 모르겠지만, 아무튼 간에 여긴 마음에 안 들어! 레이톳찌, 얼른 어떻게 좀 해 봐~!』

『아니, 나도 뭐 어떻게 해야 할지 모르겠어! 레날라라고 했나? 좀처럼 바닥으로 내려올 생각을 않아서 공격할 수가 없다고! 와타루! 마술로 좀 어떻게 할 수 없어?』

"저게 일종의 방어막처럼 기능해서 마술도 안 먹혀요."

사실 이 전투에는 숨겨진 컨셉이 있다.

플레이 스타일에 따라서는 원거리 공격 수단이 없는 사람도 있기에, 만약 이 상태에서 레날라를 잡아야 한다면 게임 진행이 막히고 말 테지.

이 게임은 그렇게까지 어수룩하지 않다.

해답을 가르쳐 주는 것은 쉽겠지만, 그건 두 사람이 맛볼 재미를 빼앗는 짓이기에 자중했다.

와타루가 속으로 거듭 자중이라는 단어를 떠올리며 스포일러를 밝히고 싶은 마음을 꾹 참는 와중에도, 레이토는 서고 안을 돌아다니며 어떻게든 실마리를 찾아내고자 했다.

『우왓?!』

갑자기 그렇게 소리를 지른 이유는 머리 위에서 떨어진 샹들리에에 맞았기 때문이다.

황급히 회복하여 피해를 수습했지만, 이대로 가다가는 소모전만 벌이다 죽음을 맞이할 테지. 그렇다고 레날라의 빈틈을 찾고자 시야를 위로 올리고 있을 수도 없다. 아무리 느릿하게 움직이고 있다 하더라도 아이들로부터 공격을 받는 경우도 생기기 때문이다.

애초에 숫자 자체가 많기에 결코 무시할 수 없다.

와타루가 내심 어디까지 자중해야 할지 고민하던 바로 그때였다.

『아~~! 더는 못 참겠어~~!』

갑자기 리세가 옆에 있는 적을 썰어 대기 시작했다.

"미, 미야마?"

와타루는 어안이 벙벙했지만, 리세는 아랑곳하지 않고 마구잡이로 적을 잡기 시작했다.

그리고 그 공격은 황금색 빛으로 몸을 감싼 특수한 개체에도 적중했다.

『어라?』

레이토가 얼빠진 소리를 냈다.

리세의 공격이 '특별한 적' 을 여럿 잡자, 공중에 떠돌던 레날라에게 이변이 발생했다. 그녀의 주위를 뒤덮은 장벽에 금이 가더니 본인과 함께 아래로 떨어진 것이다.

『아래로 떨어졌어!』

레이토가 그렇게 소리치며, 장벽을 잃고 바닥에 떨어진 레날라에게 달려들었다.

그렇다. 레날라의 주위에서 시중을 들던 아이들 중, 레날라의 장벽과 연관이 있는 개체를 잡으면 본인을 아래로 끌어내릴 수 있다.

"미야마, 노랗게 빛나는 녀석을 노려!"

『노, 노랗게 빛나는 녀석?! 어떻게든 해 볼 테니까 너도 분발해!』

여기까지 왔으면 더 이상 자중할 필요는 없겠지. 와타루는 리세에게 지시를 내리면서 본인 또한 휘석 돌팔매로 공격을 가했다.

시간이 지나면 장벽이 부활해서 레날라가 다시 공중으로 도망치기에 원래라면 같은 과정을 두세 차례 되풀이해야 하지만, 이번에는 단숨에 결판을 내기로 했다.

스톰빌 성에서 싸웠던 고드릭에 비하면 이 시점의 레날라는 상대하기 훨씬 수월한 편이다.

『이 정도면 껌이지!』

예상대로 레이토 또한 정확한 공격을 이어 나가며 레날라의 체력을 순식간에 깎아 나갔다.

『좋아, 해치웠어!』

최후의 일격을 받고 레날라는 쓰러졌다.

『끝났어? 레이톳찌, 나이스!』

리세 또한 들뜬 기색으로 소리를 질렀지만, 이걸로 끝이라 생각했다면 큰 오산이다.

『어, 라……?』

레이토가 당황한 기색으로 말했다. 컷신이 이어지는 도중, 쓰러진 레날라를 어둠이 감싸는가 싶더니 마녀 라니가 개입했다.

레날라의 딸 라니.

여기서는 자신의 어머니와 함께 플레이어와 적대하지만, 사실 다른 장소에서는 우호적인 관계가 될 수도 있다.

아마도 이 현상은 제정신을 잃은 레날라를 지키고자 사전에 라니가 걸어 둔 일종의 방어 장치가 아닐까 싶었다.

'그렇다는 말은, 라니는 플레이어가 레날라와 적대했다는 사실을 모른다는 말일까?'

와타루가 속으로 그렇게 생각하는 와중에 컷신이 끝나고 다음 스테이지로 넘어갔다.

수면과 수평선에 떠오른 달로 이루어진, 인상적인 공간이었다.

라니가 만들어 낸 가상 공간이 아닐까 싶었다. 그리고 직전의 컷신에서도 언급된 내용이지만, 눈앞에 있는 레날라는 아마도 본인이 가장 강했던 전성기 시절의 모습일 테지.

『아니, 2차전이라고?!』

완전히 방심하고 있던 레이토와 리세가 황급히 움직였다.

그러는 동안에도 레날라는 군더더기 없는 동작으로 집중하더니 일직선으로 나아가는 공격 마술을 내쏘았다.

마치 빔 같았다.

『으엑?!』

레이토가 정면으로 그 공격을 받았다.

방패로 막았기에 일격에 죽는 상황은 면한 모양이었다.

"각자 따로 움직이면서, 기본에 따라 뒤에서 공격하죠!"

와타루가 짤막하게 방침을 세웠다.

그러는 동안에도 레날라는 아까 보였던 움직임과는 차원이 다를 만큼 잽싸게 움직였다.

그러면서도 그 특유의 우아함을 유지하는 움직임으로 무수히 많은 마력광을 내쏘았다.

그것은 오른쪽으로 왼쪽으로, 일직선으로, 또는 곡선을 그리며 날아들었다.

하지만 다행히도 레날라의 강인도는 낮은 편이기에 강력한 공격을 가하면 손쉽게 자세를 흐트러뜨릴 수 있다.

게다가 누구를 노리는지 또렷이 알 수 있기에 빈틈을 찌르기 수월하다.

레이토가 표적이 되자, 그 틈을 타고 리세가 달려들었다.

대미지가 쌓이자 이번에는 표적을 리세 쪽으로 옮겼다. 그때 와타루가 암석탄을 연속해서 때려 박았다.

레날라는 강력한 마술, 그리고 트롤과 드래곤 등의 환영으로 이루어진 강력한 적을 소환하여 플레이어를 농락했다.

혼자서 도전했다간 적잖이 고전했겠지만, 레날라는 여러 명이서 함께 싸우면 쉽게 상대할 수 있는 부류의 보스 같았다.

마구 고전하는 와중에도 몇몇 행운이 겹치다 보니, 놀랍게도 첫 회차에서 클리어하는 데 성공했다.

"아아, 라니. 작은 내 딸아. 너의 밤을 가렴."

레날라의 환영은 딸에게 그런 말을 남기고 사라져 갔다.

◆◆◆

보스전이 끝나자 대서고에 정적이 찾아왔다. 그곳에는 이곳에 발을 들였을 때처럼 제정신을 잃은 레날라가 남아 있었다. 다른 데미갓과는 달리 레날라는 거대한 룬을 가만히 가지고만 있었기에 소멸하지 않은 걸까.

『이겼어~. 그런데 이걸 앞으로 두 번이나 더하게? 힘든데…….』

조금 전의 전반전을 떠올렸는지 리세가 침울한 소리로 그렇게 말했다.

아까 잠잘 생각은 엄두도 하지 말라고 했던 사람이 그렇게 말하니 머리에 의문 부호가 떠올랐지만, 생리적으로 꺼림칙한 장면이 있다면 어쩔 수 없겠지.

"뭐, 오늘 밤에 다 할지 말지는 나중에 생각해 보기로 하고, 일단은 잠시 쉴까요?"

『난 찬성! 그건 그렇고 중간에 들려온 목소리는 정체가 뭐야?』

난잡한 설정을 미처 파악하지 못한 리세가 의문을 떠올렸다.

"음, 스포일러를 피하고 설명하자면――."

와타루는 자신이 얘기할 수 있는 범위 내에서 레날라의 불우한 처우와 아이에 대한 마음을 얘기했다.

『아하, 그런 설정이 있었군……. 그런데 아이라고 하니까 말인데. 저번에 보았던 과장의 그 이상한 모습 기억나지? 드디어 이유를 알아냈어.』

"과장님의 이상한 모습이라면, 적대 멀티 플레이에만 집착했던 그것 말씀이세요?"

『레이톳찌, 대단해. 그래서, 왜 그랬대?』

『자자, 천천히 얘기해 줄게.』

레이토는 한껏 뜸을 들이고 나서 과장의 사정을 얘기해 주었다.

◆◆◆

레날라와의 일전에서 거둔 승리의 여운을 만끽할 새도 없이 와타루는 레이토가 알아냈다고 하는 과장의 그 '이유'에 관해 들어 보기로 했다.

"그래서 과장님이 멀티 플레이를 하면서 우리 아들이 어쩌고저쩌고 그랬었는데, 대체 뭐예요?"

『뭐, 아까 내가 좀 뜸을 들이긴 했지만 사실 그리 대단한 얘기는 아니야. 과장한테는 다 큰 아들이 있거든. 보통 사춘기에 접어들면 부모랑 말도 안 섞고 그러잖아?』

『아, 그거 공감. 갑자기 막 우울해지는 경우도 있는데.』

"저는 그냥 평소랑 똑같이 잘 지냈지만요……."

『어?! 와타루쨩, 혹시 바른생활 어린이였어?!』

와타루는 리세가 자신더러 '바른생활 어린이'라고 하니 뭐라고 대답해야 할지 난감했다.

"그건 아니지만……. 미야마, 넌 부모님하고 사이가 안 좋았어?

『그게~. 응. 나도 그땐 철이 없었지!』

애써 말을 얼버무리는 리세였다.

살짝 궁금하기는 했지만, 그렇다고 단순한 호기심 때문에 다른 사람의 가정사를 깊이 파고드는 건 경우가 아닌 것 같아 와타루는 다시 레이토의 말에 집중했다.

『뭐, 흔히 있는 얘기지만. 게임만큼은 제대로 상대해 준다고 하더라고.』

“과장님이, 아들이랑?”

『그렇다는 말이지.』

『그래서 요즘 푹 빠진 게 엘든 링이라는 말이지?』

『맞아.』

“아드님이 참 안목이 있네!”

그렇게 즉답하는 와타루의 모습에 레이토와 리세는 음성 채팅 너머에서 애써 웃음을 참는 기색이었다.

『너라면 왠지 그렇게 말할 것 같더라. 그런데 부자지간의 친목에 엘든 링은 좀 살벌하지 않아?』

“뭐 어때요! 엘든 링에서 부자지간에 나누는 대화라니!”

『레이톳찌가 이해해. 원래 와타루짱은 저렇잖아.』

『하긴, 와타루니까.』

와타루는 자신이 뜻하지도 않은 평가를 받은 듯한 기분이 들었지만, 그건 일단 무시하기로 하고 다시 원래 얘기에 집중하기로 했다.

“그래서 과장님이 아들이랑 같이 엘든 링을 하는 것과, PvP만 죽어라 하는 플레이 스타일은 대체 서로 무슨 연관이 있나요?”

와타루의 질문을 받고 레이토는 기억을 떠올렸는지 "아, 그거 말인데." 하고 응답했다.

『과장이 아들이랑 같이 게임을 하다 보면, 이상하게 침입을 많이 당한다고 하더라고.』

『같이 멀티 플레이를 하던 중에? 그게 무슨 말이야?』

거의 처음부터 멀티 플레이로 게임을 즐겼던 리세는 잘 모르는 모양이었지만, 와타루는 그 말을 듣고 대강 감이 잡혔다.

"미야마, 우리가 멀티 플레이를 하던 도중에 침입자라는 다른 플레이어가 난입해서 습격한 적 있었잖아?"

『응, 기억나. 이길 때도 있고 질 때도 있었지만, 참 조마조마했지…….』

"그런데 솔로 플레이 중에는 그러한 침입이 없거든."

『어?! 그래?!』

『그렇다고 하더군. 사실 나도 얼마 전에 와타루가 가르쳐 주기 전까지는 몰랐지만.』

『그랬구나. 하긴, 혼자서 게임을 하는 와중에 습격을 받으면 아마 못 이길 테니까.』

침입을 당한 호스트가 유리해지도록 적대 플레이어 측은 다양한 핸디캡을 짊어진다.

예를 들자면, 적대 플레이어는 솔로 플레이 중에는 침입을 할 수 없기에 기본적으로는 호스트 측이 여럿 있는 상황에 혼자서 난입해야 한다.

예외적으로 솔로 플레이 중이더라도 침입을 유발하는 아이템이 있고, 그것을 쓰면 일대일로 맞붙을 수 있지만, 그럼에도 침입하는 쪽에는 성배병을 절반밖에 사용할 수 없다는 제약이 걸린다.

요컨대 원래 세계에서 8번 회복할 수 있는 플레이어가 침입 시에는 4번밖에 회복할 수 없다는 말이다.

그 외에도 여러 가지가 있지만, 어쨌거나 침입은 일종의 실력 테스트이기에 원래 구조적으로 침입하는 쪽이 이기기 힘들다.

만약 적대 플레이어 쪽이 유리할 경우, 침입을 받는 쪽은 한창 스토리를 공략 중인 와중에 수도 없이 침입을 당하며 계속 패배하면 공략 자체를 진행할 수 없다. 아마 그 때문에 그런 제약이 붙지 않았을까 싶다.

그럼에도 테크닉이나 빌드에 따라서는 그 핸디캡도 절대적이지는 않다. 그래서 빌드를 잘 짠 플레이어가 침입했다면 순식간에 패하기 일쑤다.

"혹시 침입 플레이어한테 수도 없이 털린 것 아닐까?"

아무래도 와타루의 추측이 맞았는지, 레이토가 "그런 것 같아."라고 답했다.

레아 루카리아에 오고 나서부터는 이상하리만큼 침입을 당했고, 거의 이기지도 못해 공략을 진행하는 데 발이 묶인 상태라고 한다.

마침내 과장의 아들은 차라리 솔로 플레이를 해야 마음 놓고 게임을 즐길 수 있고 공략도 이어 나갈 수 있겠다는 말을 꺼냈다고 한다.

『우리 과장도 참 안됐네.』

말투는 가벼웠지만, 리세 또한 과장에게 다소 동정하는 기색이었다.

"그래서 침입 플레이어에게 이길 수 있도록 PvP를 통해 연습을 했단 말이로군요……."

하긴, 게임 프로그램도 아니고 플레이어의 조작은 패턴을 읽기 힘들다.

게다가 플레이어마다 자신에게 맞는 전법이 다 다르며, 그것에 최적화된 능력 배분이나 무기, 도구, 인챈트 추가 등의 선택지는 무한하다고 해도 무방할 만큼 폭이 넓다.

그러한 것에 익숙해지고 필승법을 익히기 위해 적대 멀티 플레이를 연습하는 경우도 있다.

엄밀히 말해서 자신이 원해서 상대를 불러들이는 적대 멀티 플레이와, 침입을 당해 싸우는 멀티 플레이 사이에는 차이가 많다.

무엇보다도 침입 멀티 플레이는 같은 에어리어에 발생하더라도 처음에는 보이지 않는 장소에 상대가 있다.

서로의 동향이나 실력에 좌우되기도 하지만, 누가 먼저 상대를 발견하여 더욱 유리한 상황에서 달려드는지에 따라서도 승부는 크게 좌우된다.

그러한 전술적인 부분은 단순한 적대 멀티 플레이에서는 솜씨를 갈고닦기 힘들 것 같아 보였다.

어쨌든 간에 레이토 덕분에 궁금증은 해소되었다.

"카시마 씨의 정보망도 굉장한데요?"

와타루의 칭찬에 레이토는 기분이 좋아진 모양이었다.

『뭐, 사실 정보망이야 별것 아니긴 해. 그냥 다른 부서에 있는 과장의 동기로부터 살짝 얘기를 들었을 뿐이야.』

물론 과장과 그 동기가 나눈 대화에서 그렇게까지 상세한 얘기가 오간 것은 아니다.

게임을 하는 중에 다른 플레이어로부터 자꾸만 방해를 받다 보니, 나중에 가서는 아들이 자기랑 같이 놀아 줄 생각을 않는다—— 그 정도의 내용에서 레이토가 추측을 통해 살을 덧붙인, 일종의 추리다.

레이토의 추리는 일리가 있었다. 아마도 그 추리가 맞지 않을까 싶지만, 와타루가 감탄한 부분은 그것이 아니었다.

"과장님의 동기로부터요? 대단하시네요. 저 같았으면 나이 차이가 그렇게 많이 나는 사람한텐 말조차 제대로 못 붙였을 거예요."

와타루가 자신이 느낀 바를 솔직하게 입에 담자, 리세가 이번에는 참지 못했는지 소리 내어 웃었다.

『와타루짱, 그게 영업직에 있는 사람이 할 말이야?』

"지당한 말씀입니다요."

리세가 한 말은 정론이기도 했고, 그 말에는 비꼬는 기색이 눈곱만큼도 없었기에 와타루도 함께 웃어넘겼다.

『뭐, 과장도 한 명의 아버지였다는 얘기지.』

평소 회사에서 보는 과장은 회사원으로서의 모습밖에 볼 수 없었다.

그런데 아이와 접하는 극히 평범한 아버지의 모습도 있음을 알자, 그게 당연하다고는 해도 의외라는 느낌이 들었다.

『어쨌거나 와타루에게 뭐라 그런 건 얼토당토않은 일이야.』

『사실 알고 보면 와타루짱도 평소에 침입 많이 하는 거 아니야? 좀 수상한데?』

"아니, 침입은 나랑 안 맞아!"

하나의 시스템으로서 그것을 즐기는 사람이 있음은 알고 있지만, 자신이 부탁하지도 않았는데 다른 사람의 틈새의 땅에 들어가서는 상대에게 싸움을 걸다니. 그 광경을 떠올리기만 해도 속이 시큰거렸다.

『뭐, 어쨌거나 이걸로 의문은 풀렸으니, 이젠 그냥 가만히 두면 될 것 같은데?』

『맞아. 우리는 그냥 우리끼리 알아서 즐기면 돼!』

분명 그 말이 맞지만, 와타루는 곧바로 대답하지 못했다.

『와타루짱, 왜 그래?』

와타루가 갑자기 잠자코 있으니 리세가 이상하게 여겼는지 질문을 건넸다.

"아, 그게. 과장님을 도와드릴 좋은 방법이 없을까 싶어서……."

그렇게 말하자마자 어떤 일이 일어날지 예상은 갔지만.

『크아~. 넌 진짜~ 사람이 착해서 탈이라니까. 뭐, 그게 싫지는 않지만. 근데 아무리 그래도 상대는 그 과장인데?』

레이토는 어이가 없다는 듯이 말했다.

『내 말이! 만약 와타루짱이 과장에게 조언을 건네 봤자 어차피 또 질책밖에 더 듣겠어? 손해라고, 손해!』

아무래도 두 사람은 과장에 대한 평가가 박한 모양이었다.

와타루 또한 과장이 마음에 드는 건 결코 아니다. 애초에 본인 스스로도 왜 그런 귀찮은 일을 사서 하려는지 명확하게 알지 못했지만…….

"나도 점심시간에 질책을 들은 건 부조리하다고 생각해. 그리고 내가 봐도 괜한 오지랖이 아닐까 싶지만……. 그래도 뭐랄까, 아버지로서 아들에게 멋진 모습을 보여 주고자 노력하는 과장님의 마음만큼은 무시 못 하겠더라고."

이제 막 클리어한 레날라의 경우에도, 본인이 궁지에 몰리자 라니가 나서서 도와주었다.

두 사람은 모녀지간이다. 설정에 따르면 그렇게까지 친밀한 사이로는 보이지 않지만, 그럼에도 라니는 레날라를 도왔다. 그리고 레날라는 마지막 순간에 딸이 자신이 원하는 대로 살기를 바랐다.

역시나 이 세상에서 자식이 부모를 생각하는 마음이나 부모가 자식을 생각하는 마음에는 특별한 무게감이 있는 것 같았다.

와타루가 솔직하게 이유를 입에 담자, 역시나 두 사람은 웃음을 터뜨렸다.

『그래, 내가 졌어! 내가 졌다고! 역시 너한텐 못 당하겠네. 그래서 어떻게 도와줄 건데? 혹시 내가 뭐 도와줄 것 있어?』

『뭐, 와타루짱답긴 해. 저번 침입 작전도 생각보다 재미있었으니, 또 도와주는 것도 나쁘지 않을 것 같아.』

"어? 그런데 둘 다 과장님 싫어하는 거 아니에요?"

『뭐, 적어도 좋아하지는 않지.』

『맞아. 그렇지만 과장을 어떻게 생각하는지와, 친구가 하려는 것을 도와주고 싶다는 마음은 서로 별개잖아?』

“치, 친구……?”

『어머? 불만이야?』

“아니, 전혀! 나야 그저 고마울 따름이지!”

자기도 모르게 PS5의 컨트롤러를 머리 위로 들어 올릴 뻔했을 정도였다.

두 사람 모두 와타루의 오지랖에는 두 손 두 발 다 든 기색이었지만, 그럼에도 와타루의 생각을 비웃는 기색은 눈곱만큼도 없었다.

‘뭐랄까, 엄청, 기쁘네…….’

『좋았어! 와타루쨩, 그럼 작전은 어떻게 돼?』

“아, 그거, 말인데. 아직 생각한 건 없어. 애당초 나도 침입에 관해선 문외한이나 다름없으니, 공략법을 조사하는 것부터 시작해 볼까 싶어.”

『그런 단계라면…….』

『우리가 딱히 도움이 될 것 같진 않은데.』

“아니, 마음만으로도 충분해! 충분히 기뻐.”

『그럼 우리가 뭐 도와주었으면 싶은 게 생기면 꼭 말해야 한다?』

“아, 네.”

보나 마나 비웃음을 당할 줄로만 알았지만, 생각지도 않게 신뢰를 얻고 말았다.

심지어 도와주었으면 싶은 게 생기면 꼭 말해 달라는 얘기까지 들었다.

침입 멀티 플레이의 필승법이 정말 존재하는지는 알 수 없다.

그럼에도 두 사람의 말에 용기를 얻은 와타루는 과장의 문제를 해결할 방법을 어떻게든 찾아내 보자고 속으로 다짐했다.

◆◆◆

와타루, 레이토, 리세 세 사람은 순조롭게 공략을 이어 나갔고, 모두가 마술학원 레아 루카리아를 클리어하는 데 성공했다.

1페이즈 때 아이들이 달라붙는 장면에서만 리세가 살짝 거부감을 보이기는 했지만, 셋이서 함께 달려들자 문제없이 2페이즈로 넘어갈 수 있었다.

그렇게 전성기 시절의 힘을 발휘하는 레날라가 나타났지만, 이미 한 차례 잡아 봐서 공격 패턴을 파악한 두 사람 덕분에 순조롭게 승리를 거둘 수 있었다. 비록 그 과정에서 게임 오버를 두 차례 맞이하는 등의 고배를 마시기는 했지만 말이다.

그리고 다음 날, 와타루는 여느 때와는 달리 엘든 링에 로그인하지 않고 인터넷을 서핑했다.

엘든 링 관련 공략 사이트나 개인 플레이어가 올린 공략 블로그를 둘러보는 것이 목적이었다.

엘든 링 관련 정보를 얻기 위해 늘 뒤적이는 익숙한 장소가 대부분이었지만 오늘 밤은 자신을 위해서가 아닌, 과장의 문제를 해결하는 데 그 취지가 있었다.

엘든 링을 조사하는 것은 와타루의 특기 중의 특기였다.

이 게임에는 클리어를 위한 다양한 방법이 존재한다. 예를 들어, 레벨을 거의 올리지 않고 장비도 최소한으로만 갖추는 플레이어가 있다.

그렇게 하면 난이도는 껑충 뛰어오르지만, 캐릭터를 조작하는 실력 하나만으로 그 극한의 상황을 클리어해 나가는 플레이 스타일이다.

엘든 링은 최소한의 상태여도 적에게 입히는 대미지가 0이 되는 경우는 없다.

그 점을 이용하여 상대의 공격을 모조리 꿰뚫고 자신의 공격을 계속 적중시켜다 보면 이론적으로는 결국 적을 격파할 수 있다.

물론 실수 한 번이 죽음으로 이어진다. 숱한 죽음을 통해 상대의 공격을 외우고 단 한 번도 대미지를 받지 않는 패턴을 찾아가며 클리어해 나가는, 그런 실력자가 택하는 플레이 스타일이다.

이 극악의 게임에서 자신만의 색채가 가장 강한 플레이 스타일이 아닐까 싶었다.

와타루의 경우, 테크닉 하나만으로 게임을 끝까지 클리어할 실력은 없다.

와타루의 실력은 중간 정도.

지극히 평범한 축에 속한다.

그렇기에 레벨도 올리고 장비도 갖춘다.

또한 자신이 고른 무기── 메인 캐릭터의 경우에는 도 무기인 '시산혈하' 인데, 그 무기에 대응하는 능력을 높여 화력을 강화한다.

그리고 탈리스만이나 각종 버프 등을 통해 '시산혈하'의 파괴력을 조금이라도 끌어올릴 수 있는 준비 과정을 거치고 나서야 싸움에 임한다.

요컨대 공격력이 오른다는 것은 공격을 맞힐 필요 횟수가 감소함을 뜻하고, 방어구를 강화한다는 것은 상대의 공격을 맞아도 견디는 횟수가 증가한다는 뜻이다.

그 격차가 커지면 커질수록 '클리어하기 쉬워진다.' 라고 여기기에 그에 필요한 준비를 갖춘다. 그러기 위해서는 장비나 전투 기술에 관한 지식은 필수적이며, 그러한 최신 정보를 입수하기 위한 인터넷 서핑이 와타루의 특기였다.

오히려 이런 식으로 지식을 모으며 이런저런 시행착오를 거치는 과정 또한 게임을 한창 플레이할 때처럼 즐거웠다.

——하지만 지금은 사정이 좀 달랐다.

"침입하는 플레이어를 대처하는 방법이라……."

물론 조사를 해 보니 친절한 플레이어가 이에 관한 다양한 전법을 소개해 놓고 있었다.

그러한 고수의 지식과는 별개로 와타루 또한 자신의 경험을 통해 알게 모르게 습득한 대처법이 한둘 정도는 있었다.

하지만 이번 같은 경우에는 전제 조건이 있었다.

"어디 보자, 요컨대 지금 필요한 것은 과장님이 아드님과 다시 즐겁게 엘든 링을 플레이하게 만들 방법이야. 그리고 현재 아드님은 빈번하게 침입을 당하는 현 상황에 진절머리가 난 상태고……."

그리고 과장은 그러한 침입 플레이어를 본인이 멋지게 격퇴한 다음, '얼마든지 와 보라고 그래! 이 위대한 아버지가 방해꾼은 오는 족족 물리쳐 보일 테니까!' 라는 식으로 멋진 모습을 보이는 것이 목표인 듯하다.

"어, 어렵네……."

도와주고 싶다고 말을 꺼낸 사람은 와타루 본인이었지만, 벌써부터 난관에 봉착했다.

확률을 올릴 방법은 있다.

하지만 그러기 위해서는 어느 정도 유연하게 빌드를 쌓을 수 있도록 레벨을 올리고 장비를 갖추는 등의 과정이 필요하다.

아마도 과장의 공략 진척 상황은 와타루의 서브 캐릭터와 거의 비슷한 수준일 테지.

이 게임에서 멀티 플레이를 할 경우엔 어느 한쪽만 스토리를 진행하기란 거의 불가능하다. 와타루가 레이토 및 리세와 함께 멀티 플레이를 하는 경우와 마찬가지로 아마 서로서로 공략을 진행했을 가능성이 높다.

그렇다면 과장 아들의 진행 상황 또한 과장 본인과 거의 비슷하다는 말이 된다.

게임 진행 상황으로 봤을 때, 아마도 두 사람은 이기고 패하기를 반복하며 그때마다 일희일비하는 단계일 테지.

멀티 PvP를 주로 플레이하기에는 다소 이른 시기다.

게다가 아들의 실력은 미지수지만, 과장의 실력은 빈말로도 고수와는 거리가 멀었다.

'아니지. 그만한 나이에 게임 시스템을 제대로 이해하고서 캐릭터를 조작하고 있다는 사실만으로도 충분히 잘하는 편이야……. 하지만 본인 실력에 자신이 있어서 침입을 밥 먹듯이 즐기는 플레이어를 상대로 필승에 가까운 성적을 실현한다……?'

그건 힘들겠지, 와타루는 벌써부터 고개를 저었다.

고개를 저었지만, 그럼에도 포기하고 싶지는 않았다.

◆◆◆

며칠 후, 와타루는 레이토와 함께 엘든 링에 로그인하여 이미 클리어한 레아 루카리아 내부 여기저기를 탐색하는 중이었다.

지난번에는 레이토에다 리세까지 더한 3인 멀티 플레이였다.

호스트를 교대로 바꿔 가며 공략을 진행하기로 했기에 이에 걸리는 시간 또한 단순 계산으로 3인분에 해당했다.

그러면 맵을 구석구석까지 돌아다니기에는 시간이 부족하다. 그러다 보니 그간 입수하지 못하고 놓친 아이템이 잔뜩 있었다.

오늘은 그러한 아이템을 회수하는 것이 목적 중 하나였다.

참고로 리세는 회사 아저씨들을 돌보는 일 때문에 야근을 해야 해서 오늘 밤에는 함께할 수 없었다.

『아~앙, 나만 쏙 빼놓고 자기들끼리 레벨 마구 올리진 마~!』

그러한 문자를 보내면서도, 컴퓨터를 잘 다루지 못하는 아저씨들을 여전히 지극정성으로 상대 중인 모양이었다.

그런 리세를 위해서라도 물론 두 사람은 레벨을 올리기보다는 아이템을 모으는 데 주력했다.

『호오, 설마 이런 곳에 비밀 통로가 있었다니.』

프롬 소프트웨어 게임에 곧잘 등장하는 비밀 통로가 이 부근부터 나타나기 시작했다.

예를 들어 빼꾸기의 교회에서는 아무리 봐도 벽으로 밖에 보이지 않는 장소에서 점프하거나 공격하면 '부웅' 하는 소리가 나며 벽 일부가 사라진다.

이러한 경우, 바닥을 유심히 살피면 선발대 플레이어들이 비밀 통로의 존재를 메시지 기능으로 친절하게 알려 주기도 하기에 바닥에 메시지가 뭉친 곳은 주의를 요하기도 한다.

"그나저나 이런 건 또 어떻게 찾았는지 참 신기해요."

참고로 와타루는 직접 비밀 통로를 찾아낸 적은 없었다.

이러한 비밀 통로를 가장 먼저 발견한 플레이어는 역시나 벽 앞에서 닥치는 대로 모종의 액션을 취해 왔던 걸까. 와타루는 그 엄청난 노력에 그저 감탄할 따름이었다.

바로 그때였다. 두 사람이 있는 장소에 침입자가 나타났다는 알림이 화면에 표시되었다.

"아, 왔나 보네요."

『왔군!』

두 사람은 조금이라도 침입자를 격퇴하기 용이한 장소에 진을 치고자 빼꾸기의 교회에 있는 다른 잡몹을 재빠르게 정리했다.

오늘 목적의 나머지 절반은 이와 같이 침입 플레이어와 PvP를 뜨는 것이었다.

"그럼 사전에 말씀드린 대로 부탁드릴게요."

『그래! 어디 보자, 이 탈리스만을 장비하면 된다고 그랬지? 아, 네 캐릭터랑 똑같아졌잖아.』

와타루가 호스트이기에 레이토의 캐릭터는 노란색을 띠는 이펙트를 온몸에 두르고 있다.

원탁에서 구입할 수 있는 '갈고리 손가락의 위장 거울'이라는 탈리스만은 장비하면 소환된 캐릭터가 호스트와 같은 모습으로 변한다.

침입 멀티 플레이의 목적은 호스트를 격파하는 것이다.

원래는 어느 쪽이 호스트인지 한눈에 알 수 있지만, 이처럼 같은 모습을 띠고 있음으로써 적대 플레이어를 혼란에 빠뜨리려는 노림수였다.

상대를 격파해 봤자 2분의 1의 확률로 헛수고가 된다.

요컨대 헛걸음질을 치는 적대 플레이어를 더 높은 확률로 격퇴할 수 있다는 얘기다.

『어디로 오는 거지?』

들어온 적대 플레이어가 이쪽 눈으로는 볼 수 없는 장소에 출현한다는 점이 침입의 특징이다.

요컨대 서로 맞닥뜨리기 전까지는 서로 상대방이 어디에 있는지 정확하게 파악할 방법이 없다. 섣불리 대미지를 입는 바람에 상대방한테 게이지가 노출되는 경우, 싸우는 소리나 사물이 부서지는 소리를 듣고 알아차리는 경우, 아니면 그저 우연히 발견하는 경우 등, 이러한 다양한 경우를 통해 어느 쪽이 상대를 먼저 찾아내느냐에 따라 유불리가 크게 작용한다.

와타루와 레이토는 출입구 두 곳 중 상대가 어디로 오는지 각자 망을 보고 있었는데, 갑자기 위쪽에서 화살이 날아들었다.

『우왓?!』

그 일격을 받은 레이토가 황급히 구르기를 통해 몸을 숨겼다.

적은 지붕을 통해 교회 2층으로 우회한 모양이었다. 와타루와 레이토는 이미 그쪽 지름길도 개방한 상태였지만 완전히 허를 찔리고 말았다.

만약 상대가 사다리를 이용해 내려오면 마술을 퍼부어 주겠노라고 상대를 겨냥하여 암석탄을 날릴 준비까지 미리 해 둔 상태였지만, 상대는 그 점을 예측하고 과감하게 2층에서 내려왔다.

그렇지만 활 대신 바꿔 든 무기는 흔해 빠진 롱 소드로 보였다.

침입자이기에 장비의 세부적인 디테일까지는 자세히 알 수 없었지만, 공략을 썩 그렇게까지 진행한 플레이어 같지는 않았다.

레벨이 비슷한 상대라면 침착하게 대응하고자 자세를 취한 순간, 눈앞에서 적대 플레이어의 모습이 사라졌다.

"이건, 사냥개의 스텝?!"

전투 기술 중 하나로, 순식간에 모습을 감춘 채 먼 장소까지 단숨에 이동할 수 있다.

게다가 모습이 사라진 동안에는 무적 상태이기에 응용할 수 있는 폭이 넓은 전투 기술로서 유명하다.

성가신 전투 기술을 장비 중인 것은 물론이지만, 그보다는 이 전투 기술을 입수하는 장소가 문제다.

이것은 와타루가 운석 지팡이를 입수하기 위해 탐색한 케일리드의 동부에 자리한, 렌의 마술사탑 부근에 있는 적이 드롭한다.

만약 상대가 와타루나 레이토와 비슷한 수준으로 공략을 진행했다면 정면으로 맞붙기에는 다소 빡센 상대다.

다만 그 적을 잡은 것 자체가 이상한 건 아니다.

전략을 잘 짜면 상대하기 벅찬 적도 잡을 수 있다는 점이 이 게임의 장점이다.

문제는 특정 전투 기술을 입수하기에는 타이밍이 지나치게 빠른 경우다. 차근차근 공략을 이어 나가는 와중에 입수한 것이 아닌, 오직 그 전투 기술 하나만을 입수하고자 어떠한 타이밍에 의도적으로 그곳에 가서 입수했다는 얘기니까.

"어쩌면 상대는 이 게임에 익숙한 사람인가?!"

와타루는 다급히 레이토에게 주의를 당부했다.

하지만 사냥개의 스텝을 구사하여 단숨에 레이토의 뒤로 우회한 적대 플레이어는 곧바로 무기를 바꿔 들었다.

출현한 것은 얼음 날이 달린 도끼── 빙각의 도끼였다.

"서리 밟기!"

도망치느라 우왕좌왕하는 레이토의 뒤에서 적대 플레이어 캐릭터가 다리를 번쩍 치켜들며 바닥을 밟았다. 그러자 부채꼴 형태로 빙결 효과가 퍼져 나가며 레이토를 감쌌다.

한때 유명세를 떨쳤던 유명한 전투 기술로, 한 차례 너프당하기는 했지만 아직도 성가시기 짝이 없는 성능을 자랑한다.

와타루의 불길한 예감은 고스란히 적중했다. 비록 레벨은 낮을

지언정, 상대는 와타루와 마찬가지로 서브 캐릭터 내지는 침입 플레이에 완전히 이골이 난 플레이어였다.

레이토는 두 번째 서리 밟기를 맞고는 금세 나가떨어졌다. 와타루도 필사적으로 도망쳤지만, 사냥개의 스텝으로 거리를 좁힌 상대에게 순삭당하고 말았다.

◆◆◆

다시 멀티 플레이를 연결하자 레이토가 이를 갈았다.

『제길! 결국 탈리스만은 아무 소용도 없었어.』

“아뇨. 상대가 카시마 씨를 노린 건 사실이니, 그 틈에 제가 제대로 격퇴만 했어도 저희 계획대로 됐을 거예요.”

와타루가 그렇게 지적하자.

『아, 그런가! 너무 순식간에 당하다 보니 미처 몰랐어.』

레이토는 알아서 납득했다.

적대 멀티 플레이에 특화된 플레이어를 상대로 임시방편 수준의 대책으로는 도저히 당해 내기 힘들다.

『그래서 과장한테는 어떤 조언을 해 주려고?』

사실 완전히 침입을 배제할 방법이 딱 하나 있다.

지인을 한 사람 더 마련한 다음, 그 지인과 적대 멀티 플레이를 통해 먼저 매칭함으로써 적대 멀티 플레이의 시스템 자체를 박살 내는 것이다.

멀티 플레이는 무제한으로 매칭할 수 없다. 협력 플레이와 적대 플레이는 저마다 몇 명까지 들어올 수 있는지 정해져 있다.

바로 그 점을 거꾸로 이용하여, 협력 플레이어를 일부러 적대 플레이어로 부르는 방법이 있다고 한다.

하지만 그런 식으로 같이 게임을 플레이한들, 시스템에 지나치게 의존한 플레이 방식이 되기에 분위기가 어색해질지도 모른다.

애초에 과장의 지인을 한 사람 더 마련하는 것도 어려워 보였다.

그렇기에 이 아이디어는 그다지 현실적으로 보이지 않았다.

『그런데, 저 붉은 녀석을 격퇴할 만한 필승법은 혹시 없어?』

이제 막 당해서 그런지 레이토마저 기대에 찬 목소리로 와타루에게 물었다. 당해서 이를 갈았을 정도였으니, 만약 그런 필승법이 있다면 자신도 사용해 보고 싶다는 기색이었다.

“실은, 없어요.”

『뭐?』

“침입자를 반드시 이길 수 있는 방법은 없어요.”

『어? 하지만 과장한테 조언해 줄 내용을 벌써 정해 놓았다고 네가 그랬잖아!』

왠지 엄청 기대하게 만든 것 같아 와타루는 미안함을 느끼면서도 레이토의 착각을 정정해 주었다.

“조언할 내용을 정했다고 했지, 그게 필승법이라고 한 적은 없어요.”

그 이후로 여기저기를 조사하거나 개인적으로 시행착오를 거듭해 보았지만, 침입 플레이어를 이기는 확실하고 완전한 방법은 없다.

특히나 플레이어의 실력과 무관하다면 더더욱 그렇다.

정말로 필승법이라는 것이 존재한다면 애당초 침입이라는 플레이 자체가 성립하지 않는다.

그렇기에 와타루는 역발상을 떠올렸다.

"사실 저도 침입 멀티 플레이는 썩 내키지 않는단 말이죠. 이제 막 보스와 한판 붙으려는데 침입을 당한 바람에 어쩔 수 없이 성배병을 사용하고 일단 축복이 있는 곳까지 돌아와야 했던 적도 있었으니까요."

『뭐, 죽더라도 다시 돌아오니까.』

보스── 특히나 동굴 안쪽에서 기다리고 있는 상대라면 축복에서 보스룸 앞까지 다다르는 데만도 노력과 시간이 제법 든다.

신들린 점프를 거듭 반복하거나, 일종의 수수께끼를 풀거나, 복잡한 미로를 빠져나가야 하는 장소도 많다.

그러다가 침입을 당하는 바람에 일단 축복이 있는 곳까지 어쩔 수 없이 돌아와야 한다면 다시 한 번 그 험난한 과정을 반복해야 한다.

솔직히 말해서, 귀찮다.

"네. 그와 동시에 제가 침입하는 것 또한 왠지 다른 사람을 방해하는 것만 같아서 썩 내키지 않더라고요. 그래서 지금껏 알려고도 하지 않았었죠."

『호오? 엘든 링에 관한 것이라면 모르는 게 없는 줄로만 알았는데.』

"카시마 씨, 무슨 말씀을 그렇게 해요."

와타루는 쓴웃음을 지으며 말을 이어 나갔다.

"그런데 저도 참 의외였지만, 막상 알아보니까 제 생각 이상으로 적대 멀티 플레이를 긍정적으로 즐기려는 사람이 많더라고요."

『진짜?! 그런 녀석들이 꽤 있나 보네.』

"네. 물론 다른 사람을 괴롭히는 데 목적을 둔 불쾌한 플레이어도 있지만, 순수하게 자신의 실력을 시험해 보려는 플레이어도 있더라고요. 그런 사람은 '자신이 방해하고 있음은 잘 알지만, 그래도 상대해 줬으면 싶어!' 라는 마음가짐으로 침입을 한대요."

프로그램으로 제작된 NPC를 상대로는 금세 패턴을 다 파악한다. 그렇기에 자신이 최선을 다해 쌓은 빌드나 테크닉을 시험하려면 반드시 다른 사람을 상대해야 직성이 풀리는 수준의 사람들이 있다.

"전략을 잘 짜면 PvP 성적도 올릴 수 있죠. 그리고 원래 엘든 링은 호스트 측이 유리하도록 설정되어 있다 보니 아무래도 타이밍의 좋고 나쁨은 있지만, 이런 걸 좋아하는 사람끼리 서로의 실력을 겨룬다고 생각했더니 썩 그렇게 싫지만은 않더라고요."

적대 멀티 플레이나 침입 플레이를 알아보기 위해 블로그를 읽어 보기도 했는데, 생각과는 달리 눈살이 찌푸려질 정도의 실력 자랑이나 다른 플레이어를 깎아내리는 경우와는 거리가 먼, 일종의 경기자처럼 엘든 링의 전투를 탐구하는 사람이 있었다.

그런 사람이 작성한 블로그는 오히려 스포츠맨십마저 느껴질 수준이었다.

물론 솔직히 짜증이 날 정도로 다른 사람을 바보 취급하는 글도 잔뜩 있었다. 그쪽은 처음 예상했던 대로 불편했지만, 모조리 다 부정할 수 없었다는 것이 솔직한 소감이었다.

『하긴. 상대가 악의를 갖고 방해하는 것과는 차원이 다르겠군.』

"그렇죠? 물론 과장님이나 과장님 아드님도 마찬가지인지 아닌지는 모르겠지만, 침입까지도 포함해야 비로소 엘든 링이다, 라고 통째로 즐길 수 있다는 점을 알리는 방향으로 조언을 해 볼까 싶어요."

『그건 그거대로 또 어려워 보이는데.』

본인도 전적으로 동감하는 지적을 받자 와타루는 다시 한 번 쓴웃음을 지었다.

"그건 앞으로 생각해 볼게요."

『알았어. 나도 이제 슬슬 기대가 되는걸?』

그렇게 말해 주는 레이토를 위해서라도 와타루는 조금 더 지혜를 쥐어짜 보기로 했다.

그 뒤에도 탐색을 이어 나가다가 침입을 기다리며 다양한 대책을 시도해 보았다.

성적은 3승 3패였다.

역시나 어려웠지만, 예전에 비해 침입 상대와의 전투가 즐거워진 듯한, 그런 기분이 들었다.

◆◆◆

그렇게 과장의 부자 관계 개선 대작전(비밀) 방향성이 정해지고 나서 열흘이 지났다.

그리고 늘 만나는 그때 그 시간, 와타루는—— 나무 위에 있었다.

물론 현실에서 나무 위에 올랐다는 말이 아니다.

어디까지나 엘든 링 게임 안에서 그랬다는 얘기다.

장소는 케일리드였다.

축복을 기준으로 잡으면 렌의 마술사탑 근처이자, 그 북쪽에 걸친 다리 옆으로 비죽 튀어나온 모양새의 나무 위였다.

평소 게임을 플레이할 적엔 전혀 신경도 쓰지 않지만, 현재 시간은 밤이다.

이곳에서 밤이 되었을 때만 나타나는 적과 싸우는 것이 와타루의 목적이었다.

칠흑의 갑옷을 몸에 찬, 검은색 말에 올라탄 기사.

그 모습대로 이름은 '밤 기병' 으로 불린다. 말 그대로 밤에만 출현하는 적으로 일반 기마병과는 비교할 수 없을 만큼 상대하기 벅차다.

각지에서 볼 수 있는 밤 기병은 갑작스럽게 맞닥뜨리면 중수라 할지라도 순식간에 당할 정도의 상대다. 그 대신에 격파하면 귀중한 무기나 전투 기술 등을 입수할 수 있다.

보통 와타루쯤 되는 플레이어에게는 맞닥뜨린다는 사실을 미리 알고 있다 하더라도 꽤나 애먹는 상대다. 이길 수는 있지만 꽤 힘들다.

바로 그때 이 나무가 큰 도움이 된다.

이곳은 안전지대로 이루어져 있기에 밤 기병으로부터의 공격이 닿지 않는다. 따라서 이쪽은 활이나 마술, 기도, 그 외의 각종 원거리 투척 도구를 사용하여 마음 놓고 마구 공격할 수 있는, 그런 날먹을 할 수 있는 장소다.

스톰빌 성에 이어 와타루는 자기도 모르게 웃음이 나왔다.

『좋았어, 해치우자!』

『오케이~!』

레이토와 리세 또한 의욕을 불태우며 소리를 질렀다.

와타루는 암석탄을 내쏘았고, 레이토와 리세는 롱보우로 화살을 날려 댔다.

와타루의 조언에 따라 두 사람 모두 원거리 공격 수단으로 장궁을 택한 상태였다.

원탁에 있는 쌍둥이 노파로부터 구입할 수 있는 데다, 화살도 쉽게 마련할 수 있기에 마음 편하게 사용할 수 있다는 장점이 있다.

어쨌거나 세 사람 모두 각자 자신이 준비한 원거리 공격 수단을 일방적으로 사용해 가며 밤 기병을 격파했다.

『좋아, 해냈어! 늘 이렇게 깰 수 있으면 참 편할 텐데 말이지!』

레이토가 진심으로 그렇게 말했다.

『후후훗, 뭘 모르네, 레이톳치. 평소에 고생도 좀 해야 이런 쾌감도 맛볼 수 있는걸!』

흔히들 말하는 날먹 전술이다.

세 사람 모두 수단과 방법을 가리지 않는 방침이기에 딱히 그 부분에 집착하지는 않지만, 역시나 와타루로서는 이런 극악 난이도의 게임을 예전에도 해 온 리세의 의견에 더 친근감이 들었다.

“뭐, 어떤 식으로 즐길지는 다 개인의 자유니까요. 다양한 방식으로 즐길 수 있다는 것이 이 게임의 심오한 점이란 말이죠!”

『그건 그래. 뭐, 어쨌거나 입수했어!』

호스트인 레이토가 환호성을 질렀다.

이곳에 있는 밤 기병을 잡고 입수한 것은 전투 기술 ‘사냥개의 스텝’ 이다.

얼마 전, 침입 멀티 플레이의 감각을 다시금 확인했을 당시에 맞닥뜨렸던 적대 플레이어가 사용한 전투 기술이다.

세 사람이 중점적으로 공략 중인 곳은 여전히 레아 루카리아 주변이었다.

그렇기에 케일리드의 공략은 좀 더 나중에 진행할 예정이었지만, 그 전투 기술을 보고 마음이 혹한 레이토가 서둘러 입수하고 싶다며 부탁했다.

게다가 그 얘기를 들은 리세 또한 관심을 드러냈기에 오늘의 케이리드 원정으로 이어진 참이었다.

그렇다면 과장 문제는 손을 놓았는가 하면…….

『아, 반응이 있어!』

리세가 들뜬 목소리로 보고했다.

“어? 진짜?”

와타루가 옆에 놓아둔 노트북을 들어 올렸다.

키보드를 누르자, 휴면 모드였던 화면이 깜빡이며 어느 블로그가 표시되었다. 타이틀은 ‘엘든 링 상담실’ 이었다.

참 그럴싸한 이름의 블로그였다.

사실 이 블로그의 관리자는 와타루지만 말이다.

『그런데 이거, 아무 관계도 없는 제삼자일 확률은 정말 없어?』

"아마 없을 거야. 아무리 그래도 타이밍이 너무 딱 들어맞으니까."

엘든 링을 다루는 블로그는 산더미처럼 존재한다.

만든 지 얼마 되지 않은 이 페이지는 검색해 봤자 하단에만 뜰 테지. 대부분의 플레이어는 상단에 뜬 것만 돌다가 굳이 여기까진 확인하지 않을 것이다.

『방문자 수가 한 명 늘었는데, 그 사람이 과장이란 말이야?』

"아마도, 그렇지 않을까 싶어요."

고민한 끝에 떠올린 작전은 과장을 이 가짜 블로그로 유인하는 것이었다.

방침은 정해졌지만, 와타루와 과장은 게임 관련 조언을 주고받을 정도로 친한 사이가 아니다.

얼마 전엔 기분이 언짢았는지는 몰라도 와타루가 점심시간에 게임 사이트를 보기만 했는데도 질책했을 정도니까 말이다.

과장의 개인 사정을 몰래 파헤친 것만 해도 이미 큰일이다.

게다가 사적인 일에 간섭하다니, 당치도 않다.

만약 레이토나 리세라면 잘 받아넘길 수 있지 않을까 싶지만 와타루로서는 도저히 무리였다.

'나로서는 절대로 못 해…….'

업무에 필요한 용건과 인사 외에는 도무지 말할 엄두가 나질 않았다.

그건 과장뿐만 아니라 다른 동료 또한 마찬가지였다. 사교 능력이 떨어지는 와타루로서는 오히려 레이토나 리세가 특이하고 희귀한 케이스일 뿐이다.

어쨌거나 과장은 침입 플레이어를 상대로 완전한 승리를 거두는 것에 집착하고 있다. 와타루가 세운 방침은 승패를 떠나 즐기는 것이다.

요컨대 과장의 마음을 바꾸게 만들 필요가 있다. 설령 말을 건넨다고 한들, 와타루로서는 제대로 전하기가 힘들다. 쭈뼛거리며 무언가를 설명해 봤자 설득력이라고는 눈곱만큼도 없겠지.

과장의 입장에서도 부하 직원 때문에 자신의 생각을 고쳐먹는 것은 자존심이 허락하지 않을지도 모른다.

그래서 한 가지 계책을 떠올렸다.

인터넷에서 익명의 누군가로서 접촉하면 과장도 다소나마 겸허하게 자신의 생각을 바꿀지도 모른다.

가짜 블로그는 그러기 위해 만들었다.

의심을 사지 않도록 몇 가지 공략 정보를 게재하는 한편, 마치 PvP를 좋아하는 플레이어인 것처럼 가장하여 여러모로 도움이 될 만한 정보를 모아 놓았다.

와타루 본인이 들었던 거부감을, 그리고 아마도 과장의 아들 또한 느꼈을 거부감을 사고방식이나 접근 방법에 따라서는 느낄 필요가 없다고 이해시키는 내용의 기사를 특히나 공을 들여 작성했다.

그리고 가장 어려운 점은 과장을 이 블로그로 어떻게 유도하느냐였는데.

『그래도 와타루짱의 연기는 남우주연상 빰칠 정도였는걸!』

리세가 가벼운 투로 칭찬해 주었다.

『아니, 그건 딱 봐도 수상하게 보였는데.』

『어? 그냥 평소 때랑 똑같지 않았어?』

"그건 카시마 씨 말씀이 맞아. 과장님이 자료를 몰수할지 어떨지 상당히 조마조마했었거든. 근데 혹시 난 평소에도 사람이 그래 보여?"

의견이 서로 갈렸을 터인 레이토와 리세가 곧바로 "응!" 하고 딱 잘라 말했다.

블로그로 유도하고자 와타루는 한바탕 연극을 벌였다.

레이토와 엘든 링 관련 정보를 교환하는 것처럼 보이고자, 블로그 타이틀과 URL을 찍은 스크린샷을 인쇄하여 사무실을 돌아다녔다.

예상대로 과장은 와타루를 불러 세우고는 '저번에 주의 준 지 얼마나 지났다고 아직도 말귀를 못 알아들어?!' 라고 노성을 질렀다.

어떤 의미로는 예상대로, 과장은 와타루가 들고 있던 복사 용지를 빼앗고는 '회사 비품으로 어디서 장난질이야! 이건 내가 처분하지.' 라고 말하고는 자리를 떠났다.

그 복사 용지는 '엘든 링, PvP 필승 교실' 이라는 헤드라인이 적힌 페이지였다. 과장이 거기에 흘끗 시선을 준 것까지는 확인했다.

이제는 거기에 기재된 URL로 과장이 접속하기만을 기다릴 뿐이었다.

『——그리고 마침내 접속했다는 얘기지?』

레이토가 그렇게 말했다. 아마 본인 또한 직접 블로그를 확인했을 테지만 말이다.

과장이 접속했음은 방문자 수를 통해 추측할 수 있지만, 본인이 홈페이지의 어느 부분을 둘러보았는지는 알 수 없다.

본인이 찾던 필승법을 알아낼 수 있을지도 모른다며 내용을 읽어 보았을까.

어쩌면 관심을 잃고 그대로 나갔는지도 모른다.

그러한 점을 고려하여 컴퓨터 화면을 줄곧 지켜보고 있었다.

이제 회사에서 엘든 링에 접속할지 말지의 여부만 확인하면 되지만, 그래도 좀처럼 눈을 뗄 수가 없었다.

"뭐, 그냥 하던 게임이나 마저 할까요?"

스스로에게 들려주려는 듯이 말을 꺼냈는데.

『오, 게시판! 게시판에 댓글이 달렸어!』

레이토가 재빠르게 변화를 감지했다.

이쪽의 의견을 일방적으로 게시만 해 놓으면 하고 싶은 말이 상대방에게 잘 전해졌는지 알 수 없기에, 과장 본인이 희망할 경우에는 어느 정도 의사소통을 나눌 수 있도록 질문을 올릴 수 있는 게시판도 마련해 놓았다.

그곳에 댓글이 달려 있었다.

그 내용은.

『침입을 즐길 수 있다고 글을 쓰셨던데, 정말로 즐길 수 있나요?』

그래도 역시나 직장인답게 평소의 그 거만한 태도와는 하늘과 땅 차이의 정중한 말투였다.

와타루가 처음 느꼈을 때처럼 과장 또한 침입을, 실력에 자신 있는 플레이어가 멀티 플레이를 통해 게임을 즐기는 초보 플레이어를 사냥하며 즐기는 개념 정도로 이해하는 것 같았다.

초보자라 이기기도 힘들고, 침입을 당할 때마다 계속 패하면 그런 생각이 드는 것 또한 당연할 테지.

하지만 와타루는 이번 일을 통해 침입을 즐기는 플레이어의 심정 또한 이해할 수 있었다.

그들은 엘든 링에서 즐길 수 있는 전투의 잠재력을 십분 끌어내며 그저 순수하게 즐기고 싶을 뿐이다.

아무리 고도의 수준에 도달했다 하더라도 일정한 패턴을 반복하는 NPC를 상대로는 성에 차지 않는다. 이다음 순간에 어떻게 움직일지 예측할 수 없는 상대가 필요하다.

물론 그 상대가 본인과 마찬가지로 싸움을 원한다는 보장이 없는 만큼, 그로 인해 불행한 엇갈림을 낳는 원인이 되기도 하지만 말이다.

그럼에도 와타루는 단순히 다른 사람을 압도하고 싶다는 플레이어 외에도 다른 생각을 가진 플레이어가 잔뜩 있음을 알고는 한결 후련한 기분이 들었다.

『과장님께 드릴 답변은 제가 나중에 작성할게요.』

댓글이 달렸다고 바로 반응하면 마치 본인을 감시한다는 인상을 줄 우려가 있기에(실제로 감시 중이지만) 괜한 의심을 살 수 있다.

그래서 문장만으로 잘 전달할 수 있도록 심사숙고하여 답장을 남기고 싶었다.

와타루가 전하고자 하는 말은 세 가지였다.

먼저 공략과 관련해서 본인이 무기와 방어구, 전투 기술이나 마술, 기도 등을 얼마나 잘 갖췄는지의 여부는 가급적 신경 쓰지 말라고 했다. 물론 기술 또한 마찬가지다.

마지막으로, 얼마 전의 멀티 플레이에서도 시험했다시피 갈고리 손가락을 호스트와 똑같은 모습으로 바꾸는 위장 공작을 권했다.

랜덤한 물체로 의태할 수 있는 의태의 베일 등도 PvP를 상정하고 마련된 아이템이다.

호스트가 의태의 베일로 사물 중 하나── 예를 들어 맵에 배치된 석상으로 변하거나, 갈고리 손가락이 위장 거울을 사용해 호스트로 모습을 바꾸면 거의 확실하게 적의 공격을 피할 수 있다.

물론 이러한 것들로 반드시 상대를 이길 수 있다는 보장은 없다. 지난번에 와타루와 레이토가 그러했던 것처럼 시간 벌기가 주요한 목적이 될 테지.

문제는 그렇게 번 시간으로 무엇을 하느냐다.

와타루는 자신이 적극적으로 PvP를 즐기고 싶은 경우가 아니라면 이렇게 시간을 버는 동안 협력자를 부르는 선택이 유효하다고 여겼다.

롱보우와 마찬가지로 원탁에 있는 쌍둥이 노파로부터 구입할 수 있는 아이템 중에 '푸른 비문자의 반지' 와 '하얀 비문자의 반지' 가 있다.

푸른 반지는 누군가가 도움을 요청할 시에 상대의 세계로 소환되는 아이템이고, 하얀 반지는 침입이 발생할 시에 다른 사람에게 도움을 요청하기 위한 아이템이다.

이렇게 시간을 벌면서 구원을 요청하고 다른 플레이어의 도움을 받는다.

굳이 구원 요청에 응하는 플레이어는 자기 나름대로 실력에 자신 있는 사람도 많을 테고, 침입하는 쪽이 수적으로 열세에 몰리면 파워 밸런스가 더더욱 호스트 쪽으로 기운다.

설령 실력에 자신이 없는 경우라 할지라도 상대방이 틈을 보이면 뒤에서 달려들면 된다.

호스트가 도망만 잘 치면, 구원하러 달려와 준 플레이어가 침입 플레이어를 퇴치해 주는 경우도 있다.

본인이 고집하는 부분이 없다면 그런 식으로 패배하여 사라지는 침입 플레이어를 바라보며 즐기는 선택지도 있지 않을까.

물론 순수하게 승패를 즐기는 것 또한 얼마든지 환영이었다.

어쨌든 간에 겉으로 드러나는 패턴이 같은 만큼 모두가 '악의'를 가진 것처럼 보일 수는 있지만, 그래도 단순히 이 게임을 순수하게 즐기고 싶어 하는 플레이어도 있다, 그러한 점을 최대한 전하고 싶었다.

그것이 과장에게 통할지 어떨지는 미지수지만 말이다.

『좋아. 와타루가 그렇게까지 말한다면 한번 맡겨 볼까?』

『하긴. 와타루짱이라면 괜찮을 거야. 이왕 이렇게 된 거, 우리 과장도 엘든 링을 재미있게 즐길 수 있도록 한번 분발해 봐!』

와타루는 무조건적으로 자신을 응원해 주는 두 사람의 말이 그저 기쁠 따름이었다.

◆◆◆

며칠 후, 이츠키 리스 영업 제4과 사무실에 커다란 목소리가 쩌렁쩌렁 울려 퍼졌다.

"와하하하하! 그래. 역시 모든 일은 유연하게 생각해야 하는 법이지. 유연하게!"

언성은 높았지만, 지난번에 와타루가 질책을 들었을 때처럼 꾸짖는 투는 아니었다.

이곳에 배속된 지 1년도 더 지났지만 지금까지 한 번도 듣지 못한 과장의 환한 목소리였다.

과장과 마주한 사람은 와타루와는 그다지 접점이 없는 직장 동료 중 한 사람이었다. 아무래도 실수를 보고하러 간 모양이었다.

그런데도 과장은 무척이나 기분이 좋아 보였다.

"자네는 발주 실수라 여길지도 모르지만, 마침 다른 부서에서 비슷한 수량의 상품이 부족한 상황이거든. 요컨대 이건 빚을 지게 할 좋은 기회인 셈이지!"

대화의 흐름은 대강 파악했지만, 그럼에도 과장이 이렇게나 유연하게 대응하는 모습을 본 적 없었던 와타루――뿐만 아니라 4과 직원 모두가 깜짝 놀란 기색으로 과장의 모습을 쳐다보았다.

모두 하나같이 '오늘 뭐 잘못 먹었나?!' 라는 표정을 짓고 있었다.

"요즘 세상에 정보 수집과 발상 전환, 위기를 기회로 만드는 노력이야말로 생존의 지름길이지. 자네도 엘든 링에 한번 입문해 보게나!"

와타루는 자기도 모르게 뿜을 뻔했다.

『과장 저 인간, 완전 신났는데?』

『우리 과장, 너무 신났어!』

스마트폰으로 레이토와 리세가 문자를 보냈다.

그에 대해 와타루는.

『뭐, 아무튼 일이 잘 풀린 것 같으니, 좋은 게 좋은 거 아니겠어요ㅋㅋㅋ.』

겨우겨우 그렇게 답장을 보냈다.

다만 과장의 저 환한 기분은 그리 오래 가지 못했다. 일주일쯤 지났을 무렵에는 다시 여느 때처럼 언짢은 모습으로 돌아왔다. 그럼에도 주변 사람들에 대한 태도가 한층 부드러워진 것 같은 느낌이 들었다.

제4장

어리석은 자의 일념, 바위조차 꿰뚫는 사자의 대궁

성벽.

지켜야 할 것을 둘러싼 견고한 벽이다.

하지만 그 '안'에 한 발짝 들이고 나면 눈앞에 울창한 숲이 펼쳐진다.

『어? 여기, 성 맞지?』

리세가 당황한 투로 그렇게 말했다.

『바깥보다 안쪽이 더 바깥 같은데?』

레이토 또한 여기저기를 둘러보았다.

다만 두 사람 모두 입구 부근—— 구체적으로 말하자면 햇빛이 드는 범위 밖으로 나오려고 하지 않았다.

이곳에 무언가가 도사리고 있을 것 같은 분위기를 느낀 모양이었다.

마술학원 레아 루카리아를 클리어한 와타루 일행은 거기에서 더욱 북쪽으로 나아가 카리아 성관에 다다른 참이었다.

이 성관은 그 이름이 가리키는 대로 카리아 왕가의 소유물인데, 이 왕가를 부흥시킨 자는 얼마 전에 잡았던 레날라라고 한다.

하지만 이 카리아 왕가는 자신들을 지금의 위치에 있게 만든 레날라가 수장으로 있는 레아 루카리아와 전쟁 상태에 돌입했다는 복잡한 사정을 안고 있었다.

게임을 정석적으로 진행했을 경우, 스톰빌의 고드릭, 레아 루카리아의 레날라, 이 둘을 잡고 나서 앞으로 나아갈 선택지가 대폭 늘어난다.

아이템과 전투 기술을 입수하고자 잠시 들렀던 케일리드 탐색을 진행할 수도 있고, 아니면 거대한 룬을 두 개 모음으로써 넌지시 존재가 드러나는 알터 고원으로 향하는 것 또한 나쁘지 않다. 스토리 중반에 접어들었다면 슬슬 힘을 비축하는 타이밍이 되었다고 할 수 있다.

와타루 일행은 그대로 리에니에 탐색을 이어 나가기로 했다.

이유는 단순했다. 맵 안쪽에 뭐가 있을지 궁금하니 끝까지 확인해야 마음이 편할 것 같다는 이유였다.

물론 와타루는 무엇이 있는지 잘 알고 있지만, 두 사람이 즐겁게 탐색을 이어 나가는 모습을 가만히 지켜보며 자신의 서브 캐릭터가 장비한 무기도 조금이나마 강화해 두었다.

와타루는 여전히 운석 지팡이를 장비했지만, 방어구는 원탁에서 여왕 세트를 구입하여 장비한 상태였다.

레이토는 레아 루카리아 탐색에서 발견한 카리아 기사 세트를 장비했고, 무기는 방랑 상인으로부터 구입한 츠바이헨더로 교체했다.

파티 플레이를 통해 서로의 약점을 서로 보완해 줄 수 있다는 사실을 깨우쳤는지 공격 하나하나의 파괴력이 한층 더 강력한 특대검으로 무기를 변경한 것이다.

이제는 예전에 입수한 사냥개의 스텝을 활용해 적을 농락하면서, 상대의 빈틈을 발견하면 점프 공격으로 큰 타격을 노리는 스타일로 나갔다.

리세의 장비는 거의 변화가 없었다.

방어구는 도적의 초기 장비를 그대로 유지했다. 오른손에 든 레두비아도 계속 애용하는 중이었다. 다만 왼손에 들었던 대형 나이프를 스톰빌 성에서 입수한 자비의 단검으로 교체한 것이 유일하게 바뀐 부분이었다.

물론 계속 함께 플레이하는 과정에서 더욱 성능 좋은 방어구도 입수한 상태였다. 하지만 죄다 투박하거나 나풀거리는 디자인이었고, 리세는 이를 두고 "도적답지 않아!" 라고 평했다. 아무래도 롤플레잉 역할을 즐기기 위해 초기 장비를 고수하는 모양이었다.

그 말을 들은 와타루는 게이머로서 '얘 또 쓸데없이 고집부리네.' 라고 생각했지만, 그건 본인에게는 비밀이었다.

하지만 그만큼 기량(플레이어로서의 기량)이 상승한 쪽은 리세였다.

거리감을 능숙하게 잘 파악했으며, 적의 공격이 닿지 않는 장소에 자리를 잡거나 빈틈을 보이면 뒤로 돌아 들어가 치명적인 일격을 가했고, 중거리부터는 레두비아의 전투 기술로 체력을 깎아 나갔다.

원래 SEKIRO를 플레이해 왔던 만큼, 와타루의 눈으로 봐도 잘한다는 생각이 들 정도의 뛰어난 플레이를 계속해서 보여 주었다.

그리고 그 세 사람이 카리아의 성관에 들렀는데.

『꺄아~~악!』

리세의 비명소리가 울려 퍼졌다.

『우왓?! 위에서 뭔가가 떨어져 내리고 있잖아~~~?!』

레이토도 소리를 질렀다.
마음을 굳게 먹고 입구에서 안쪽으로 발을 들인 바로 그 순간, 격렬한 환영식이 펼쳐졌다.
그것은 수도 없이 많은 손의 무리였다.
인간을 손쉽게 움켜쥘 수 있는 거대한 것부터, 무릎 높이만 한 작은 것까지…….
카리아 성관은 무수히 많은 손이 우글거리는 마경이었다.
애당초 부지 내부에는 숲이라 불러도 손색이 없을 만큼 나무들이 빽빽하게 우거져 있고, 휘석 결정이 곳곳에 박혀 있다.
모종의 마술 실험을 통해 탄생한 생물인지 자연 발생한 생물이지는 알 수 없지만, 어쨌거나 이 환상적인 분위기를 자아내는 데 제 역할을 톡톡히 하고 있었다.
그런 곳에 발을 들이는 바람에 땅속에 들어가 있거나 건물 벽에 달라붙어 있던 손 형태의 괴물이 차례차례 덮쳐들기 시작한 것이다.
더군다나 움직임이 재빨랐다.
온 힘을 다해 도망만 칠 수도 있지만, 놈들은 목표물을 설정하고서 이쪽의 움직임이 둔해진다 싶으면 무리하게 거리를 좁히며 일격을 가한다.
강인도도 높은 편인지 이쪽의 공격에 움츠러드는 기색도 없거니와, 일격을 받으면 어떻게든 억지로 공격을 가하기에 자칫 잘못하면 HP를 몽땅 빼앗기고 만다.
몸 구조가 특수한 만큼 옆으로 몸을 미끄러지듯 움직이는데, 마치 거대한 거미를 상대하는 기분이 들기도 했다.

"가운뎃손가락——이라고 하는 게 맞는지 모르겠지만, 저 중앙에 반지를 낀 손가락이 마술로 공격을 가하거든요! 그리고 몸에 달라붙어 구속하려 드니 조심해야 해요!"

와타루는 두 사람에게 경고하면서 자신도 구르기를 사용하여 그 집요한 공격을 피하며 거리를 벌렸다.

그러고는 운석 지팡이에서 암석탄을 날리며 두 사람을 원거리에서 지원했다.

공격이 명중하자, 그중 몇몇 개체가 와타루 쪽으로 몸을 틀었다. 레이토와 리세는 그제야 기습의 혼란으로부터 빠져나와 정신을 추슬렀다. 그리고 세 사람은 어찌어찌 거대한 손을 해치우는 데 성공했다.

『혹시 여기엔, 이런 것밖에 없어?』

리세가 머뭇거리며 질문했다.

"그, 맞아. 이런 것밖에 없어. 게다가 잔뜩 나오기도 하지."

생리적으로 혐오를 느끼는 사람이 나와도 전혀 이상하지 않기에 안쓰러운 기분이 들었지만 와타루는 담담하게 사실을 입에 담았다.

『좋았어. 레이톳찌, 이제부턴 늘 내 앞에서 걸어!』

『내가 무슨 방패냐! 뭐, 방어구가 한층 더 강화되었으니 그게 옳은 판단이겠지만.』

파티에서 방어가 가장 단단하다는 데 자부심을 느끼는지 레이토가 그렇게 말했다.

"일단 이곳은 시야도 좋지 않고, 아까 맞닥뜨린 그 적이 곳곳에서 달려드니 신중하게 탐색하면서 나아가도록 하죠."

마치 식충 식물처럼 손끝만 남기고 땅속에 숨어 있는 개체, 머리 위에서 덮쳐드는 개체, 마치 순찰하듯 주위를 돌아다니는 개체까지 다양했다.

그중에는 아까 맞닥뜨린 소형 개체가 공격하는 와중에 시간차를 두고 대형 개체가 덮치는 장소도 있다.

카리아 성관은 지형이 완만한 구릉 지대처럼 이루어져 있기에 몸을 숨길 곳도 많다. 게다가 이것도 휘석 결정과 모종의 관련이 있는지 주위에는 안개가 자욱하게 끼어 있어 시야가 더더욱 좋지 않았다.

혼자서 이곳을 탐색했을 적에는 수도 없이 얻어맞는 바람에 아이템을 많이 소비할 수밖에 없어 한층 더 고생하곤 했었다.

'처음엔 여기가 얼마나 넓은지, 그리고 성배병을 어느 정도의 페이스로 써야 하는지 몰랐기에 한층 더 어렵게 느껴졌었지.'

비단 엘든 링뿐만 아니라 RPG에 등장하는 던전은 다 돌고 나면 '어라? 이렇게나 좁았다고?' 라는 생각이 드는 경우가 많다.

아마도 레이토와 리세는 와타루보다도 더 많은 압박을 느끼고 있을 테지.

이것 또한 재미의 하나였기에, 와타루는 적이 공격하는 방식을 일부러 애매하게 설명했다.

역시나 처음에 플레이했을 당시의 자신처럼 두 사람은 손 무리에게 마구 농락당했다.

이곳에 만약 게임 제작진이 있었다면 이 광경을 보면서 득의양양한 미소를 짓지 않았을까, 그런 생각이 절로 들 만큼 보기 좋게 걸려드는 모습이었다.

『우왓?!』

『또 왔어. 또 왔다고~~!』

『뒤로 갔잖아?!』

『딱밤 때리는 거 짜증 나!』

『뒤를 잡았어!』

『좋아, 잡았어!』

난관에 부딪치면서도 즐겁게 게임을 즐기는 두 사람을 향해 와타루가 원거리에서 화려한 지원을 펼쳤다.

◆◆◆

『와타룻찌, 오늘은 어째 컨디션이 좋아 보이네?』

한바탕 적을 잡고 숲속이 잠잠해지자 리세가 와타루에게 말을 걸었다.

『그러게. 와타루가 적절한 타이밍에 지원해 주지 않았다면 아마 수도 없이 죽었겠지.』

칭찬을 받으면 기분이 좋다.

"네, 덕분에 최근 들어 좋은 일이 많았거든요."

『호오? 예를 들면?』

"하나는, 저번에 과장님 일 때문에 만든 그 가짜 블로그 말인데요. 최근 들어서는 다른 사람도 조금씩 들르기 시작했는데, 가끔 그 사람들과 엘든 링에 관한 의견을 나누기도 하거든요. 그게 참 즐겁더라고요."

『어? 그거 곧바로 폐쇄할 예정 아니었어?』

"그럴 예정이었지만, 그 이후로도 과장님이 쓴 것으로 보이는 댓글이 여러 차례 올라와서요——."

온통 간단한 질문들만 올라왔기에 썩 그렇게 귀찮다는 마음도 들지 않아서 답변을 작성하기도 했다. 회사에서는 볼 수 없는 과장의 또 다른 모습을 볼 수 있어서 생각보다 즐겁기도 했다.

"——일단 블로그는 계속 오픈해 놓기로 했어요. 그리고 대체 무슨 수로 찾아냈는지는 모르겠지만, 사람들이 댓글로 계속 질문을 올리더라고요."

『그럼 넌 그걸 일일이 다 답변해 주었고?』

"네, 이왕 달린 댓글이니까요."

『역시 와타루짱답네.』

『그러게. 너도 참 존경스럽다.』

"왠지 칭찬과는 거리가 먼 것 같은데요……."

『기분 탓이야. 기분 탓. 그거 다 피해망상이거든? 그래도 그건 자원봉사나 다름없으니까 적당히 하는 편이 좋지 않을까? 뭐, 수도 없이 조언을 받는 우리가 할 말은 아니긴 하지만.』

"아뇨, 카시마 씨가 무슨 말씀을 하시는지는 알겠어요. 물론 취미의 범위 내에서 부담이 가지 않을 정도로 주의할게요."

『그리고 아까, 하나는, 이라고 했는데. 그럼 그 외에도 좋은 일이 더 있다는 얘기지?』

리세가 눈치 빠르게 알아차리고는 쿡 찌르고 들어왔다.

"응. 다른 하나는 업무 쪽인데, 곧 큰 규모의 계약을 따낼 수 있을 것 같거든."

『오! 정말 축하할 일이잖냐!』

영업직이라면 같은 부서의 동료라 할지라도 서로 실적을 다투는 관계라고 볼 수도 있다. 그럼에도 레이토는 여전히 무조건적으로 기뻐해 주었다.

"감사합니다. ——그렇지만 제가 영업 일을 잘해서 그렇게 됐다기보다는, 그냥 운이 좋았을 뿐이었거든요."

『호오? 그건 대체 무슨 일이지? 모조리 다 자백해 주실까?』

리세도 나서며 이야기를 재촉했다.

"저기, 저희 본가는 여기에서 전철을 타고 1시간쯤 떨어진 곳에 있거든요……."

『좀 더 부지런하면 충분히 통근할 수 있는 거리잖아? 역시나 자취 생활에 로망을 느꼈나 봐?』

『여자도 잔뜩 데리고 올 수 있고 말이지!』

『레이톳찌, 그거 성희롱이거든!』

『아, 미안, 미안. 미야마짱, 너랑 대화를 주고받다 보면 왠지 고등학교 친구를 상대하는 것 같아서 나도 모르게 아무 소리나 막 하거든.』

『흐~응? 그래, 어차피 난 색기라고는 눈곱만큼도 없는 사람이거든~!』

"자자, 진정들 하시고요! 어쨌거나 좀 더 부지런하면 본가에서도 충분히 통근할 수 있지만, 그래도 본가와 역 사이에 제법 거리가 있다 보니 그건 좀 힘들거든요. 뭐, 어쨌거나 본가 근처에 제가 아는 아저씨 한 분이 계시는데, 그분이 저희 회사 근처에서 종합 병원을 운영하는 중이시라서요."

『어?! 회사 근처의 종합 병원이라면…… 아하, 이지치 종합 병원인가?』

"아, 네. 거기 맞아요."

일을 대충 처리하는 것처럼 보이는 레이토도 역시나 자기 나름대로 소식통은 있는 모양이었다.

『그러고 보니, 꽤나 오래된 건물 같아 보였는데……. 슬슬 사무용품을 통째로 교체하는 시기에 접어들었나?』

"네, 그래서 그분이 제가 리스 회사에 근무 중이라는 얘길 들으시고는 부탁 좀 할 수 있겠냐고 물어보셨거든요."

『병원 전체라면 규모가 상당한데?』

『우와! 완전 땡잡았네!』

"네, 그래서 운이 좋았다고 말씀드린 거예요. 인맥으로 일감을 받아서 왠지 좀 죄송한 기분도 들고요……."

『어? 그런가?』

레이토가 의외라는 듯이 말했다.

"카시마 씨는 인맥이든 뭐든 다 써먹는 게 좋다고 보시나요?"

평소 일을 설렁설렁 처리하는 레이토가 업무에 관해 탐욕적인 의견을 드러낼 줄은 몰랐기에 와타루로서는 살짝 의외였다.

『그야, 인맥은 그냥 접점을 만들 뿐이잖아?』

"그렇지만 그게 중요한 게 아닐지……."

『물론 소개를 받고 과도한 평가를 받는 건 안 될 일이라고 봐. 할 수도 없는 일을 할 수 있다고 억지로 밀어붙이는 꼴이 되니까 말이야. 그렇지만 그냥 접점만 만들었다면 승부는 그 다음부터라고.』

"승부, 말씀인가요?"

『그래. 소개를 받고 업무에 익숙해진 다음, 네가 그에 걸맞게 일하면 소개한 사람도 어깨를 으쓱거리지 않겠어?』

『아, 그러네! 괜찮은 사람을 소개해 줘서 고맙다고 여길 테니까.』

『이번에는 상대가 먼저 나선 경우지만, 그렇다 쳐도 그냥 접점만 생겼을 뿐이야. 지금부터는 다 네가 하기 나름 아니겠어?』

와타루는 레이토의 말을 듣고 나니 고개가 절로 끄덕여지는 듯한 느낌이 들었다.

"그러네요. 중요한 건 지금부터니까요. 영업직으로서 평소에 일할 때보다 더 훌륭하게 일을 처리하면 되니까 말이죠. ――그게 참 큰일이지만요."

『에휴, 와타루쨩도 참. 벌써부터 나약한 소리나 하면 못써!』

일이 한창 잘 풀리는 와중에도 부정적인 생각에 사로잡히곤 하는 와타루의 모습에 리세가 반쯤 어이없다는 투로 그렇게 말했다.

"아, 하긴. 미안해!"

분명 방심은 금물이지만, 그렇다고 한창 일이 잘 풀리는 와중에도 부정적으로 생각하는 건 오히려 다 된 밥에 재를 뿌리는 짓에 지나지 않는다.

정신론에 불과할지도 모르지만 어차피 부정적으로 생각해 봤자 득이 될 것이 없다면 부정적으로 생각하지 않는 편이 옳을 테지.

『레이톳찌, 가~끔은 멋진 말도 다 하네?』

『가끔이 뭐야, 가끔이. ……미야마짱, 혹시 선배를 존경해야 한다는 말 들어 본 적 없어?』

『후후훗, 여긴 엘든 링인걸! 현실 세계에서 나이 차이가 얼마나 나든 뭔 상관이야!』

『어쭈? 말은 잘하네?』

"한마디를 안 지네……."

리세의 억지 논리에 와타루는 하마터면 웃음이 나올 뻔했다.

『그럼 와타루의 기운을 빌려서 오늘은 조금 더 분발해 볼까!』

『난 찬성~!』

"좋~아! 그럼 오늘은 실컷 즐겨 볼까요!"

『헤헤헤, 그럼 나중에 일이 잘 풀리거든 그때 뒷얘기도 마저 해 줘!』

"네!"

『일이 잘 풀리면 와타루짱이 한턱내야 해?』

"그래. ——어, 어어?! 축하받는 쪽이 돈을 내야 하는 거야?!"

『쩨쩨하게 굴지 마. 원래 행복은 나누면 나눌수록 배가 되잖아?』

"그, 그렇구나. 요컨대, 내 기운을 나눠 줌으로써 너랑 카시마 씨도 의욕이 난다는 말이지……?"

『맞아! 바로 그거야! 난 고급 야키니쿠 전문점에 가고 싶거든!』

리세가 스스럼없이 꺼낸 요청에 레이토는 음성 채팅 너머에서 뿜고 말았다.

어쨌거나 와타루는 자신이 엘든 링을 플레이하고 난 이후로 주변 일이 술술 잘 풀리는 듯한 느낌을 받았다.

그것은 행복한 상호 작용이었다.

◆◆◆

카리아 성관 공략이 오늘도 이어졌다.

지난번 공략에서 카리아 성관 하층의 축복까지 다다른 세 사람은 거기에서부터 공략을 재개했다.

원래는 교회로 사용되었는지 예배당처럼 생긴 건물이 있었고, 그 출구 부근에 축복이 마련되어 있었다.

『좋~았어. 오늘도 적을 마구 잡아 보자고~.』

어쩐 일인지 오늘따라 리세가 기합이 바짝 들어간 모습을 보였다.

"아, 그런데 여기서부터 한동안은 아이템을 모으기 위해 그때그때 옆길로 새는 편이 좋을지도 모르겠네요."

『뭐 추천하는 아이템이라도 있어?』

"그러네요. 그럼 못 보고 지나칠 수도 있는 것 하나만 안내해 드릴까요?"

『그거 혹시 내가 쓸 수 있는 거야?! 새로운 단검이라거나!』

한창 들뜬 기색으로 그렇게 질문하는 리세에게는 미안한 일이지만, 와타루가 소개하고자 하는 밤과 불꽃의 검이라는 아이템은 레이토가 사용하기에 적합하다.

츠바이헨더를 비롯한 특대검 중에는 강력한 아이템이 많지만, 이름이 실체를 상징한다는 말답게 역시나 다루기 힘든 부분도 있다.

급변하는 상황 속에서 빠르게 대응할 수 있는 무기가 필요할 경우, 강력한 직검이 있으면 도움이 될 것 같았기에 이왕 여기까지 왔을 때 입수하는 편이 좋겠다는 생각이 들었다.

게다가 일부러 여기까지 한 번 더 오는 것도 귀찮은 일이고 말이다.

와타루가 그렇게 말하자, 리세는 "우우." 하고 불만스럽게 볼을 부풀린 모양이었다. 와타루는 리세가 다루기는 데 용이할 법한 전투 기술이나 단검이 있으면 가르쳐 주겠다는 약속을 하고 어찌어찌 잘 달랬다.

그리하여 와타루 일행은 교회를 나서 밖으로 향했다.

카리아 성관 하층.

그 후반부는 전반부에서 돌아다녔던 장소에 세워진 건물 위를 돌아다닐 수 있는 구조로 이루어져 있다.

거기에서부터 적당한 장소를 통해 다른 건물 지붕으로 뛰어넘어 안쪽으로 나아가면 드롭된 아이템이 있는 설계였다.

와타루는 중앙에 자리한 탑 부근까지 나아간 다음, 거기에서 왼쪽으로 꺾어 한층 더 안쪽으로 나아갔다.

그리고 최종 지점 부근에서 왼쪽 하단에 자리한 건물로 뛰어내린 다음, 지붕에 뚫린 구멍을 통해 계단을 타고 실내로 침입했다.

그리고 그 안에 있는 보물 상자에 바로 밤과 불꽃의 검이 들어 있다.

참고로 이곳은 카리아 성관에 들어온 지점에서 봤을 때 정면 안쪽에 자리한 건물인데, 건물 입구가 잠겨 있기에 반드시 이쪽 루트를 통해서만 들어올 수 있다.

『돌아갈 땐, 여기를 통해 나가면 되지?』

리세가 잠긴 문을 실내에서 열었다.

『여긴 저번에 본 적 있는데……. 아니, 축복에서 한 차례 쉰 바람에 적이 부활했잖아~~!』

바깥을 어슬렁거리는 손 무리를 본 리세가 그런 절망적인 소리를 내질렀다.

◆◆◆

한바탕 아이템 회수를 마친 와타루 일행은 오늘 시작 지점으로 다시 돌아왔다.

『오오, 엄청 멋진 검이잖아!』

"단순히 외형만 멋진 게 아니라 두 가지 마술 공격을 나눠 쓸 수 있기에 대응력을 크게 끌어올릴 수 있죠."

『나, 좀 더 지력을 높여서 마술도 한번 써 볼까?』

리세는 마술을 입수함으로써 향후의 빌드에 관해 이런저런 욕구가 드는 모양이었다.

계속해서 '도적다움'을 유지하며 게임을 플레이하는 것 또한 물론 즐기는 방식 중 하나이며, 지금처럼 해 보고 싶은 것이 생겼을 때 방향을 틀어 보는 것도 재미있다.

그럴 때를 위한 것이 바로 환생이다. 마술학원 레아 루카리아를 클리어하고 나면 대서고에서 실행할 수 있는 기능이다.

요컨대 평소 자신의 스타일은 계속 유지하되, 무슨 수를 써도 잡을 수 없는 보스가 나왔을 때 일시적으로 스타일을 전환하는 것이다.

1회차라면 필요한 소비 아이템을 그리 많이 구할 수 없기에 스테이터스를 초기화할 수 있는 횟수에 제한이 있다. 그렇지만 몇 번 시험하는 데 쓸 정도라면 충분한 양을 입수할 수 있다.

'이런 시행착오를 거치는 것도 재미있단 말이지.'

와타루는 빌드에 관해서 이미 어느 정도 시행착오를 마친 참이기에, 서브 캐릭터는 자신이 미리 정해 놓은 스테이터스로 육성하기만 하면 된다.

하지만 아직 아무것도 몰랐을 당시에 근력을 올리면 어떻게 될지, 지력을 올리면 어떻게 될지, 애당초 근력과 기량은 무엇이 다른지를 파헤치며 최종적으로 밸런스를 어떻게 맞춰야 가장 높은 화력을 발휘할 수 있을지 타협점을 모색하는 것은 대단히 즐거운 경험이었다.

'기억을 싹 지우고 한 번 더 해보고 싶은데 말이지…….'

하지만 그 기억 덕분에 두 사람에게 적절한 조언을 건넬 수 있기에 다 일장일단이 있음을 알 수 있었다.

『그나저나 여기 좀 봐. 뭔가 여러모로 공들인 장치가 설치된 것 같은데?』

레이토가 반쯤 감탄한 기색으로 그렇게 중얼거렸다.

"유령……이라기보다는 환상이라고나 할까요? 환영 병사도 나오니 섣불리 나아갔다면 앞뒤로 얻어맞을 거예요."

『그리고 함정! 마술 함정이라고 해야 하나? 땅바닥에 설치된 무언가를 밟으면 레이저 같은 것이 뿜어져 나오는 거 말이야!』

마술을 레이저라고 표현하는 리세의 감성이 신선하게 느껴졌다.

"이곳은 레날라가 일으킨 왕가라는 설정이거든요."

『레날라라면, 저번에 마술학원에 있던 그 높으신 분 맞지?』

"응, 맞아. 이곳에 들어왔을 당시에도 하늘에서 마술이 쏟아져 내렸잖아?"

『아, 마술 샤워 같은 그거 말이구나!』

"맞아요. 그래서 이 카리아 또한 마술이 발전한 장소였죠."

『그랬군~! 마술 전문가다운 함정이었구나.』

『마술만 있으면 당신의 집을 안전하게 지킬 수 있습니다, 그런 느낌인가? 현실에 그런 게 있으면 아웃 소싱으로 팔 수 있을 것 같은데.』

『그러게! 전문가에게 의뢰할 수 있으면 마음 든든하니까.』

레이토와 리세가 전문가라는 단어를 연이어 입에 담을 때마다 와타루의 마음이 조금씩 무거워졌다.

"하아……."

『왜, 왜 그래?』

『웬일이래? 엘든 링 하나만 있으면 사족을 못 쓰는 와타루짱이 말이야.』

레이토와 리세가 저마다 의외라는 듯이 말했다.

"아, 그게……."

와타루로서는 두 사람이 자신을 걱정해 주고 있음은 알고 있었지만, 아무래도 말을 애매하게 흐릴 수밖에 없었다.

『대체 무슨 일인데? 얼마든지 한번 말해 봐.』

『맞아.』

거듭 이어지는 두 사람의 말에 와타루가 간신히 입을 뗐다.

"실은, 저번에 살짝 말씀드렸던 병원 말인데요……."

『무슨 문제라도 발생했어?』

"아뇨. 이걸 문제가 발생했다고 해야 할지, 발생하지 않았다고 해야 할지. 그게, 일이 잘 풀리지 않았다고나 할까요."

『그게 무슨 말이야~? 말을 좀 똑바로 해. 어차피 여기 다른 사람도 없으니 그냥 마음 편하게 한번 얘기해 봐.』

"으, 응. 고마워. 사실 난 사무용 책상처럼 사무 용품만 해당할 줄 알았는데, 아무래도 해당 사항이 병원 전부였나 봐……."

와타루가 고민거리를 털어놓자, 두 사람 모두 잠시 생각에 잠겼다가 "어어어어~~?!" 하고 경악에 찬 소리를 동시에 내질렀다.

『해당 사항이 병원 전부라는 말은, 사무용 책상뿐만 아니라 진찰실 책상이나 침대, 약을 보관하는 선반, 그런 것들을 모두 포함해서 전부라는 말이야?』

"——네."

『우와, 그 정도면 표창장 받을 수준 아니야?!』

개인 경영이라고는 하지만 그래도 종합 병원이다. 거래 품목 수는 터무니없이 늘어날 테지.

그것이 완전히 신규 거래로 계약이 체결될 경우, 정말로 리세의 말마따나 사장으로부터 직접 표창장을 받아도 전혀 이상하지 않을 수준이다.

그런데 와타루는 호박이 넝쿨째 굴러들어 온 상황인데도 전혀 기운이 나질 않았다. 그제야 레이토와 리세 또한 복잡한 속사정이 있으리라 짐작하고서 와타루에게 말을 재촉했다.

“그게, 이지치 아저씨—— 이지치 선생님의 아드님은 평범한 회사원으로 취직했지만 손자분은 의사가 된 모양인지, 이제 아저씨도 나이도 있고 하니 슬슬 병원을 물려주려고 하시거든요.”

『아하, 그래서 이참에 싹 다 새로운 걸로 바꾸려는 거구나.』

“네, 낡은 설비를 그대로 물려주는 걸 안쓰럽게 여기셨거든요. 그리고 병원이 깔끔하면 환자들도 더 많이 올 테잖아요. 조금이라도 더 편한 환경을 물려주고 싶대요.”

『그래서 너에게 그런 말을 했구나……. 이건 사무 용품을 리스하는 수준이 아니라 아예 리노베이션하는 수준인데?』

“네. 안에서 사용하는 기자재도 다 포함해서 리스하고 싶으시대요…….”

『아~. 그렇구나~. 와타루짱이 왜 고민하는지 이제야 알겠어.』

리세가 음성 채팅 너머에서 이제야 상황을 파악했노라고 고개를 끄덕이는 것 같았다.

『우리 회사는 의료 부문과는 그다지 접점이 없으니까 말이지.』

“네. 물론 진료대나 전문적인 기자재 쪽을 조달할 루트는 어찌어찌 마련할 수 있을 것 같지만, 아무리 그래도 대형 검사 기기 등은 역시나 전문 리스 회사 쪽이 낫지 않을까 싶거든요."

『그럼 우리 회사에서 취급할 수 있는 것만 취급하는 건 어때?』

"하지만 그러면 전문적인 기자재를 납품하는 기업 쪽엔 별 도움이 안 되잖아?"

『하긴. 보통은 한 번에 다양한 상품을 취급해야 가격을 흥정하기 쉬울 테니까.』

값비싼 의료 기기를 리스한다 치더라도, 다른 것들도 죄다 한꺼번에 맡기는 편이 리스 회사 쪽에게도 더 편할 테지.

"그렇게 되면 굳이 우리 회사에서 사무 용품을 리스할 이유가 없다고 해야 할지……. 잠시 알아봤는데, 요즘은 전자 카르테도 있어서 단순히 컴퓨터만 납품한다고 될 일도 아니더라고요……."

『소프트웨어도 포함해서 전문적인 지식이 필요하다는 말이로군. 이러면 평소에 취급하지 않는 상품에 손을 대기가 더더욱 힘들겠는걸.』

"그렇죠……. 사실 저는 어릴 적에 병약한 편이었거든요. 그래서 이지치 선생님께서 밤이건 쉬는 날이건 저를 돌봐 주시는 등, 그간 많은 신세를 졌단 말이죠."

『거절하기 힘든 상황이구나.』

리세의 말에 와타루는 고개를 푹 떨구었다.

『그간 신세를 진 선생님이라……. 그럼 어떻게든 은혜를 갚고 싶겠지. 그런데 말이야. 그렇다면 역시나 조금이라도 더 공부해서 어떻게든 할 수밖에 없지 않을까?』

『공부, 말씀인가요……?』

『그야, 신세를 진 과거는 바꿀 수 없고 너를 믿고 의지하며 말을 건 상대방의 심정도 바꿀 수 없잖아? 그렇다면 지금부터 바꿀 수 있는 건 네 영업 실력밖에 없지 않겠어?』

『맞아! 열심히 해 봐, 와타루짱! 분명 기대에 부응하면 그 할아버지 선생님도 기뻐하실 거야!』

"그렇군요. 음, 그건…… 그렇네요."

와타루는 자신이 할 수 없는 일에만 정신이 팔려 있었다.

하지만 이지치는 와타루를 믿고 의지해 주었다.

그간 소중히 여겨 왔을 병원을 손자에게 물려주고자 본인이 할 수 있는 거라면 뭐든 하고 싶었고, 그 때문에 와타루에게 말을 걸었다.

비싸거나 품질이 나쁜 상품을 소개하여 상대방을 실망시키는 결과를 초래할 순 없는 노릇이다.

하지만 그렇다고 해서 냉큼 거절했다간 마찬가지로 상대방을 실망시키고 말 테지.

"한번, 해 볼게요!"

『그래, 열심히 해 봐!』

레이토가 솔직한 심정으로 응원해 준 반면, 리세는 웃고 있었다.

『그런데 보통은, 앗~싸, 땡잡았다, 커다란 건수를 잡았다고! 전부는 힘들지만 꿀 빨 수 있는 부분만 쏙쏙 골라 빨아야지. 나머지는 내 알 바 아니고~! 이런 반응을 보이기 마련인데 말이지. 그런 점은 역시나 와타루짱답다고나 할까. 왠지 모르게 힐링되는 것만 같아!』

"힐링된다니, 내가 무슨 희귀 동물이라도 돼?"

『미야마짱, 말 한번 잘했어. 확실히 요즘 세상에 와타루 같은 사람은 참 보기 힘들단 말이지.』

"카시마 씨마저 그러시면 어떡해요……."

와타루는 한숨을 내쉬었지만, 그래도 두 사람이 자신을 격려해 준 덕분에 앞으로 나아가겠노라고 마음을 정할 수 있었다.

◆◆◆

그곳은 야외에 자리한, 마치 얇은 수반에다 물을 채운 것처럼 생긴 원형 광장이었다.

원 바깥 둘레에는 여러 개의 의자가 빙 늘어서 있는, 기묘하면서도 왠지 모르게 신비로운 분위기가 감도는 공간이었다.

마치 무슨 마술 의식이라도 거행하는 듯한 이곳은 친위기사 로레타와 결전을 나누는 장소였다.

『해냈어~~!』

리세가 여자애다운 말투로 승리의 함성을 질렀다.

눈앞에서 장대한 글레이브를 다루는 환영의 기사의 모습이 서서히 무너져 내려갔다.

성관에 발을 들인 뒤로 거대한 손이나 뼛가루처럼 생긴 환영 병사 등 성가신 적이 많았던 만큼 그 만족감 또한 컸을 테지.

와타루 또한 지금 리세의 모습과 1회차 때 자신의 모습을 겹쳐 보면서 감개무량함을 느꼈다. 처음으로 클리어한 지 그리 오래

지나지도 않았지만 벌써 먼 옛날 일처럼 느껴졌다.

에어리어 보스를 잡는다는 목적을 달성했기에 매칭이 해제될 때까지 리세는 흥분한 기색으로 승리를 음미했다.

다시금 자신의 세계로 귀환함과 거의 동시에 레이토가 스마트폰으로 보낸 문자가 들어왔다.

『그럼 이번엔 내 차례로군!』

이에 와타루 또한 곧바로 답장을 보냈다.

"네, 알겠습니다."

와타루는 게임 내에서 캐릭터를 조작하여 성관 상층의 축복 근처에서 소환 사인을 작성했다.

와타루 일행은 벌써 제법 오랜 시간 동안 멀티 플레이를 중심으로 엘든 링 공략을 많이 진행한 상태였다. 다른 게임들도 마찬가지지만, 세상에는 자신과 맞는 사람과 그렇지 않은 사람이 있다. 그리고 인터넷상에서도 '던졌다.', '질렀다.' 라고 말하는 사람은 분명 존재한다.

처음에는 두 사람이 나중에 어떤 반응을 보일지 확신을 내리지 못했었는데, 지금까지도 의욕이 떨어질 기미는 전혀 보이지 않았다. 와타루로서는 기뻐해 마지않는 상황이다.

'엘든 링이 없었다면 분명 이런 식으로 멀티 플레이를 통해 같이 놀지도 못했겠지…….'

레이토의 세계에 소환되는 동안 와타루는 속으로 그런 생각이 들었다.

비단 멀티 플레이뿐만이 아니다.

직장 일의 경우에도, 최근 들어 자신은 예전에 비해 눈에 띄게 긍정적으로 변한 듯한 느낌이 들었다. 자신이 그렇게 변한 것 또한 레이토나 리세로부터 자극을 받았기 때문이다.

『그럼, 또 그 보스랑 한판 벌여 볼까!』

『아까 싸우면서 대충 요령을 파악했거든. 기대해 줘.』

『오, 미야마짱, 듬직하군!』

『왠지 말인데! 요즘 들어 내 실력이 는 것 같거든!』

『어어~? 그거 그냥 기분 탓 아니야?』

"아뇨, 제가 봐도 미야마는 예전에 비해 실력이 많이 는 것 같아요."

분명 리세의 기술은 일취월장했다.

본인 스스로도 직접 피부로 느끼며 알아차렸는지 그 목소리는 들뜬 기색이었다.

『앗싸! 와타루짱도 보장해 주면 더할 나위 없지! 요즘 들어 말이야. 내가 쓰는 무기가 실제로는 어느 정도의 위력을 발휘하는지 왠지 모르게 알 것 같거든.』

『구체적으로 말하자면?』

『그게, 예를 들어 내가 쓰는 레두비아는 단검 중에서 유일하게 신비 보정이 붙어 있대.』

『신비, 보정?』

레이토는 그 생소한 단어를 입으로 음미하듯 곱씹었다.

『응. 무기마다 기본적인 공격력은 정해져 있잖아? 하지만 공격했을 때 입히는 대미지는 기본적인 공격력뿐만 아니라 플레이어의 능력치가 어느 정도냐에 따라서도 좌우된대.』

『요컨대, 대응하는 수치에 능력치를 배분했다면, 예를 들어 같은 60레벨 캐릭터가 같은 무기를 사용하더라도 산출되는 대미지가 변한다는 말이지?』

『맞아! 그 말대로야! 그래서 다시 조사해서 레두비아가 가장 활약할 수 있는 수치 밸런스를 조정했거든.』

"아, 스테이터스 초기화를 벌써 시험해 봤구나?"

『응, 맞아!』

마술학원 레아 루카리아의 가장 안쪽 부분의 경우, 보스전이 끝나면 레날라가 그곳에 상주한다.

그녀의 힘을 통해 지금까지 레벨 업과 함께 배분한 능력치 수치를 처음부터 다시 조정할 수 있다.

이 덕분에 근접 직업 출신으로 시작한 캐릭터를 순수한 원거리 직업으로 탈바꿈시킬 수도 있다.

요컨대 리세의 경우, 자신이 가진 레두비아에 훨씬 최적화된 수치가 되도록 조정했다는 뜻이다.

아마도 처음엔 신비 능력치가 뭔지 잘 몰라 방치해 두고, 근력이나 기량처럼 이해하기 쉬운 부분부터 올리지 않았을까 싶었다.

그러다가 신비가 어떤 식으로 작용하는지 이해하고 나서 스테이터스 초기화와 다른 방법을 통해 신비 수치를 높였다는 얘기다.

리세는 자신의 발견이 플레이 결과에 반영되었다는 사실이 기쁜지 흥분한 기색으로 계속 말을 이어 나갔다.

『찍을 수 있는 능력치는 모두 신비에 몰빵하면 체력이 부족하거든. 내 캐릭터는 그렇게까지 체력이 많이 필요하지는 않지만, 그러면 무거운 무기나 방어구도 장비할 수 없는 상태가 돼. 그렇기에 돌아다니는 데 큰 지장이 없는 선에서 적의 공격을 견디기 위해 필요한 능력치를 파악한 다음, 나머지는 모두 신비에다 몰빵해 봤지.』

"오, 자기 나름대로 연구를 했구나?"

『헤헤헤. 계속 가르침만 받자니 미안해서. 그런데 스스로 조사해 보고 나니 빌드나 전투 기술, 콤비네이션 등, 다양한 걸 발견할 수 있어서 예전보다 게임이 더 재미있어진 것 같아.』

"맞아! 전적으로 동감해! 공부는 중요하지!"

『응, 공부는 중요하지!』

처음엔 오른쪽 왼쪽도 제대로 구분하지 못했던 리세가 점점 이 게임의 깊은 맛에 빠져드는 모습을 보고 있으니 와타루는 마치 자기 일처럼 기뻤다.

시행착오와 탐색, 엘든 링은 그러한 점들 덕분에 정말로 재미있다.

『둘이서 호흡이 아주 그냥 찰떡궁합이네……. 아, 공부라고 하니 문득 떠올랐는데. 저번의 그 일은 어떻게 됐어?』

"저번의 그 일이요? 아, 병원 일 말씀인가요?"

『응. 그거.』

『아, 그건 나도 궁금해.』

리세가 한바탕 자기 자랑을 다 늘어놓았을 즈음에 레이토가 문득 그 얘기를 꺼냈다.

“아, 그게, 아직 공부 중이라고나 할까요? 다행히 병원 측도 리노베이션 계획을 아직 구체적으로 세우지는 않은 것 같더라고요…….”

『그것도 그렇겠지. 이쪽 견적도 확인하지 않은 상태에서는 비용이 얼마나 들지, 아니면 비용을 얼마나 들여야 할지 판단할 수 없으니까.』

『그렇게 치면 반대로 리스 회사 쪽은 상대가 어느 정도의 예산을 리스에 들이는지에 따라 소개할 수 있는 상품을 바꾸지 않아?』

“그렇죠. 닭이 먼저냐 달걀이 먼저냐, 왠지 그런 느낌도 없잖아 있지만요……. 저도 지식이 참 부족하단 말이죠. 그리고 우리 회사가 어디까지 독자적으로 처리할 수 있는지 역량도 미지수고요. 준비할 수 없는 상품은 다른 회사에 맡겨야 하니까요…….”

『이런 상황에서 시간 여유가 있다는 점이 참으로 다행이야.』

“네, 열심히 일해야죠.”

『오오, 와타루짱이 엘든 링 말고 다른 일에도 의욕을 불태우다니. 이 이모는 참 기쁘단다.』

리세가 농담 섞인 투로 그렇게 말했다.

『네가 무슨 이웃집 이모냐.』

『아까워라. 친척 아이를 돌보는 이모를 노리고 한 말이었는데!』

둘은 실없는 농담을 주고받은 뒤, 레이토의 세계에서 친위기사 로레타 토벌을 진행했다.

◆◆◆

레이토의 세계에 이어 와타루의 세계에서도 친위기사 로레타를 무난하게 격파한 세 사람은 카리아 성관 안쪽에 펼쳐진 에어리어로 나아갔다.

성관 내부에서 보았던 것보다 훨씬 거대한 결정이 성 뒤편의 광대한 토지에 죽 늘어서 있었다.

성관 내부와 마찬가지로 이곳 또한 안개가 자욱하게 끼어 있었고, 그러한 신비로운 분위기 속에 파묻힌 모양새로 오래된 유적이 곳곳에 놓여 있었다.

이 초현실적인 분위기 속에 있으니, 마치 인간과는 동떨어진 세상에서 길을 잃은 듯한 느낌이 들었다.

이곳은 스리 시스터즈라 불리는 에어리어로, 엘든 링 세계에서 모종의 커다란 목적을 위해 행동에 나선 라니가 은둔한 채 그 목적을 이루고자 준비 중인 장소다.

마술학원 레아 루카리아에서 일전을 치른 후 북상하여 카리아 성관을 공략하는 목적은 라니와 만나기 위함이다.

드래곤이 돌아다니는 위험한 에어리어였지만, 세 사람은 불필요한 전투는 가급적 피하며 라니의 마술사탑에 도달했다.

그곳에는 자신의 영혼을 인형에 이식해 가며 삶을 연명하는 마녀가 플레이어를 맞이해 준다.

다만 환영의 뜻과는 거리가 멀었다.

게다가 플레이어를 위험한 길로 유혹하는 듯한 불길한 예언도 남긴다.

그런데.

『저 모자 귀여워! 넓은 챙도 그렇고, 뾰족한 끝이 아주 살~짝 꺾여 있는 부분도 그렇고. 게다가 전체적으로 푹신푹신한 인상이라 귀여워!』

리세가 생각지도 못한 반응을 보였다.

설마 라니를 '귀엽다' 라고 표현할 줄이야. 이는 와타루 또한 전혀 예상하지 못했다.

『그렇지만 하는 말은 꽤나 꺼림칙한데? 죽음을 훔치고, 어두운 길을 찾고 있고, 배신하고 버리겠다니.』

듣고 보니, 부하 직원을 영입하고자 하는 장면에서 방금 레이토가 한 말을 입에 담으면 분위기가 싸해질 테지.

현실에 대입해서 상상했더니 와타루는 살짝 웃음이 나왔다.

"그런데 라니는 이 게임 내에서 확고한 의지를 가지고서 자신의 길을 나아가는 사람이거든요. 그래서 플레이어들 사이에서 인기도 높은 편이고요."

『오호? 그런데 듣고 보니 어떤 한 가지 일에 몰두하여 행동하는 건 멋진데?』

"응. 자세하게 말할 순 없지만, 라니는 지금의 상황을 올바르지 못하다고 여기거든. 그래서 그것을 바르게 잡고자 삶을 살아가고 있지 않나 싶어."

게임 내에서는 작중 인물들의 세세한 동기나, 그 동기가 언제 싹트기 시작했는지 등은 친절하게 설명해 주지 않는다. 그래도 인터넷상에서 탐구한 내용들을 보다 보면, 라니는 죽음을 포함해 생명의 순환이라는 개념이 존재하는 세계야말로 올바르다고 여긴다.

그리고 그 생명의 순환—— 게임 내에서는 '별과 달의 차가운 밤의 규율' 이라고 하는데, 그것은 저 멀리 보이지 않는 곳에 존재하며, 인간의 세계를 지켜보는 중이라고 여긴다.

죽음이라는 개념이 존재하지 않아 어떤 의미로는 완전무결한 황금률이 아닌, 죽음과 소멸이 함께 존재하는 세계를 지향한다.

그것은 신화 등에서 말하는 신의 시대에서 인간의 시대로의 변천을 연상케 한다.

완전하기 때문에 정체된 신은 무대에서 내려오고, 그 너머를 짊어질 자들에게 뒷일을 맡긴다.

그것이 라니가 택한 길이다.

'짊어질 자에게, 맡긴, 다라…….'

와타루는 라니 이벤트를 마주하면서 자신의 상상을 여러 차례 곱씹어 보았다.

『이건 업무 얘긴데…….』

시간이야 내일도 있으니 오늘의 멀티 플레이는 이제 그만 마무리 지을까 싶은 분위기가 감돌던 와중에 레이토가 가벼운 투로 말을 꺼냈다.

"아, 네. 뭔데요……?"

『뭐, 마음 편하게 먹으라고 말하기는 힘들지도 모르겠지만, 그래도 열심히 잘해 봐. 만약에 도움이 필요한 일 있으면 언제든지 말만 하고.』

『푸념해도 다 받아 줄게!』

“하하하, 혹시라도 무슨 일 있으면 잘 부탁드릴게요.”

험난한 상황은 아직도 계속 이어졌다.

그럼에도 자신이 할 수 있는 일이 있기에 와타루는 온 힘을 다할 따름이었다.

◆◆◆

게임 시작 지점인 림그레이브 동부——.

성인 다리를 지나 마중물 마을을 넘으면 완만하게 이어지는 오르막길이 나온다.

그 길을 따라 더욱 나아가다 보면 어느새부턴가 땅바닥이 불그스름한 갈색으로 바뀌는데, 마치 그에 맞장구치듯 하늘 또한 피를 연상케 하는 검붉은 색으로 변한다.

이윽고 작은 부락 같은 장소가 모습을 드러내지만, 텅 빈 그곳은 이미 방치된 지 제법 오랜 시간이 지난 상태였다.

폐가라는 표현조차 황송할 지경이었다. 이제는 잔해만 남았다고밖에 표현할 수 없을 만큼, 과거에는 집이었던 것이 껍데기만 남은 모습이었다.

이와 같이 황량한 풍경은 틈새의 땅 각지에서 볼 수 있지만 이곳은 무언가가 달랐다.

단순히 방치되어 비바람에 스러져 가는 잔해가 아니라 과거에 이곳에서 일어난 파멸적인 현상의 결과를 보존하고 있는 듯한, 그런 불길한 분위기가 강렬하게 전해져 왔다.

——와타루 일행은 다시금 케일리드의 땅에 발을 들였다.

예전에 사냥개의 스텝을 입수하고자 찾았을 적에는 원탁에 있는 D 이벤트와 엮이면 갈 수 있는 짐승의 신전을 통해 접근했기에, 실제로 림그레이브 쪽에서 맵을 따라 여기까지 이동한 것은 레이토도 리세도 이번이 처음이었다.

짐승의 신전 주변 또한 기본적으로는 이곳과 마찬가지로 붉은 황야가 펼쳐져 있다.

그럼에도 그쪽은 아직 생명의 기척이 다소나마 느껴지지만, 이곳에는 엄청 꺼림칙한 정적이 내리깔려 있었다.

『으악, 이런 분위기였구나.』

『왠지 모르게 살짝 꺼림칙한 느낌이 드는데.』

두 사람 모두 지금까지와는 명백하게 이질적인 분위기를 느꼈는지 말을 고르며 그렇게 표현했다.

"그건 그래요. 림그레이브도 리에니에도 폐허만 잔뜩 남아 있지만, 그래도 기본적으로는 자연이 풍부한 곳이니까요."

와타루는 두 사람의 의견에 동의하면서 앞으로 나아갔다.

가도의 잔해처럼 보이는 돌바닥을 따라 나아가다 보면 앞쪽에서 사람 형체의 모습을 여럿 볼 수 있다.

『저건 또 뭐야?!』

가장 먼저 리세가 소리를 질렀다.

『으악, 좀비냐?!』

레이토도 뒤이어 소리쳤다.

두 사람이 그렇게 표현한 대로, 가도를 따라 다가오는 것은 십여 명 정도로 보이는 망자의 무리다.

가까스로 인간의 형태는 유지하고 있지만, 저들은 온몸이 썩어 문드러진 채 내장이 녹아내린 무참한 모습을 드러냈다. 몸 표면에는 하얀 곰팡이나 이끼처럼 보이는 무언가가 달라붙어 있었다.

"저 녀석들은 막 껴안으려고 달려드니까 조심해야 해요!"

와타루가 그렇게 경고하자.

『알았어!』

『싫어! 가까이 다가오지 마~!』

두 사람은 저마다 그렇게 대답하며 행동에 나섰다.

레이토가 정면에서 특대검을 휘두르자 여러 명이 나가떨어졌다.

리세는 거리를 유지한 채 레두비아의 전투 기술을 연속해서 사용했다.

와타루 또한 암석탄을 사용해 잡몹들을 해치워 나갔다.

무시무시하게 생긴 그 겉모습과는 달리 섣불리 다가가지만 않으면 결코 위협적인 상대가 아니다.

만약 영마 토렌트를 쓸 수 있는 솔로 플레이였다면 그냥 무시하고 지나쳐도 될 정도다.

『아~. 정말 역겨웠어~!』

망자 무리를 전멸시키고 나서 리세가 진심으로 속 시원하다는 듯이 그렇게 말했다.

"이곳은 설정상 붉은 부패라는 현상이 퍼진 지역이거든요. 과

거의 전쟁에서 말레니아와 라단이라는 데미갓이 맞붙은 결과, 토지 자체가 오염되어 붉은 부패의 병이 곳곳으로 퍼져 나갔다나 봐요."

『아, 이거 병이었구나?』

『어?! 그럼 우리한테도 병이 옮을 수 있는 거 아니야?!』

으엑, 리세는 진심으로 질겁하는 기색이었다.

"뭐, 설령 옮는다 해도 축복에서 순식간에 나을 테니까 괜찮아."

『그럼 됐고!』

붉은 부패는 지속적인 대미지를 주는 배드 스테이터스 중에서 가장 지독하다. 체력이 순식간에 깎여 나가기 때문에 자연 치유를 기다리기란 상당히 어렵다.

와타루의 메인 캐릭터조차 사용 횟수와 회복량을 최대로 설정한 성배병을 모조리 비워도 버틸 수 없다.

한 번이라도 붉은 부패 상태가 될 경우, 아까 와타루가 리세에게 설명했다시피 축복에서 쉬거나 기도, 아이템 등을 사용하여 의식적으로 회복하지 않으면 천천히 죽어 나갈 뿐이다.

하지만 게임을 플레이하다 보면 축복이 그렇게까지 촘촘히 배치되어 있지는 않고, 각자의 빌드에 따라서는 기도를 사용할 수 없다.

아이템의 경우, 아이템은 게임을 아무리 진행해도 무한히 구입할 수는 없다. 그렇기에 필드에 떨어져 있거나 한정적으로 판매하는 것을 구입하거나, 아니면 스스로 아이템을 제작해야만 입수할 수 있다. 아이템이란 그러한 귀중품이다.

하지만 그 아이템을 제작하려 해도, 1회차에 입수할 수 있는 소재 개수는 철저하게 한정되어 있다.

요컨대 붉은 부패 상태가 되었을 때 아이템을 물 쓰듯이 마구 썼다간 금세 바닥나고 만다.

『그 붉은 부패 말인데. 질병 맞지?』

"어? 응. 맞아. 현실의 질병과는 좀 다를지도 모르지만."

『혹시 병원 같은 곳은 없어?』

참으로 현대인다운 발상에 와타루는 살짝 웃었다.

"그러게. 하지만 게임상에서의 취급은 일반적인 질병보다는 저주에 가까울지도 모르겠어."

『아하, 그렇구나.』

"무슨 문제라도 있어?"

『아니야. 어쩌면 치료할 수 있는 것이 아닐까 싶어서.』

와타루는 고개를 끄덕였다.

게이머로서 익숙해지다 보니, 무의식적으로 원래 그러한 것이라 받아들이고 말았다.

그렇지만 아이템 제작을 통해 약을 만들 수 있으니, 어쩌면 병을 치료하는 사람이 있을지도 모른다는 발상은 일반적인 기준에서 보자면 지극히 당연할지도 모른다.

"——아, 맞다. 병원이라고 하니까 생각났는데. 그, 부탁할 게 있다고 해야 할지, 사과해야 할 게 있다고 해야 할지……."

와타루는 두 사람에게 전하려고 한 용건을 리세 덕분에 겸사겸사 떠올렸다.

『와타루짱이 우리에게 부탁할 게 있다니, 웬일이래!』

『그러게. 평소에는 늘 도움만 받고 있으니, 우리가 할 수 있는 거라면 뭐든 말만 해.』

“감사합니다. 그게, 뭘 해 달라고 부탁드린다기보다는 앞으로 제가 좀 바빠질 것 같아서요. 그래서 한동안은 멀티 플레이를 할 시간이 없을 것 같거든요…….”

레이토가 와타루에게 엘든 링을 가르쳐 달라고 부탁한 것이 함께 엘든 링을 플레이하게 된 계기였다. 그러다가 나중에는 리세도 끼어들었고, 와타루 또한 적극적으로 두 사람을 상대했다.

와타루는 두 사람이 하고 싶은 것을 최대한 우선시하며 꼭 필요할 경우에만 조언을 했다. 그 결과, 두 사람의 실력도 초기와는 비교조차 할 수 없을 만큼 늘었다.

그럼에도 역시나 와타루가 빠진 채로 게임을 플레이한다면 게임 난이도는 올라갈 테지.

애당초 와타루가 있든 없든 별 차이가 없다면 그것은 조언자로서의 역할을 다하지 못했다는 말이 된다.

그렇기에 중간에 멋대로 빠지는 건 이기적인 짓이라는 느낌이 들었다.

어쩌면 두 사람이 지금 이 자리에서 ‘이만 접을까.’라고 말하며 엘든 링 그 자체를 그만둘 가능성도 있다.

두 사람의 실력 또한 결코 얕볼 수 없는 수준이기에, 와타루가 빠지지 않고 계속 함께하다 보면 언젠가는 엘든 링까지 다다를 수 있을 터.

그런데 자신이 빠지는 바람에 혹여나 두 사람이 게임을 접는 사태로까지 이어지는 건 아닐까, 와타루는 그 부분이 무척이나 신경 쓰였다.

『바빠질 것 같다니, 그래서 무슨 일이라도 생겼어?』

『난 다 안다고. 여자, 맞지?』

“어, 뭐, 일이라면 일이긴 해. 그렇다고 여친 생긴 건 아니거든요!”

리세에게는 말을 신중하게 고르면서, 그리고 레이토에게는 정면으로 반박하면서 와타루가 대답했다.

“요즘 들어 이지치 종합 병원 관련 일 때문에 여기저기 알아봤는데요…….”

『응, 열심히 하고 있나 보네. 그 일 때문에 바빠질 거라는 말이야?』

“맞아. ……혼자서 이것저것 공부해 봤는데, 아무리 공부를 해도 끝이 없더라고…….”

『뭐, 처음엔 다 그렇지. 아무래도 새로운 분야에 발을 들이다 보면 그럴 수밖에 없을 거야.』

사무 용품을 전문적으로 취급하는 이츠키 리스에서 특히나 의료 분야는 전혀 접점이 없었던 분야다. 회사 내부에서 참고할 만한 자료나 관련 지식을 가진 사람은 아무도 없었다.

설령 있었다고 한들 자신의 성격 때문에 와타루가 좀처럼 말을 걸기 힘들었을지도 모르지만 말이다. 어쨌거나 회사 내부에서 어떻게 하기는 어려웠다.

“그동안 저는 단순히 의료 분야에서 사용하는 상품을 들이는 루트가 없다는 부분만 신경 썼지만, 의료 시설을 취급하는 리스 회사가 일을 어떻게 처리하는지 알아보니 조금 머리가 아프더라고요…….”

『어? 혹시 그쪽에서는 리스 가격을 저렴하게 책정해?』

“실제 거래 액수까지는 알아내지 못해서 저렴한지 아닌지는 모르겠어요. 하지만 그것 말고도 제 생각보다 서비스 내용 종류가 참 다양하더라고요.”

『아, 그렇군. 단순히 상품만 리스하는 게 아니구나.』

예나 지금이나 감이 예리한 레이토는 무언가를 알아차린 기색이었다.

“네. ……물론 회사마다 다 다를 테지만, 요즘은 단순히 리스하는 걸 넘어서 종합적인 컨설턴트 서비스 등도 잘 갖춰져 있더라고요.”

『컨설턴트?』

“응, 오늘날 병원 경영은 엄청 복잡해졌더라고. 종합 병원쯤 되면 병원 내부 청소나 클리닝까지 신경 써야 하고, 심지어 어떤 곳은 편의점 경영에도 관여한대.”

『아하! 편의점! 하긴 요즘은 보통 매점 대신 편의점이 들어오니까.』

“맞아. 그러한 의료 이외의 직무까지 전부 직접 고용해서 운영하면 힘드니까, 아웃 소싱할 수 있는 업무는 외부에 맡기는 곳도 많대.”

『그런 식으로 외부에 맡기는 일까지 총괄적으로 관리한다는 얘기야?』

"그뿐만이 아니라 본인들이 원하면 병원 경영도 조언해 준대……."

『장난 아니네~.』

"그리고 병원은 어떠한 계열사나 그룹에 들어간 곳도 많은데, 그 덕분에 괜찮은 의사나 간호사를 소개받을 수 있대."

『대학과도 긴밀히 연계하여, 졸업 후의 진로 확보와 인재 확보를 동시에 이룬다는 얘기야?』

"아마도 그럴 거예요. 그리고 인재 확보까지 도와줄 수 있다고 주장하는 곳도 있던데, 이쯤 되니 우리 회사와는 비교조차 할 수 없는 서비스가 잔뜩 있더라고요."

『우와, 우리 회사라면 죽었다 깨어나도 못 이길 것 같은데? 그런데 모든 병원이 그 컨설턴트 서비스를 이용 중인 건 아닐 테니, 할 수 있는 데까지 해 보는 건, 어떨까?』

"그건 그래. 어쨌거나 이 이상은 인터넷으로 알아보는 것도 한계가 있어서, 슬슬 발품을 팔아 볼까 싶던 차였거든."

『그래서 한동안 바빠질 것 같다고 했구나.』

"맞아요. 그리고 이번에 치바에 있는 컨벤션 센터에서 의료 관련 전시회를 연대요. 그, 뭐였더라……."

와타루는 스마트폰으로 메모해 놓은 행사 이름을 읽었다.

" '병원 설비 및 의료 기기 전시회' 라네요."

『그게 그거잖아!』

곧바로 리세가 지적했다.

딱딱하고 말 그대로인데다 센스도 없다며 와타루 본인도 그렇게 생각하던 차였기에 웃음이 나왔다.

『실제로 딱딱한 업무니까 말이야. 만약 '메디컬 카니발' 이었다면 어땠을 것 같아?』

레이토가 적당히 아무 이름을 지어내자, 리세는 "음~." 하고 잠시 생각에 잠겼다.

『왠지, 수술 중에 의사 선생님이 막 춤을 출 것 같은 느낌이 들어서 망할 것 같아.』

『그렇지?』

"뭐, 이름이야 어쨌든 간에 최신 의료 기기나 컨설턴트 서비스 등을 전시하기에 한번 견학하러 가 볼까 싶거든요."

『굳이 치바까지 간다고?』

"응, 굳이 치바까지."

『행동력 장난 아닌데? ……와타루, 너는 일반 업무상에서 남들과 능숙하게 대화 주고받는 건 잘 못하지만 그런 건 또 잘한단 말이지.』

『그러게. 나도 그렇게 생각해.』

"감사합니다. 뭐, 그 외에도 다양하게 알아보고 싶거든요. 그래서, 좀 바빠질 것 같아요……."

그 때문에 엘든 링에서 같이 멀티 플레이를 할 시간이 부족할 것 같다고 말한 것이다.

『아, 그렇구나! 맞다. 처음부터 멀티 플레이를 할 시간이 없다고 그랬지!』

"맞아. 모처럼…… 그, 제 착각이 아니라면, 카시마 씨랑 미야마는 엘든 링을 함께 하는 시간을 기대하는 것 같아 보여서……."

와타루는 말을 고르며 두 사람에게 사과했지만.

『응, 괜찮아, 괜찮아! 신경 쓰지 마!』

리세가 가벼운 투로 그렇게 말했다.

"아, 응. 미안해."

리세가 그렇게 반응하리란 건 어느 정도 예상했었다.

게임을 함께 플레이한다고 해서 하는 이유까지 똑같다는 보장은 없다.

두 사람에게 엘든 링이란 원래 단순한 게임에 지나지 않으니까.

비난을 듣는 것보다는 마음이 한결 편했지만, 또 한편으로는 상대방이 너무 쉽게 이해해 주니, 마치 엘든 링을 플레이하는 이 시간이 그만큼 중요한 것이 아니라고 두 사람이 빙빙 돌려 말하는 것 같아서 와타루는 살짝 서운한 느낌이 들었다.

그런데…….

『그렇군. 솔직히 말해서 지금껏 와타루가 잘 이끌어 와 준 덕분에 다른 일을 뒷전으로 두지 않았나 싶어서 마침 신경이 쓰이던 차였거든.』

『아, 역시 레이톳찌도 그랬어?』

두 사람으로부터 상상했던 것과는 다른 답변이 돌아왔다.

"어……?"

와타루로서는 생각조차 못 했던 말이었기에 자기도 모르게 얼빠진 소리를 냈다.

"다른 일, 이요……?"

『그야 물론 아이템 회수도 그렇고, 다른 곳도 둘러보고 싶다고나 할까? 아직 탐색을 완료하지 않은 곳도 잔뜩 있어서 신경이 쓰였거든.』

『맞아. 나는 직검에서 특대검으로 교체했지만, 솔직히 말해서 아직 다루기 힘들다고 해야 할지. 다른 전투 기술도 시험해 보고 싶거든.』

『아, 그건 나도 공감! 아직 써 보지 못한 전투 기술이 잔뜩 있으니까. 그리고 난 저번에 말했다시피 마술도 한번 써 보고 싶거든. 셋이서 멀티 플레이를 했다간 그걸 연습해 보기 힘들잖아?』

"어? 그, 뭐, 그런……가?"

『어차피 반년이나 1년이 걸리는 일도 아니고, 여기저기 둘러볼 시간이 조금 생겼으니 오히려 잘되지 않았나 싶은데?』

『헤헤헷, 다음에 멀티 플레이를 할 때 내가 잔뜩 성장한 모습을 보여 줄 테니, 너무 놀라지는 말라고.』

"아, 어, 그게, 알았어! 기대할게! 엄청, 기대하고 있을게!"

두 사람은 단순히 타성에 젖거나 인간관계 때문에 엘든 링을 계속해 온 것이 아니었다.

그 사실이, 와타루로서는 깜짝 놀랄 만큼 기뻤다.

그리고 세 사람은 언젠가 엘든 링에서 다시 만날 것을 기약하고서 그날의 멀티 플레이를 마쳤다.

◆◆◆

그리고 마침내 그날이 왔다.

와타루는 중요한 비즈니스를 논의하는 자리에 입고 가기 위해 마련한 값비싼 정장과 이제 막 클리닝을 마친 셔츠, 어제 반듯하게 닦아 놓은 구두 등을 말끔하게 차려 입은 뒤, 몸가짐을 최대한 단정히 하고서 그곳에 발을 들였다.

그 병원은 분명 신식과는 거리가 멀었다. 하지만 내부는 청결했고, 게시물이나 관엽 식물 등도 필요 이상으로 늘어놓지 않는 등 이곳을 방문한 환자가 마음을 편안히 할 수 있는 공간을 조성하고 있었다.

종합 접수처에 방문 목적을 말한 와타루는 일반 환자나 문병객이 발을 들이지 않는, 안쪽 모퉁이에 자리한 원장실로 안내받았다.

바로 앞에는 노령에 접어든 남성 한 명이 온화한 미소를 지으며 자리에서 일어나 와타루 일행을 맞이해 주었다.

원장인 이지치 칸지였다.

"바쁘신 와중에 시간을 내 주셔서 진심으로 감사드립니다. 잘 부탁드리겠습니다."

와타루가 고개를 숙이자, 이지치는 "별말씀을요."라고 말하더니 황급히 손을 저으며 와타루를 만류했다.

"저야말로 무리한 부탁에 응해 주셔서 고마울 따름이죠. 그때 그 조그맣던 남자애가 이렇게 다 컸다니."

인사치레는 거기까지 하고, 이지치는 이웃 아저씨 같은 말투로 말했다.

모처럼 직장인으로서 애써 어엿한 영업직 직원답게 행동하고자 했는데, 이래서는 말짱 도루묵이었다.

와타루는 흐트러진 페이스를 추스르고자 한 차례 헛기침을 했다.

"이지치 아저——아니, 이지치 선생님. 그, 저기, 다른 회사 분도 같이 와 주셔서요……."

그 말을 들은 이지치는 그제야 와타루의 옆에 서 있는 인물 쪽으로 시선을 옮겼다.

나이는 40대 정도로 보였다.

와타루보다 머리 하나는 키가 더 컸고, 젊은 시절에는 무슨 운동이라도 했는지 체격도 다부지고 무척이나 관록이 있어 보였다.

무엇보다도 차분한 분위기를 풍기는 것이, 이 일을 전문적으로 하고 있다는 인상을 주었다.

"오, 직장 동료일 줄 알았는데 다른 회사에서 나오셨군요. 반갑습니다. 본 병원의 원장을 맡고 있는 이지치 칸지라고 합니다."

"정중한 말씀 감사드립니다. 저는 종합 메디컬 서비스 히야마 컨설턴트에서 나온 스즈나리라고 합니다. 오늘은 이츠키 서비스의 아이다 씨께서 제의해 주신 덕분에, 이렇게 실례를 무릅쓰고 찾아뵈었습니다."

스즈나리는 마치 교과서로 삼아도 좋을 만큼 거침없는 말투로 명함을 꺼내 이지치에게 건넸다. 이지치 또한 익숙한 손길로 명함을 받고는 자신의 명함을 꺼내 스즈나리에게 건넸다.

"저희 측은 의료 부문이 없기에, 이 분야 전문인 히야마 컨설턴트 측에게 협력을 구하기로 했거든요."

와타루는 명찰 교환이 끝나는 타이밍을 가늠하고서 이 자리에 함께 나온 이유를 간략하게 설명했다.

"아하, 그랬군요. 이거 괜히 제가 폐를 끼친 게 아닐까 모르겠네요. 아, 일단 두 분 모두 자리에 앉으시죠."

이지치는 그렇게 말하고는 원장실에 있는 응접세트를 손으로 가리켰다.

"감사합니다."

와타루와 스즈나리는 고개를 숙이고는 저마다 소파에 앉았다.

이쪽도 병원과 마찬가지로 연식이 느껴졌지만, 원래는 좋은 물건인지 와타루가 자리에 앉자마자 체중을 푹신하게 지탱해 주었다.

"곧바로 본론으로 들어가자면, 오늘은 향후 기본 방침에 관해 제안을 드리고자 이렇게 찾아뵈었습니다."

"호오, 방침, 말이죠?"

"네."

와타루는 그렇게 말하며 손에 든 서류 가방에서 자료 몇 장을 꺼내 이지치에게 건넸다.

"전면적인 리노베이션을 원하신다고 하셨기에, 고려할 수 있는 리노베이션 방향성과 새로운 시스템 도입 제안 등을 정리해서 가지고 왔습니다."

"오호, 그거 기대가 되는군요."

이지치는 웃음을 지으며 손에 든 자료를 눈으로 훑었다.

그러고는 잠시 아무 말 없이 내용을 읽어 나갔다.

그러는 동안 와타루는 소리가 나지 않도록 주의하며 가만히 기다렸다.

"……의료 이외의 업무는 외주로 맡긴다는 내용이군요."

이윽고 이지치가 고개를 들어 올리며 와타루를 똑바로 쳐다보았다.

이웃 아저씨는 이미 온데간데없었다. 와타루의 앞에는 병원 경영자로서의 이지치 칸지가 있을 뿐이었다.

"네, 청소나 매점 경영도 그렇습니다만, 병원을 운영하는 동안 일상적으로 반복하는 작업은 다른 업체에 맡기는 편이 원장님이나 다른 선생님들께도 부담을 덜 수 있으리라고 봤습니다. 사람을 일일이 구해야 하는 수고도 덜 수 있고요."

"그렇군요. 지원한 사람을 일일이 상대하며 사람 됨됨이를 파악하는 것도 다 일이니까 말이죠."

와타루가 건넨 제안을 이지치는 호의적으로 대했다.

특히나 일손 부족은 어디든 큰 문제였는지, 이지치는 간호사를 소개해 준다는 서비스에 관심을 보이는 것 같았다.

"이거, 아는 사이라서 가벼운 마음으로 한번 상담을 했었는데, 설마 이렇게 훌륭한 제안을 제시해 주실 줄은 몰랐군요."

엄숙한 경영자의 표정을 보인 것도 잠시, 이지치는 금세 다시 인상 좋은 이웃 아저씨의 표정을 지었다.

"그렇게 말씀해 주시니 감사할 따름입니다. 그리고……."

와타루는 타이밍을 가늠하고서 옆에 있는 스즈나리에게 눈짓을 보냈다. 그러자 그 또한 자그맣게 고개를 숙이고는 천천히 입을 열었다.

"물론 원장 선생님의 의향에 달린 일입니다만, 앞으로는 저희 ── 히야마 컨설턴트 측에서 도움이 되어 드리고자 하는 바입니다."

스즈나리의 제안을 들은 이지치는 처음에는 그게 무슨 말인지 어리둥절한 기색이었지만.

"와타루 군의 회사에서 업무를 맡는 게 아니라는 말씀인가요?"

이지치가 난처한 기색으로 묻자, 와타루가 고개를 끄덕였다.

"네, 아무래도 저희 회사는 의료 분야에 썩 그렇게 밝은 편이 아닌지라, 히야마 컨설턴트 측이라면 그동안 다른 병원을 도운 경험도 풍부하니 도움이 되리라 판단했습니다."

원한다면 영업 상태를 진단도 해 준다.

인재를 영입하는 것 또한 사무 용품을 주로 취급하는 이츠키 리스에서는 흉내조차 낼 수 없는 일이다.

단순히 상품만이라면 어떻게든 루트를 개척할 수도 있지만, 아무리 발버둥 쳐 봤자 동등한 수준의 서비스까지는 제공할 수 없다.

그렇기에 와타루는 쓸데없는 중간 마진 없이, 회사에게는 비밀로 하고 이번 일을 처리하고자 했다.

그러는 편이 병원 측에서 비용을 더 절감할 수 있으리라고 봤기 때문이다.

그런데.

"물론 이츠키 리스 측에서 전문적으로 취급하는 사무 용품 쪽은 대신 부탁드리고자 합니다."

스즈나리가 그렇게 말을 꺼냈다.

"어? 저어, 그렇지만, 그쪽 상품도 함께 취급하실 수는 있죠? 그것까지 모두 한꺼번에 취급하는 편이, 저어, 이상하게 들릴지도 모르겠지만, 이지치 병원 측이 부담할 비용도 더 낮아지지 않을까요……?"

박리다매는 장사의 기본이다.

비록 이지치 본인 앞이기는 했지만, 와타루는 반드시 그 점을 짚고 넘어가고 싶었다.

"하하하, 물론 이론상으로는 그 말씀이 맞습니다만, 그렇다고 이대로 아이다 씨를 빈손으로 돌려보낼 순 없는 노릇 아니겠습니까."

스즈나리는 그렇게 말하고는 점잖게 웃었다.

"저희 측이 확실한 이윤을 확보할 것을 전제로 하고 드리는 말씀이지만, 이번 제안에서는 이츠키 리스 측이 담당할 부분까지 저희 측에게 한꺼번에 발주하신 것과 동등한 수준으로 요금을 설정하고자 합니다."

요컨대 이츠키 리스가 이지치 종합 병원에 사무 용품을 납품할 경우, 일반적으로 생각하자면 그만큼 히야마 컨설턴트의 수익이 줄어든다.

그런데도 의료 기기를 비롯하여 침대, 인재 파견, 그 외에 다양한 부분을 일괄적으로 맡아야 요금을 저렴하게 내릴 수 있는 경우와 같은 수준으로 요금을 설정해 주겠다는 얘기 같았다.

"이번 일은 이미 위에서도 허가를 얻었으니, 이츠키 리스 측 또한 마음 편히 비즈니스를 논의하면 되지 않을까 싶군요."

완전히 허를 찔려 와타루는 어안이 벙벙했지만, 스즈나리는 마치 장난질에 성공한 소년처럼 쾌활한 웃음을 짓고 있었다.

"그리고 아이다 씨도 너무 그렇게 양보만 하시면 원장 선생님께서도 마음이 불편하시지 않겠습니까."

"그래요. 맞는 말씀입니다. 와타루 군이 여러모로 애써 주었는데 헛수고로 끝난다면 제가 얼마나 미안하겠습니까. 느닷없이 생각지도 못한 제안을 제시해 주니 제가 얼마나 놀랐는데요."

와타루로서는 좋은 일 하는 셈치고 그랬었는데, 이지치도 스즈나리의 말에 전적으로 동의하는 기색이었다.

"그, 그래 주시면, 저야 감사하죠."

예나 지금이나 세상일이 참 뜻대로 되질 않는다, 와타루는 속으로 그렇게 끙끙댈 따름이었다.

◆◆◆

그 후, 병원 리노베이션에 관한 논의는 순조롭게 진행되었다.

이지치는 의사로서 최신 의료 기술에 관해서는 해박했지만 역시나 '경영'에 관해서는 전문가가 아니었는지, 스즈나리로부터 병원 경영에 관한 최근 동향을 듣고는 무척이나 감탄한 기색이었다.

와타루가 제시한 인재 제휴나 경영 상태 진단 등, 당초 고려했던 리스 외적인 부분도 본격적으로 검토해 주기로 했다.

스즈나리는 태도도 당당했고 설명도 이해하기 쉽게 했으며, 무엇보다도 듣는 사람의 마음을 편안하게 만드는 화술로 논의를 주도해 나갔다.

오히려 논의 도중에 와타루는 영업 대화법을 공부할 요량으로 스즈나리의 말에 귀를 기울였을 정도였다.

이지치 병원을 나섰을 무렵은 이미 해가 완전히 떨어진 시각이었다.

해산하고 나서 와타루는 일단 회사로 돌아갈까 싶었는데.

"아이다 씨, 혹시 시간 되십니까? 괜찮으시다면 근처 카페에서 잠시 얘기 좀 나눌 수 있을까요?"

"네? 저랑요? 아, 네. 전 괜찮습니다."

스즈나리가 와타루를 불러 세웠다.

별다른 용건도 없어서 와타루는 반사적으로 응하고 말았지만, 막상 카페 자리에 앉고 나니 '대체 할 얘기가 뭐지?' 라는 생각이 들며 긴장하기 시작했다.

"하하하, 그리 어려운 얘기도 아닙니다. 긴장 푸시죠."

각자 주문한 음료가 나왔을 즈음, 스즈나리가 그렇게 말했다.

이미 표정을 통해 다 꿰뚫어 보고 있었던 모양이다. 그 말을 들은 와타루는 그저 쓴웃음만 지을 따름이었다.

"실은 질문드릴 게 좀 있어서요. 만약 제가 아무 말도 하지 않았다면 아이다 씨는 정말 빈손으로 이번 논의를 이어 나가려 하셨을 텐데, 개인적으로는 도무지 그 이유를 알 수가 없었거든요."

너무 대놓고 물어본다며 상대방이 미안하게 여기자, 와타루는 오히려 송구할 따름이었다.

"저희 측에겐 무척이나 감사한 제안이었고, 이츠키 리스 측이 의료 분야에 그리 빠삭하지 않다는 점은 사실인 것 같지만, 자칫 회사로부터 질책을 받지 않을까요?"

듣고 보니 맞는 말이었다.

그동안 이지치는 이렇게 훌륭한 서비스가 있다는 사실을 알지 못했었다.

만약 와타루가 좀 더 약삭빠르게 대처해서 사무 용품은 물론이거니와 처음부터 자사에서 모든 걸 맡기로 작정했다면 어떻게 되었을까? 회사에서 마련할 수 없는 의료 기기의 경우도 마찬가지다. 최신 의료 사정이 어떤지, 한층 더 저렴하게 매입하려면 어떻게 해야 하는지, 그러한 고민은 싹 다 무시하고서 '일단 들이고 본다.' 는 생각으로 저질렀다면 어떻게 되었을까? 아마 훨씬 다양한 상품을 마련했을 것이다.

마련할 수 없는 상품의 경우에도, 다른 업체에게 병원을 소개함으로써 수수료 약속을 얻어 내면 구태여 자사에서 취급하지 않더라도 수익을 올렸을 터.

물론 그렇게 했을 경우에는 '사례금' 은 리스 비용을 통해 벌충했을 테니, 고스란히 이지치 병원의 부담 증가로 이어졌겠지만 말이다.

그렇게 직장인으로서 마땅히 떠올릴 만한 발상을 와타루는 초장부터 내팽개쳤으니, 스즈나리로서는 와타루가 도무지 무슨 생각으로 그랬는지 이해하기 힘들었을 테지.

보통은 그게 당연한 생각이다.

딱히 혼난 것도 아니지만, 와타루는 부끄러워서 쥐구멍에라도 들어가고 싶은 심정이었다.

“그게, 뭐라고 말씀을 드려야 할지 모르겠네요. 스즈나리 씨처럼 영업직에 이골이 나신 분의 눈에는 이런 제가 바보처럼 보일지도 모르겠지만, 저는 어릴 적에 이지치 아저씨로부터 여러모로 많은 신세를 졌거든요.”

“어릴 적이라, 그랬군요…….”

“저는 어릴 적에 병약한 편이었거든요……. 그렇다고 목숨이 오갈 수준의 위중한 증상까지는 아니고 난치병이었는데, 그걸 이지치 아저씨께서 정성껏 치료해 주셨어요. 그리고…….”

그 이상은 괜한 설명이 아닐까 싶기도 했지만, 스즈나리는 와타루가 마저 얘기해 주기를 끈기 있게 기다리는 기색이었다. 그래서 와타루는 끝까지 다 얘기하기로 마음먹었다.

“이번 제안을 듣고 나서 제 나름대로 이지치 병원을 방문해 보았는데, 환자분들을 정성껏 돌보는 병원 같더라고요.”

병원 직원이나 통원하는 환자에게도 얘기를 들어 보았다.

과잉 진료가 되지 않도록 주의하고, 약도 과도하게 처방하지 않으며, 환자의 물음에도 성심껏 대답해 준다.

어릴 적에 신세를 졌던 이지치가 마치 병원 그 자체가 된 것만 같은 느낌이었다.

“저와 마찬가지로 이 병원을 믿고 의지해 주시는 분이 아마 잔뜩 있지 않을까 싶었기에, 조금이라도 더 저렴하면서 질 좋은 서비스를 제공해 드리고자 마음먹었거든요. ……그, 뭐랄까, 다시 생각해 보니 직장인으로서는 완전 빵점이었군요. 부끄럽네요."

"그래서 저희 회사를 택하셨군요."

"네, 제가 의료 기기 전시회에서 우왕좌왕하고 있을 때 마침 스즈나리 씨께서 저를 친절하게 잘 챙겨 주셨고, 또 의료 관련 리스의 심오함도 여러모로 가르쳐 주셨잖아요. 설마 스즈나리 씨 본인이 직접 대응해 주실 줄은 몰랐지만요. 그래도 귀사라면 괜찮을 것 같더군요……. 아, 그런 식으로 표현하면 건방지지만요."

"하하하! 아닙니다. 그렇게 평가해 주시니 영광일 따름이죠. 그리고 전시회 때는 아이다 씨가 열심히 공부하시는 것 같아서 조금 참견했을 뿐이었고요."

"아, 그러셨군요. 그게, 뭐랄까, 정말 부끄럽네요."

"뭐, 인연이 있었다, 그렇게 볼 수도 있겠죠."

거기까지 말하고 나서 스즈나리는 자기 앞에 놓여 있던 커피 컵을 옆으로 치우고는, 그 자리에서 테이블에 이마가 닿지 않을까 싶을 만큼 깊숙이 고개를 숙였다.

"스, 스즈나리 씨?!"

"아이다 씨, 당신이 내린 그 결단에 경의를 표합니다."

"겨, 경의를 표한다고요?"

와타루의 목소리가 뒤집혔다.

애초에 스즈나리 본인에게는 그리 도움도 안 되는 자리였을 텐데, 와타루는 자기보다 나이도 많은 어른이 고개를 깊숙이 숙이고 있는 이 광경을 혹여나 남들이 쳐다보고는 있지 않을지 조마조마한 심정이었다.

"어, 어쨌거나 고개 좀 드세요!"

와타루가 쩔쩔매며 그렇게 말하자, 그제야 고개를 든 스즈나리는 여전히 사근사근한 표정을 짓고 있었다.

"이거 죄송합니다. 어쨌거나 나만 잘 벌면 남들이야 어떻게 되든 신경도 안 쓰는 사람이 많은 요즘 세상인데, 진심으로 감동했습니다."

"아, 네에……."

"아이다 씨, 함께 좋은 병원으로 만들죠. 물론 지금도 엄청 좋은 병원이지만, 지금보다 더 잘 나갈 수 있게 저희 회사가 온 힘을 다해 지원할 것을 약속드리겠습니다. ……이렇게 말씀드리면 좀 그렇지만, 그쪽에서 죽었다 깨어나도 따라오지 못할 만큼 병원을 부흥시키고 말겠습니다. ……그건 당신께 드리는 제 마음의 보답입니다."

칭찬을 받았다는 사실은 이해했지만, 와타루는 결국 본인이 왜 그런 평가를 받았는지 마지막까지 이해하지 못한 채 스즈나리와 헤어지고 나서 다시 회사로 돌아왔다.

◆◆◆

이지치 종합 병원에서 비즈니스를 논의한 지 며칠 후, 간만에 돌아온 엘든 링 세계에서 와타루는 마치 자기 집으로 돌아온 것 같은 편안한 기분을 맛보았다.

"하아, 역시 틈새의 땅에 있으면 마음이 편안해진다니까……."

『우릴 죽이려고 미친 듯이 달려드는 상황이지만 말이지!』

주위에는 사막이 펼쳐져 있었고, 모습이 흐릿하게 보일 정도의 저 먼 거리에서 어느 한 거한이 앞길을 가로막고 있었다.

거한이 움직이자 그 손끝에 빛이 깃들었다.

보라색을 띤 그것을 내뿜는 것이 활과 화살임을 판단함과 동시에 와타루가 움직였다.

초장거리에서 남보랏빛에 감싸인 화살이 와타루 일행을 노리고 날아들었다.

『둘 다 서둘러!』

리세가 소리를 질렀다.

"엄폐물 뒤로 숨어!"

와타루는 그렇게 경고함과 동시에 근처에 있던 도끼창 뒤로 몸을 굴렸다.

땅바닥에는 무수히 많은 무기가 박혀 있었는데, 과거 이 장소에서 얼마나 격렬한 싸움이 펼쳐졌었는지를 대신 말해 주고 있는 것 같았다.

호스트인 리세가 와타루의 뒤로 숨었다.

또 한 명의 갈고리 손가락으로서 참가한 레이토는 반사적으로 엄폐물을 향해 달려갔지만, 움직이는 방향이 좋지 못했는지 미처 공격을 피하지 못했다.

『제길!』

마치 최후의 발악이라는 듯이 구르기로 피하려고 했지만, 아주 살짝 타이밍이 빨랐다.

자리에서 일어나 무적 시간이 끝난 순간과 동시에 덮쳐든 화살에 꿰뚫리자, 레이토는 단 일격에 이 세상을 하직하고 말았다.

『이럴 수가?! 레이톳찌가 단 한 방에?!』

경장비 상태의 리세라면 스치기만 해도 사망이다.

엄폐물은 단 일격에 산산조각 났다.

몸을 숨길 곳이 사라졌기에 와타루와 리세는 황급히 몸을 숨길 다른 곳을 찾아 나섰지만, 그걸 곱게 내버려 둘 엘든 링이 아니다.

화살이 곧바로 날아들었다.

표적은 와타루였다.

하지만 와타루는 이 화살의 리듬을 완전히 파악한 상태였다.

몸을 숨길 곳이 있으면 숨는 쪽이 더 편하지만, 그렇지 않다면 그냥 잘 보고 피하면 그만이다.

화살이 내쏘아진 순간, 와타루는 구르기로 몸을 굴려 공격을 피했다.

『우와, 쩐다!』

리세가 감탄했다. 그리고 그 직후에 화살이 몸을 꿰뚫었다.

『이럴 수가~~~~?!』

호스트가 사망했기에 멀티 플레이는 거기서 막을 내렸다.

◆◆◆

자신의 세계로 귀환한 와타루는 곧바로 땅바닥에다 소환 사인을 작성했고, 다시금 레이토와 함께 리세의 세계로 집합했다.

와타루가 일 때문에 바빠지기 직전, 세 사람은 케일리드 탐색을 그때 막 본격적으로 시작한 참이었다.

그리고 세 사람의 머리 위로는 오늘도 붉은 하늘이 펼쳐져 있었다.

와타루가 한동안 로그인을 하지 않은 동안에도 레이토와 리세는 엘든 링에서 손을 떼지 않았다.

오히려 저마다 솔로 플레이를 통해 탐색을 진행했고, 마침내 케일리드 남동쪽 끝자락에 자리한 적사자성까지 다다랐다.

적사자성은 과거 케일리드를 다스리던 데미갓, 라단이 기거했던 성이자 이 지역의 목적지 중 하나이기도 했다.

이 세계의 신화 시절.

엘든 링이 부서진 것을 계기로 파쇄전쟁이 발발하자, 그 격렬한 싸움 속에 몸을 내던진 라단은 어느 강적과 싸우다가 붉은 부패에 잠식당해 제정신을 잃었고, 그 이후로는 그저 싸움만 계속하는 괴물로 변해 세상을 헤맸다.

이곳은 그 주인을 딱하게 여긴 종자들이 라단에게 안식을 주고자 전사로서 싸움을 걸어 장사 지내려고 시도하는 장소였다.

이벤트 이름은 '라단 축제'.

일반적으로 전투 축제로 불린다.

스톰빌 성은 지금이야 애처로운 상흔이 남은 곳이지만, 정교하고 치밀한 세공이 가미된 탑이나 공들여 만든 방 내부 구조 등은 지금도 남아 있다. 과거에는 아름답고 장엄한 모습을 과시했음을 그리 어렵지 않게 알 수 있는 곳이다.

그에 반해 적사자성은 마치 라단의 인품을 고스란히 드러내는 것처럼, 쓸데없는 장식은 전혀 없이 오직 전투를 위한 살풍경한 성이다.

『이야, 말로는 들었지만 진짜 터무니없는 이벤트네.』

레이토가 가장 먼저 입에 담은 말은 이벤트에 관한 소감이었다.

"요령이야 이것저것 있지만, 뭐, 처음엔 다들 그렇게 생각하죠."

『그렇지만 우리 실력도 좀 늘었잖아?』

여전히 방어구는 도적의 초기 장비를 고집하는 리세가 그렇게 말했다.

하지만 리세의 말은 단순한 호언장담이 아니었다.

저번에 어렴풋이 말했다시피, 리세는 다시금 레아 루카리아 대서고에서 스테이터스를 초기화한 상태였기에 지금은 마술을 사용할 수 있다.

물론 순수하게 마술에 치중한 와타루에 비해 사용할 수 있는 마술도 적고 위력도 약한 편이지만, 근거리와 중거리는 레두비아의 직접 공격이나 전투 기술로 커버하고 원거리는 마술로 커버한다는 자신 나름대로의 전법을 확립했다.

레이토 쪽도 리세로부터 방법을 전해 들었는지 스테이터스를 초기화했다고 한다.

하지만 레이토는 리세처럼 다양한 전법을 추구하는 것이 아닌, 더욱 한 부분에 집중하는 형태로 스테이터스를 초기화했다고 한다.

무기는 케일리드 탐색 때 입수한 그레이트 소드로 교체했다.

와타루는 솔로 플레이도 염두에 두고 밤과 불꽃의 검을 권장했지만, 정작 본인은 그것을 깔끔하게 포기한 모양이었다.

그레이트 소드를 휘두르는 데 필요한 근력의 비중을 늘리고, 그 외에 필요 최소한의 기량, 공격당하더라도 견딜 수 있는 생명력, 무거운 장비를 감당할 수 있는 지구력 등에도 능력치를 적당히 배분했다.

그 대신에 FP 총량이 줄어들었지만, 그건 성배병 사용 횟수 조정으로 대응했다.

요컨대, 지금까지는 별 생각 없이 분배했던 능력치를 정말로 자신에게 필요한 부분에 집중한 것이다.

『미야마짱이 말했다시피 스스로 전략을 짜는 게 재미있다는 사실을 나도 깨달았거든.』

"그래요?! 잘됐네요!"

엘든 링은 단순히 클리어하는 것 자체가 목적인 게임이 아니다, 와타루는 그렇게 생각했다.

『수치는 보기만 해도 머리가 어지러울 지경이었지만, 그래도 적절하게 알맞은 능력치를 높이니까 체감이 확 달라지더라고. 확실히 전략을 짜는 맛이 있어.』

체감이 달라질 뿐만 아니라 바뀌는 정도의 밸런스 또한 절묘하게 설계되어 있다.

만약 너무 극단적으로 바뀐다면 오히려 거부감이 들지도 모른다.

복잡한 능력치를 건드리다 보면 '아, 진짜 확 다르네.' 라고 몸으로 느껴질 만큼 세밀하게 조정되어 있는 부분이 개인적으로는 무척이나 마음에 들었다.

하지만 그런 두 사람의 앞길을 가로막은 것이 게임 내에서 한창 떠들썩하게 벌어지는 전투 축제였다.

와타루가 이지치 종합 병원 일 때문에 정신없이 바빴던 동안, 두 사람은 꾸준히 탐색을 이어 나가며 여기까지 다다랐다.

돌아온 와타루는 두 사람이 축제에 도전하는 중이라는 말을 듣고는 즉각 다른 탐색을 보류했다. 평소와는 정반대로 두 사람이 게임을 주도하는 분위기 속에서 와타루는 적사자성까지 달려와 라단의 전투 축제에 참가하게 되었다.

『그런데 와타루는 엘든 링도 그렇고 현실도 그렇고 이번 주는 내내 정신이 없었지?』

『내 말이. 그런데 참 아까워. 만약 우리 회사 쪽에 제대로 된 루트만 있었어도 이쪽에서 다 감당할 수 있었을 텐데.』

『그건 그래. 만약 그걸 모두 우리 쪽에서 감당했다면 미야마짱이 저번에 그랬던 것처럼 정말로 사장한테 표창장을 받았을지도 모르지.』

이지치 종합 병원 안건은 사실 회사 측에게는 비밀로 일을 처리할 생각이었지만, 스즈나리가 배려해 준 덕분에 이츠키 리스 측에게도 사무 용품 부문의 계약이 성사되었다.

게다가 와타루의 입장까지 고려해 주었는지, 자세한 사정을 알지 못했던 이지치가 처음에는 리노베이션 전체를 와타루에게 맡기려 했다는 부분은 비밀로 해 주었다.

요컨대 회사 측에게는, 대규모 리노베이션 계획을 세운 이지치 종합 병원이 히야마 컨설턴트와 논의를 진행하던 와중에 와타루가 끼어들었다는 식으로 그림을 만들어 주었다.

현재 이츠키 리스는 관공서나 학교 등과 같이 H시의 공공시설과 안정적인 지속 계약을 맺은 경우가 대부분을 차지한다. 회사 측에서는 이러한 신규 개척이 그리 활발하게 이루어지지 않은 상황에서 와타루가 간만에 성과를 올린 것으로 평가했다.

특히나 과장인 하이자키의 경우, 지난번 일로 아들과 다시 소통하게 되었다는 점도 작용했는지 지금껏 전례가 없었을 만큼 기분이 들뜬 상태였다.

"그런데 실제로는 감당도 못하는 안건을 억지로 추진하려다 이도 저도 안 되는 경우도 많잖아요? 자화자찬하는 모양새이기는 하지만, 그래도 저로서는 '좋은 일' 을 했다는 실감이 들어서 그것만으로 만족해요."

와타루가 자신의 솔직한 심정을 털어놓자, 레이토도 리세도 와타루답다고 웃어넘기며 납득한 기색이었다.

"그리고 어쩌면 저는 그렇게 끈기 있게 일을 하지는 못했을지도 몰라요……."

『그게 무슨 말이야……?』

와타루 본인이 생각해 봐도 참 이상한 표현에 레이토 또한 의아하다는 듯이 되물었다.

"그게, 뭐랄까, 카시마 씨와 미야마가 열심히 잘해 보라고 말씀해 주신 덕분에……. 상품 문제로 고민하던 저에게 열심히 일하면 모두가 기뻐할 것이라고 말씀해 주신 덕분에 저도 분발하지 않았나 싶어서요——."

마지막엔 멋쩍었는지 와타루가 말을 애매하게 흐렸다.

이와 같이 멀티 플레이를 통해 두 사람과 친해지기 전의 와타루였다면 첫 단계에서부터 일찌감치 도망쳤을 테지.

요컨대 두 사람이 해 준 말 덕분에 와타루는 이지치 종합 병원 일은 이상적인 형태로 마무리 짓는 데 성공했다.

와타루는 그 사실에 감사를 표하고 싶었다.

다만 여전히 말주변이 없는 와타루는 자신의 심정을 제대로 잘 전달하지 못한 것 같아 안절부절못했지만 말이다.

『헤헤헤, 뭐, 어차피 너한텐 엘든 링에서 여러모로 도움을 받고 있기도 하고, 우린 같은 동료잖냐. 너무 그렇게 서먹서먹한 투로 말하지 말라고.』

『맞아! 와타루쨩, 사람이 왜 그렇게 겸손해! 뭐, 그게 와타루쨩의 좋은 점이긴 하지만.』

아무래도 두 사람에겐 와타루가 하고자 하는 말이 잘 전해진 모양이었다.

"알았어요. 그럼 일도 잘 마무리되었으니, 오늘은 다 같이 전투 축제 클리어를 노려보죠!"

『오, 의욕이 장난 아닌데?』

『알았어~! 다 덤벼 보라고 해!』

그날 축제에서 세 사람은 저마다 준비한 술을 마시고, 볼이 미어터져라 안주를 먹고, 수도 없이 죽고, 또 그 죽는 꼴에 웃음을 터뜨리고, 밤늦게까지 떠들썩한 시간을 보냈다.

See You

At That Grace

After Work.

우리 나무의 이름으로

제 5 장

쿠궁, 쿠궁, 굉음이 울려 퍼지며 땅바닥이 치솟았다.

마치 그런 착각이 들 만큼 바닥이 광범위하게 솟아오르며 까마득히 높은 곳에 위치한 대지로 이어졌다.

덱타스 대승강기라 불리는 유적이다.

거대한 석조 유적이 통째로 위아래로 움직이는 그 터무니없이 거대한 장치를 이용해 마침내 들어갈 수 있는 곳이 바로 알터 고원이다.

엘든 링을 플레이하기 시작한 직후부터 자주 귀로 접하는, 엘데의 왕이 되기 위한 장소에 와타루 일행은 마침내 그 첫발을 들였다.

가장 먼저 풍경 색채가 눈에 들어왔다.

지금까지는 싱그러운 녹색으로 가득한 장소가 많았다.

케일리드에서는 붉고 이상한 식물이 무성하게 우거진 황야가 펼쳐져 있지만, 그것은 어디까지나 붉은 부패에 침식당했기 때문이다.

현실로 비유하자면 가을처럼, 알터 고원은 전체적으로 나무들과 길 가장자리에 자라난 풀 등이 낙엽색으로 물든 상태였다.

시선을 살짝 위로 들어 올리면 하늘을 가득 뒤덮을 만큼 커다란 나뭇가지를 뻗친 황금 나무가 우뚝 솟아 있는 모습을, 지금까지와는 달리 바로 코앞에서 확인할 수 있다.

그 위용은 마치 와타루 일행을 머리 위에서부터 가득 뒤덮을 것만 같았다.

너무나도 거대하기에 거리감에 혼란이 일었다.

조금만 손을 뻗으면 닿지 않을까, 그런 착각을 불러일으킬 정도였다.

그리고 그 뿌리 부분에 엘데의 왕을 주인으로 모시는 도읍 로데일이 자리하고 있다.

두 개 이상의 거대한 룬을 입수한 자는 황금 나무를 알현하여 엘데의 새로운 왕이 된다.

빛바랜 자는 바로 이곳을 목적으로 틈새의 땅에 도달했다.

그 최종적인 목적지가 성큼 다가오자, 와타루로서는 이번이 두 번째기는 했지만 '드디어 왔구나.' 라는 생각이 북받쳐 올랐다.

물론 이 이후로도 참 여러 우여곡절이 있지만…….

『오오, 대박.』

『멋지다~!』

그리고 알터 고원을 정말로 처음 접한 두 사람은 다시없을 만큼 솔직한 소감을 입에 담았다.

스톰빌 성의 고드릭, 마술학원 레아 루카리아의 레날라, 적사자성의 라단, 이 세 명의 데미갓으로부터 거대한 룬을 입수한 와타루 일행은 덱타스 부절을 사용하여 여기까지 왔다.

사실 이 부절이라는 아이템은 별다른 힌트도 주어지지 않은 채 하이트 요새와 파로스 요새에 숨겨져 있다.

정규 루트에서 벗어나 여기저기를 탐색하다 보면 어느새 자기도 모르게 다 모으는 부류의 아이템인데, 와타루 일행의 경우에는 탐색을 하며 그 근처를 지나가는 타이밍에 와타루가 두 사람을 잘 유도함으로써 둘 다 입수하는 데 성공했다.

'나중에 사용할 수 있는 중요한 아이템이 이곳에 있으니 입수하죠!' 라고 너무 김빠지는 모양새로 사전에 유도하고 싶지는 않았기에 나름대로 고심했었는데, 두 사람의 모습을 보면 의도대로 잘 풀린 것 같았다.

『드디어 여기까지 왔구나.』

『그렇군! 긴장감이 장난 아닌 게, 드디어 게임 후반부로 접어들었나 본데!』

『그러게!』

리세와 레이토는 들뜬 기색으로 달아오른 상태였다.

하지만 와타루는 그 옆에서 속으로 가만히.

'사실 여기는 아직 중반이지만…….'

앞으로 남은 분량을 떠올리며 두 사람이 놀라워하는 미래를 상상해 보았다.

"이제 그만 나아가 볼까요?"

솔로 플레이 때와는 달리, 멀티 플레이의 경우에는 토렌트를 쓸 수 없기에 도보로 나아갈 수밖에 없다.

어쩌면 요령 좋은 플레이어들의 경우, 지인끼리 함께 플레이할 시에도 이런 평지는 각자 솔로 플레이에서 따로 진행한 다음, 동굴이나 지하 묘지, 거점 등, 복잡한 지형이나 강적이 기다리고 있는 장소에서만 함께 게임을 플레이하고 있을지도 모른다.

하지만 와타루 일행으로서는 이렇게 셋이서 잡담을 나누며 돌아다니기만 해도 충분히 즐거웠기에 기본적으로는 늘 멀티 플레이 상태에서 앞으로 나아갔다.

『이 가도를 따라 나아가면 돼?』

"맞아. 한동안은 길을 따라 가면 돼. 아, 물론 여기에서 벗어나 다른 곳을 탐색해도 좋지만."

『음~. 그것도 그렇네.』

『이왕 새로운 장소에 도착했으니, 일단 최대한 갈 수 있는 곳까지 갔다가 중간에 막히면 주위를 탐색했으면 싶은데 말이지.』

『아, 그것도 좋네. 나도 일단은 그 도읍? 이라고 했나? 목적지로 가서 거기에 뭐가 있는지 보고 싶어.』

"그렇군요. 도읍으로 향하는 것이 당장의 목적이니, 굳이 그곳을 두고 다른 데로 갈 필요도 없겠네요."

클리어를 위해 일직선으로 나아가 봤자 어차피 중간에 막혀서 탐색을 할 수밖에 없다, 이제 두 사람 모두 그 패턴에 완전히 익숙해진 기색이었다.

둘 다 엘든 링에 완전히 익숙해졌구나, 와타루는 속으로 묘한 뿌듯함에 잠긴 채 의견을 정리했다.

"그럼 길을 따라 나아가도록 하죠."

『역시 와타루쨩이야. 듬직해~.』

"칭찬한다고 뭐 없거든?"

레이토는 리세와 와타루가 주고받는 대화를 들으며 웃었다.

『그런데 요즘은 비단 엘든 링뿐만 아니라, 업무 쪽도 참 든든하던데?』

"그, 그런가요?"

『난 이미 다 들었거든? 지난번의 그 일 이후에도 또 다른 계약을 따냈다면서?』

『오오, 와타루쨩, 제법인데~?』

"그게, 그, 어찌어찌 한 건 따내긴 했지만요."

겨우 한 건이지만, 그래도 한 건이다.

여전히 할당량을 채우느라 갖은 고생을 다하는 상황임은 마찬가지지만 계약을 따낸 것, 다시 말해 상대방으로부터 신뢰를 얻었다는 것이 와타루로서는 그저 기쁠 따름이었다.

『와타루쨩, 이대로 가다가 단숨에 다른 과 사람들을 다 제치는 거 아니야?』

리세의 당치도 않은 말을 와타루가 황급히 부정했다.

"아니, 그럴 리가 있나! 내가 열심히 좀 했다고 세상일이 다 내가 원하는 대로 될 리는 없잖아."

회사 내부 정보에 따르면 다른 과에서는 H시의 시청을 비롯하여 학교, 소방서, 시립 병원에 이르기까지 공공 기관이 엮여 있는 시설을 꽉 붙잡고 있다.

그러한 쪽으로 관심이 생겼다는 것 자체가 와타루가 조금이나마 성장했다는 증거일지도 모르지만, 실적 차이를 실제로 직접 확인하고 나니 현실의 벽을 느꼈다.

『아니, 꼭 그렇다고 단정 지을 순 없지 않겠어?』

그때 레이토가 의미심장한 투로 그런 말을 꺼냈다.

"어? 아니, 그, 과 전체는 물론이거니와 1인당 실적으로 쳐도 저는 1과 사람에 비하면 명함도 못 내미는 수준인데요."

물론 영업 제1과는 큰 규모의 지속 계약을 담당하고 있다. 이미 루트가 확립된 상대와 계약을 관리하거나, 시간이 지나 리스 중인 상품이 고객의 니즈를 충족하지 못할 경우에는 그것을 다른 계약으로 변경하기도 한다.

말하자면 유지가 주요 업무다.

반면에 와타루 일행은 소규모 아웃바운드 영업이 중심이다. 상대는 주로 지금까지 거래가 없는 신규 고객이다.

업무 내용에 그러한 차이가 있기에 직접 비교할 수는 없지만, 역시나 회사에 공헌하는 수준에는 크나큰 차이가 있음이 분명하다.

『뭐, 그건 나도 그렇게 생각하지만. 근데 얼마 전에도 1과 녀석이 지속 계약 한 건이 끊겼다며 막 푸념을 늘어놓더라고?』

"1층 카페에서, 말씀인가요?"

『그래. 아무리 나라도 굳이 구태여 다른 층으로 가서 몰래 엿듣지는 않는다고.』

『어~? 근데 레이톳찌라면 왠지 그러고 다닐 것 같은데?』

『안 그런대도.』

리세가 던진 농담을 레이토는 웃으며 받아넘겼다.

레이토와 리세가 서로 농담을 주고받을 경우, 주고받는 입장이 서로 바뀌기도 하고 때로는 와타루가 휘말리기도 한다.

역시나 와타루가 농담을 던진 적은 아직 없지만, 그럼에도 자신이 이 분위기에 완전히 익숙해졌음을 느꼈다.

"카시마 씨가 그런 얘기를 몰래 엿들으려고 거기까지 갔다고는 저도 생각하지 않아요. 다만 일반 고객도 드나드는 곳에서 그런 말을 입에 담는 1과 사람도 참 대단하다 싶어서요."

『뭐, 걔네는 기본적으로 멘탈이 약하거든.』

물론 개인 정보나 기밀에 관한 얘기까지는 입에 담지 않을지도 모른다. 다만 회사 내규상으로는 카페를 이용할 시에 업무와 관련된 얘기를 하지 않도록 규정하고 있다.

와타루 또한 꽉 막힌 사람은 아닌지라 이러한 규칙을 철두철미하게 지켜야 한다고는 생각하지 않지만, 그래도 레이토가 내부 사정을 파악할 만한 내용을 입에 담는 건 칠칠맞지 않나 싶었다.

『제1과는 툭하면 짜증 나는 소리나 입에 담는다는 인상이 있어서 별로 칭찬하고 싶은 마음은 없지만…….』

리세가 그렇게 밑밥을 깔자, 레이토가 음성 채팅 너머로 "음, 음." 하고 고개를 끄덕였다.

『그래도 여러모로 접대 공세를 펼치며 자기 지분은 잘 챙기고 있다는 인상은 있었거든. 그래서 그 얘기는 좀 의외야.』

"접대……?"

와타루가 되묻자.

『어라? 와타루쨩, 그런 쪽으로는 잘 몰랐나 봐?』

"아, 뭐, 나도 다소는 알고 있지만……."

『나도 들은 얘기가 전부지만, 제1과 사람들은 그런 큰 규모의 지속적인 리스 계약을 주요 업무로 삼으니까 새로운 거래처를 늘리기보다는 지금 맺고 있는 계약을 유지하는 걸 중시한대.』

『그래서 먹고 마시거나, 문제가 되지 않을 만한 범위 내에서 접대비를 제법 많이 쓴다나 봐.』

“어라? 하지만 공무원을 상대로는 힘들 텐데……?”

뇌물 수수에 저촉되니 공무원이나 준공무원을 상대로 하는 접대는 제약이 심할 터였다. 그것이 와타루의 인식이었다.

『보통은 그렇지만, 예외도 있거든. ……예를 들어 H시를 테마로 한 회합을 열고 그 자리에서 음식을 제공하는 경우 말이야.』

“회합 말씀인가요?”

『명분이야 뭐든 상관없어. 예를 들자면 H시의 미래를 논하는 자리, 그런 식으로 대충 지어내는 거지. 그래서 관공서뿐만 아니라 다양한 조직의 사람들을 초청하여 대충 아무 회의나 여는 거야.』

『대충이라는 말을 너무 밥 먹듯이 입에 담는 거 아니야?』

『실제로 그런데 난들 뭐 어쩌겠어. 거기에 참가한 아재들도 툭하면 꾸벅꾸벅 졸거든. 그리고 그게 끝나고 나면 친목회라는 명목으로 파티를 여는 거지.』

“파티 말씀인가요……?”

『불특정 다수가 참가하는 회합이나 파티에 음식을 제공하는 것은 또 아무 문제없대.』

와타루는 레이토의 말이 무슨 뜻인지 곱씹어 보았다.

“요컨대, 각지에서 여러 사람이 참가한 상황이라면, 이권이 얽힌 상대한테만 콕 집어서 접대할 수 없으니 괜찮다는 말씀인가요?”

『바로 그거야. 일대일 상황에서 접대하면 그대로 뇌물 수수와 직결돼. 하지만 여러 사람이 있으면 단순히 공공을 위함이라는 명분을 내세울 수 있잖아? 그걸로 H시 관계자를 불러 모으는 거지.』

『뭐, 사실 그 관계자 모두가 우리 회사의 거래처지만.』

『심지어 빙고 대회를 열기도 해. 뭐, 물론 값비싼 걸 상품으로 줄 수는 없겠지만, 어쨌든 정기적으로 개최해서 아첨하는 거지.』

『그 얘기는 나도 살짝 듣긴 했는데 레이토찌가 더 잘 아나 보네. 혹시 실제로 가 본 적 있어?』

『뭐, 나도 예전엔 다른 부서에 몸담고 있었으니까.』

"뭐랄까, 저로서는 그런 쪽으로 영 재주가 없지만요……."

접대했으니 계약을 따내고 싶다는 심보도, 접대받았으니 계약을 유지해 주겠다는 문화도, 와타루로서는 어느 쪽이든 치사하다는 느낌이 들어서 마음에 들지 않았다.

물론 자신의 그러한 감성은 치기 어릴 뿐 일반적이지 않다는 사실은 잘 알고 있지만 말이다.

『와타루쨩이라면 그렇게 말할 줄 알았어. 뭐, 나도 썩 그렇게 마음에 들지는 않지만.』

하지만 그 때문에 사회가 유지되고 있다는 사실과, 그 회사에서 받은 월급으로 생계를 유지하고 있다는 현실을 애써 무시할 만큼 염치없지는 않지만 말이다.

『뭐, 우리는 4과니까. 우리는 또 우리답게 잘 해 나가면 되지 않겠어?』

약삭빠르게 무슨 일이든 척척 잘해 내는 레이토가 4과에 있는 것도, 어쩌면 와타루만큼은 아니더라도 그러한 업무의 현실을 탐탁지 않게 여겨서일지도 모른다.

그렇게 생각했더니 조금이나마 든든하다는 느낌이 들었다.

◆◆◆

아침이 오고 여느 때처럼 회사에 출근한 와타루는 회사 현관에서 자동문이 열리는 광경을 바라보면서 벌써부터 퇴근하고 싶은 마음이 들기 시작했다.

'아, 집에 가서 게임하고 싶다.'

아직 업무조차 시작하지 않은 이른 아침임은 알고 있지만, '벌써부터 그러면 안 되지.' 라고 스스로를 어찌어찌 다잡으며 안으로 들어가고자 했다.

알터 고원은 광대한 곳이다. 결국 지난번에는 재미있게 즐길 만한 장소까지 도달하지 못했다.

살짝 씁쓸한 뒷맛을 남긴 채 마무리 지은 참이기에, 와타루는 얼른 돌아가서 그 다음을 이어서 하고 싶다는 욕구에 사로잡혔다.

"어이, 와타루!"

그때 누군가가 와타루의 이름을 불렀다.

"아, 카시마 씨. 안녕하세요?"

분명 같은 부서에서 일하고는 있지만, 이렇게 건물에서 마주치다니 별일이었다. 자세하게 물어본 적은 없지만, 적어도 같은 노선의 버스를 이용하지는 않을 터였다.

"우연히 여기서 뵙네요."

"같이 게임을 즐기다 보니 생체 리듬까지 같아졌나 본데?"

"에이, 그럴 리가요."

와타루는 레이토의 농담에 웃었다. 마침내 머리가 업무 모드로 전환했는지 와타루는 업무 얘기를 떠올렸다.

"카시마 씨, 그러고 보니 이번 달 할당량은 벌써 다 채우셨나요?"

"응? 나? 아니, 아직 조금 더 남았어."

와타루가 적극적으로 업무 얘기를 먼저 꺼내는 모습이 의외였는지 레이토는 고개를 갸웃거리는 기색이었다.

"실은 제가 하는 업무 좀 도와주셨으면 좋겠다 싶어서요."

"오, 요즘 한창 주가를 올리는 우리 와타루 군이 이제는 빌빌거리는 선배에게 일감을 나눠 주려는 것인가?"

"다, 당치도 않죠!"

레이토가 농담 투로 그렇게 말하기는 했지만, 와타루는 아무리 농담이라 해도 당치도 않다며 몸짓 손짓을 섞어 가며 온 힘을 다해 부정했다.

"오히려 혼자서 하면 좀 불안하달까요……."

솔직하게 털어놓는 와타루의 모습에 레이토는 한바탕 웃음을 터뜨렸다.

"넌 예나 지금이나 겸손하다고 해야 할지, 자기 자신을 깎아내린다고 해야 할지, 그런 점은 참 한결같단 말이야."

두 사람은 나란히 출입문을 지나 엘리베이터를 기다렸다.

"그야 저도 제 자신이 좀 더 똑 부러졌으면 싶긴 하지만, 이것만큼은 제 뜻대로 잘 안 되더라고요."

말은 그렇게 했어도 사실 게임 밖에서는 자기 뜻대로 되는 일이 거의 없을 정도지만 말이다.

"그런가? 일단은 무슨 업무인지 얘기부터 들어 볼까?"

"아, 네. 지난번 이지치 아저씨의 일을 계기로 거래처를 여러 곳 소개받았거든요."

"그거 잘됐네? 다른 거래처를 소개받았다는 말은 네 업무 능력을 인정받았다는 증거잖아?"

"그럼 좋겠지만요……."

와타루는 그렇게 말했다. 물론 와타루 본인도 자신이 인정받지 않았으면 이렇게까지 되지 않았음은 잘 알고 있었다.

"소개를 받은 건 좋지만. 그건 또 그것대로 참 긴장되더라고요!"

"어?"

"구체적으로 어떤 식으로 말씀하셨는지는 모르겠지만, 이지치 아저씨께서 좋은 리스 회사라고 주변 분들에게 소개해 주셨더라고요."

"음~. 그야 그렇겠지. 설마 도움도 안 되는 리스 회사라고 소개했겠어?"

"그래서 상대가 실제로 방문했는데, 막상 썩 그렇게 괜찮은 제안을 제시하지 못하면 어쩌나 싶어서 마음이 무진장 무겁더라고요……."

"일이 잘 풀리지 않은 상황을 전제로 깔면 어떡하냐……."

레이토가 어이없어 하는 기색은 느껴졌지만, 이런 생각이 드는 것도 어쩔 수 없었다.

"일이 잘 풀리지 않거나 문전박대를 당하면 단순 아웃바운드 영업이었어도 물론 기분이 울적해졌겠죠. 그렇지만 그건 늘 있는 일이잖아요. 그런데 이건 소개까지 받았는데 일을 똑바로 처리하지 못하면, 이지치 아저씨의 얼굴에 먹칠까지 하게 되는 셈이잖아요…….”

“너도 진짜…….”

레이토가 못 말리겠다며 한숨을 내쉬었다.

“아니, 뭐, 그건 네 장점이기도 하지만, 어쨌거나 어깨에서 조금만 더 힘 좀 빼 봐.”

“그건 저도 잘 알지만요.”

정말로, 알고는 있다.

알고는 있지만, 좀처럼 자기 뜻대로 되지 않았다.

“어쨌거나 네 사정은 대충 알겠어. 그래서 내가 뭘 해 주면 되는데? 아무리 그래도 모조리 나한테 떠넘기는 건 사절이라고?”

“아, 그, 그야 물론이죠! 다만 카시마 씨께서 도와주시면 조금은 차분한 마음으로 프레젠테이션을 진행할 수 있지 않을까~. 싶어서요.”

와타루는 스스로 쓴웃음을 지으며 얼버무렸지만, 레이토 또한 와타루의 속마음이 훤히 들여다보이는지 웃고 있었다.

“좋아. 뭐, 게임에서는 내가 늘 한 수 배우는 신세니까, 반대로 현실에서는 내가 좀 도와줄 필요도 있겠지? 이따가 상세 자료 좀 보여 줄래?”

“아, 네! 감사합니다! 그럼 소회의실에서 먼저 자리 잡고 있을게요.”

“그래. 그게 좋겠지.”

얘기에 집중하다 보니 어느새 두 사람은 본인들의 사무실에 도착한 참이었다.

사무실 입구 부근 벽에는 화이트보드가 여럿 걸려 있다.

거기에는 영업 제4과에 배속된 인원들의 일일 예정—— 예를 들어 회사 내부에 있는지 외근을 나갔는지가 표시되어 있다.

외근을 나갔을 경우에는 퇴근 시간 전까지 회사에 돌아오는지, 아니면 회사에 돌아오지 않고 바로 퇴근하는지의 여부 등을 한눈에 파악할 수 있다.

그리고 매달 누가 몇 건의 계약을 체결했는지 한눈에 파악할 수 있는 실적표도 붙어 있다. 와타루의 입장에서는 늘 중압감에 시달리게 만드는 고민거리지만 말이다.

어쨌거나 직무상 공유하는 아날로그 정보가 이곳에 다 정리되어 있다. 영업 제4과가 관리 중인 회의실 사용 상황 또한 이 화이트보드를 통해 한눈에 알 수 있는 시스템이었다.

사실 시스템이라고 하기에는 좀 민망한 수준이지만, 화이트보드의 왼쪽 세로축에는 회의실 이름이 늘어서 있고, 횡축에는 일일 시간을 나타내는 항목이 늘어서 있다.

직원은 본인이 사용하고 싶은 회의실의 사용하고 싶은 시간대에 자석을 붙이고 예약을 잡는 시스템으로 이루어져 있다.

참으로 아날로그스러웠다.

'뭐, 4과니까 어쩔 수 없지……. 그래서, 비어 있는 회의실이——.'

와타루는 화이트보드의 옆에 놓여 있는 바구니에서 자석을 하나 꺼내고, 레이토와 논의할 회의실을 확보하고자 했다가 그대로 굳어 버렸다.

"어? 이미 다 찼네……?"

소회의실과 중회의실을 포함하여 10곳이나 되는 회의실은 이미 예약이 다 찬 상태였다.

그것도 모든 회의실이 저녁 무렵까지 모든 시간대에 말이다.

"아니, 의욕 없기로 유명한 4과인데 다 차기는 무슨── 아니, 진짜잖아! 이게 대체 어떻게 된 일이지?!"

레이토도 화이트보드를 보고는 깜짝 놀란 기색으로 소리쳤다.

의욕이 있다는 걸 보고 깜짝 놀라는 모습도 좀 아니지 않나 싶지만, 레이토가 말했다시피 이츠키 리스에서 제4과는 한직이다.

인원 모두 성격도 다르고 사고방식도 알 수 없다.

하지만 한 가지 공통점이 있다면 다들 직무에 열의가 없다는 것이다.

당연하게도 평소에 회의실이 다 들어차는 경우 또한 없다.

심지어 맨 안쪽에 자리한 회의실은 대체 몇 개월 만에 사용하는지 알 수 없을 지경이다.

그런 회의실이 오늘은 거의 하루 종일 예약이 꽉 들어찼다니── 이건 경악할 수밖에 없는 이상 사태다.

"아, 잠깐만. 우리 쪽 사람이 아닌데?"

"어……?"

"자, 사원 코드를 잘 봐. 4과 사람은 아무도 없어."

예약 항목에는 누가 사용하는지 기입하는 곳이 있다.

사원 코드는 숫자와 알파벳의 조합으로 이루어져 있다. 일일이 암기한 것이 아니라면 보기만 해서는 그게 누구인지 알아내기란 힘들다.

하지만 앞의 세 자리는 부서를 가리키기에 그 사원 코드가 어느 부서 소속인지 정도는 알 수 있다.

'그래도 나는 우리 부서가 아니라는 사실 정도밖에 모르겠지만…….'

어느새 제4과 사무실도 업무 시작과 함께 분주해졌다.

그런데.

"야, 회의실 좀 빌릴게."

거만한 목소리와 함께 낯선 사람이 사무실을 지나쳐 안쪽으로 향했다.

저번에 보았던 아라키처럼 제4과에 소속된 사람은 아니었다. 게다가 누구나 얼굴 정도는 알 만한 임원도 아니었다. 정말 본 적도 없는 사람이었다.

저 당당한 모습으로 보았을 때 설마 그럴 리는 없겠지만, 설령 외부인이라 하더라도 와타루는 알지 못했을 테지.

"얘기는 이미 들었습니다."

과장인 하이자키 또한 무언가 말하고 싶어 하는 눈치였지만 그냥 그 말만 하고 가게 내버려 두었다.

아마 회의실을 예약한 다른 부서 사람일 테지.

이곳은 딱히 다른 부서 사람이 드나드는 부서도 아니었기에 괜히 더 눈에 띄었다. 하지만 그 뒤로도 다른 부서 사람이 줄지어 나타나 4과에 할당된 회의실을 차례차례 점거해 나갔다.

하이자키는 평소에 비해 훨씬 언짢은 기색을 드러냈다.

어쩌면 아직도 회의실에 남아 있을 자신의 PS5에 혹시 무슨 일이 생기지는 않을지 걱정하는 걸까.

소회의실도 중회의실도, 제4과가 위치한 층에 있는 모든 회의실은 화이트보드에 예약된 대로 모조리 다른 부서 사람이 점거하고 말았다.

사실 소회의실은 말만 회의실일 뿐, 단순히 파티션으로만 구별해 놓은 곳이기에 목소리가 새어 나왔다.

역시나 내용까지는 알 수 없었지만, 그래도 뭔가 심각한 내용이라는 사실만큼은 전해져 왔다.

제4과는 다른 부서들로부터 멋대로 짐 덩어리 부서나 한직 취급을 받아 왔던 만큼, 평소에도 '어차피 너네는 쓸 일도 없지?'라는 듯이 다른 부서 사람들이 회의실을 빌리는 경우가 있었다. 하지만 아무리 그래도 모든 회의실이 들어차다니. 역시나 이례적인 사태였다.

"이게, 대체 어떻게 된 일이죠?"

와타루가 근처 자리에 앉아 있는 레이토에게 작은 목소리로 물어보았지만.

"글쎄, 나도 모르지. 무슨 문제라도 있나……? 그건 그렇고 사람이 참 많네."

"그러네요."

"그리고 1과뿐만 아니라 2과, 3과 사람도 있어. 우리를 제외한

다른 영업 부서가 죄다 저런 분위기인가 본데?”

아무리 그래도 그건 아니지 않을까 싶은 생각이 들었지만, 그 정도가 아니라면 일어나지 않을 이번 이상 사태에, 와타루나 레이토 뿐만 아니라 다른 직장 동료들 또한 다들 하던 일을 멈춘 채 어리둥절한 기색이었다.

◆◆◆

그날 밤에도 엘든 링에 로그인을 하자, 역시나 오늘은 다들 공략도 하는 둥 마는 둥 직장 얘기를 하느라 바빴다.

『레이톳찌! 보나 마나 새로운 정보를 입수해 왔겠지?! 오늘 대체 무슨 일이 일어난 건지 해설 좀 부탁해!』

리세가 그렇게 말을 꺼내자.

『아니, 내 취급이 참…….』

레이토는 살짝 불만스러운 기색이었지만, 역시나 정말로 내막을 들었는지 오늘 아침 상황에 관해 이것저것 가르쳐 주었다.

『듣자 하니, 대형 리스 회사가 H시에 진출했다나 봐.』

『대형 리스 회사?』

『그래. 트라이던트라는 곳인데.』

“아, 이름은 저도 들어 본 적 있어요. 가끔 텔레비전에도 광고하는 그 회사죠?”

『맞아. 그래서 우리 회사가 계약을 맺고 있는 분야에 상당 부분 뛰어들 예정이라나 봐.』

『아, 그래서 다들 그 난리였구나!』

리세는 그제야 이해했다는 듯한 기색이었다.

"……여러 부서에서 단체로 난리가 날 정도의 그런 상황이라니, 설마 우리 회사가 위기에 처한 건 아니겠죠?"

『아니, 아무리 그래도 그 정도는 아니겠지. 지분이야 다소 떨어지겠지만, 윗선에서 어찌어찌 손해를 잘 막아 줄 거야.』

『와타루짱, 걱정이 너무 지나쳐.』

"아, 하긴, 그렇겠네요."

『어쨌거나 계속 이어서 해 보자고! 오늘은 로데일에 당도하고 싶어.』

『그러게. 게임 중에 업무 얘기라니, 그런 김빠지는 소리는 이제 금지!』

레이토는 여전히 낙관적인 태도를 보였고, 리세는 정작 본인이 가장 먼저 그 얘기를 꺼냈으면서 자기가 언제 그랬냐는 듯이 태연한 기색이었다.

이런 부분은 보고 배울 점이 아닐까, 와타루는 속으로 그렇게 생각하면서 다시 게임에 집중했다.

어제는 외곽 환영 나무라는 축복을 개방하고 나서 게임을 중단했었다.

세 사람은 호스트를 서로 번갈아 맡아 가며 게임을 플레이하는 중이기에 같은 행위를 세 차례 반복해야 했다. 그렇기에 솔로 플레이를 할 때보다 시간을 훨씬 더 많이 들여야 하는데, 문제는 이 축복 바로 앞부분이다.

『아니, 아무리 그래도 트리 가드가 둘이나 함께 있다니. 이게 말이 돼?』

레이토가 그동안 이동해 온 쪽으로 자신의 캐릭터의 몸을 돌리며 그런 말을 입에 담았다.

그 시선 끝에 있는 것은 높이가 몇 미터는 되어 보이는 거대한 문이었다. 지금은 거기에 사람 한 명이 아슬아슬하게 지날 수 있을 만큼의 얇은 틈이 벌어져 있었다.

알터 고원을 나아가다 보면 한동안은 평지가 주욱 이어지다가 이윽고 완만한 언덕길이 나오고, 거대한 도읍의 성벽이 육박해 온다.

그 입구는 가파른 계단으로 이루어져 있고, 그곳에는 많은 병사들이 배치되어 있다.

일반 병사나 기사 정도는 큰 문제가 없다.

발리스타 등도 설치되어 있지만 발리스타가 있다는 사실을 알고만 있으면 그리 어렵지 않게 돌파할 수 있다.

하지만 이곳에는 엘든 링을 시작하고 나서 가장 먼저 맞닥뜨리는 강적── 리세의 부탁으로 세 사람이 끈질기게 달려들어 가까스로 해치운 트리 가드가 무려 둘이나 기다리고 있다.

와타루 일행의 장비 수준이나 레벨, 각자의 컨트롤 실력도 예전에 비해 성장했지만 그럼에도 둘을 동시에 상대하며 제대로 싸우기는 힘들다.

레이토가 그 둘의 모습을 확인하자마자 곧바로 도망치자는 판단을 내렸기에, 와타루 일행은 단숨에 내달리며 트리 가드를 지나치고 문 안으로 어찌어찌 굴러들어 온 상태였다.

그것을 3번이나 반복했더니 진이 다 빠지고 말았다.

"그나저나 여기는 역시나 장난 아니네."

지금까지의 전개대로라면 바깥 필드는 광대하며, 축복과 축복 사이의 간격도 멀다.

그 대신에 극단적으로 상대하기 힘든 적은 수가 적고, 설령 있다 하더라도 돌파하기 그리 어렵지 않은 편이다.

그런데 알터 고원으로, 그것도 특히나 로데일 근처로 오면 상대하기도 힘든데 끈질기게 따라붙는 적이 늘어난다.

여태까지는 동굴이나 지하 묘지 등, 소위 던전과 비슷한 장소에서 지금처럼 힘든 상황에 처하는 경우가 많았다.

던전의 경우에는 내부 구조 자체가 복잡하더라도 축복과의 거리가 가까운 편이다. 요컨대 죽더라도 다시 시작하기는 그리 힘들지 않다.

하지만 이곳은 던전처럼 긴장의 끈을 놓을 수 없는 상황이 계속 이어지는 데다, 필드답게 축복과 축복 사이의 거리가 멀다.

그렇기에 성가신 적이 언제 튀어나올지 긴장하면서, 부활 포인트인 축복이 어디에 있는지를 찾아가며 나아가는 전개가 자연스럽게 이어진다.

실수해서 죽는 바람에 바로 앞의 축복에서 다시 시작해야 할 경우 던전과는 비교조차 할 수 없을 만큼 이동해야 하는 거리가 증가한다. 더군다나 죽었다면 소지 중인 룬을 드롭한 상태가 된다.

이때 처음 죽은 장소까지 미처 다다르지 못한 채 다시 죽을 경우, 자신이 소유한 룬을 영영 잃는 사태가 벌어진다.

엘든 링에서 가장 피하고 싶은 사태 중 하나다.

무기를 강화하거나 레벨을 올리며 그때그때 소비했다면 상관없다. 하지만 무기나 캐릭터 레벨이 높아지면 높아질수록 소비하는 룬도 증가하기에, 알터 고원 근처까지 왔다면 어느 정도의 룬을 늘 소지한 채 다니는 경우가 많다.

처음과는 달리 마음 편하게 죽을 수 없는 상황까지 더해지자 긴장감이 장난 아니었다.

예상대로 레이토와 리세는 바짝 긴장한 채 나아가는 모양인지 진행하는 속도가 꽤 느렸다.

『자, 슬슬 한번 가 볼까!』

레이토의 부추김에 와타루는 이동해 온 방향을 기준으로 왼쪽에 위치한, 긴 계단 형태로 된 길로 향했다.

가로수가 규칙적으로 심어져 있었다.

그리고 길을 사이에 두고 호화로운 건물이 주욱 늘어서 있었다.

와타루 일행은 서서히 계단을 오르며 성의 뒤편으로 우회하는 느낌으로 나아갔다.

아마 실제로 로데일 안으로 들어온 곳은 뒷문에 해당하는 장소일 테지.

와타루는 속으로 그런 생각을 하면서 두 사람을 이끌며 나아갔다. 그리고 저번에도 봤듯이 앞길을 가로막는 모양새로 거대한 적이 모습을 드러냈다.

『저, 저건 또 뭐야?!』

레이토가 소리를 질렀다.

긴 계단 형태의 언덕길 너머 앞쪽, 하늘 저편에서 어떤 그림자가 날아와 땅울림을 일으키며 내려섰다.

길쭉한 체구에 거대한 날개.

그리고 얼굴은 맹금류의 형태를 띤, 움직이는 석상── 가고일이다.

엘든 링 세계에서는 요소요소에 배치되어 있는데, 아무래도 양날검을 장비 중인 타입으로 보였다.

『우와, 갑자기?!』

명백하게 위험한 상대가 나타나자 두 사람은 당황했지만, 가고일은 이에 아랑곳하지 않으며 덮쳐들었다.

그 거대한 몸으로는 믿기 힘들 만큼 드높이 도약하는가 싶더니, 이내 낙하의 기세를 실어 달려들었다.

표적은 와타루였다.

하지만 어떻게 달려들든 대처할 수 있도록 미리 대비하고 있었기에 와타루는 공격을 그리 어렵지 않게 피했다.

"이 녀석은 손에 든 검을 마치 풍차처럼 휘둘러 대거든요. 휘말리지 않도록 주의하세요!"

와타루는 짤막하게 경고하면서 끈질기게 달려드는 가고일의 공격을 피했다.

하지만 일반 인간형 적과는 달리 가고일은 온몸으로 양날검을 휘둘렀다.

부웅, 부웅, 몸을 통째로 회전시키며 그 원심력을 이용해 공격을 가했다.

몸을 통째로 움직였기에 공격을 적중하기 제법 힘들었다.

특히나 사용 중인 무기가 단검이라 리치가 짧은 리세의 경우, 와타루가 공격을 받는 사이에 공격을 시도해 보았지만, 바로 직전에 가고일의 몸이 있던 자리를 노린 공격은 모조리 허공을 가르고 말았다.

레이토 또한 역시나 고전을 면치 못했다.

기본적으로 방어를 강화하여 가드 카운터를 따내는 경우가 많은 레이토였지만, 가고일의 공격 횟수가 너무 많았다. 가드하려고 해도 금세 스태미나가 떨어지는 바람에 제대로 가드하지 못하는 기색이었다.

와타루는 계속 도망치면서, 일부러 휘석 돌팔매를 골라 가고일의 맹공이 끊어지는 아주 찰나의 순간을 기다렸다.

욕심을 버리고 차근차근 대미지를 가했다.

단단한 가고일을 상대하기에는 미적지근한 전법이지만, 지금은 그걸로 충분했다.

공격은 대미지도 주는 것 외에 적의 주의를 끄는 목적도 있다.

와타루가 시간을 벌자 처음에는 우왕좌왕하던 레이토와 리세도 조금씩 차분하게 대처해 나갔다. 무턱대고 공격하는 대신 가고일의 움직임을 주시하며 거리를 쟀다.

와타루를 노리는 움직임을 본 두 사람은 가고일의 뒤로 돌아가는 모양새로 움직이기 시작했다.

『조금만 더 버텨 봐!』

"난 괜찮아. 혹여나 어그로가 끌리면 무리하지 말고!"

『알았어~!』

가고일의 양날검이 강풍을 일으켰다.

참격이 오른쪽으로 왼쪽으로 반복해서 날아들었다.

그때였다. 등에 달린 날개 덕분인지 가고일의 몸이 갑자기 공중으로 두둥실 떠오르며 크게 이동했다.

그 움직임 속에서 리세는 패턴을 읽었고, 가고일이 착지함과 동시에 레두비아의 전투 기술을 날려 공격을 가했다.

레이토 또한 거리를 좁혔다.

평소 가드부터 하고 들어가는 스타일을 버린 채, 단숨에 거리를 좁히더니 도약하면서 달려들었다.

두 사람의 공격을 고스란히 받은 가고일은 역시나 표적을 와타루에서 레이토 쪽으로 옮겼지만, 등을 보인 순간에 와타루가 암석탄 마술을 날려 다시금 가고일의 주의를 자기 쪽으로 유도했다.

이제는 이러한 과정을 반복하면 된다.

방심하지 않은 채 각자 저마다의 역할을 이해하고서 신중하게 행동에 나선다.

그것만 가능하다면 이제 마지막까지 끈기 있게 과정을 되풀이하면 된다.

『좋아! 잡았어!』

레이토가 들뜬 기색으로 소리쳤다.

『요즘 들어 연계 플레이가 많이 원활해진 것 같아.』

『그러게!』

"둘 다 기본적으로 실력이 좋은 편이니까 말이죠."

이제 와서 돌이켜 보면 레이토는 원래 게임 자체를 별로 하지 않는 편이었으니 그저 놀라울 따름이었다.

『후후훗! 역시 나에게 불가능이란 없단 말이지.』

『그럼 이제 나랑 와타루짱의 몫만큼 앞으로 두 번 더 열심히 해 볼까?』

리세가 현실을 들이댔다.

『아, 맞다. 앞으로 두 번 더 해야 하잖아!』

애석하게도 직장인인 세 사람은 오늘 하루에만 가고일 전투를 세 차례 클리어하자마자 결국 진이 다 빠져 버렸고, 시작한 곳과 같은 축복 근처에서 게임을 중단했다.

◆◆◆

여느 때처럼 하루 업무를 마치고 집으로 돌아온 와타루는 식사도 하는 둥 마는 둥, PS5로 엘든 링을 실행했다.

'외곽 환영 나무' 에서 합류한 와타루는 레이토와 리세가 오자마자 있는 힘껏 불평불만을 토해 냈다.

"카~시~마~씨~~~~~~!"

『왜, 왜 그래, 와타루짱?!』

리세는 깜짝 놀란 기색이었지만, 이름을 불린 레이토는 켕기는 구석이 있는지 "으하하." 하고 그저 얼버무리듯 웃기만 할 뿐이었다.

“카시마 씨 덕분에 큰일이 났잖아요~~~!”

『미안, 미안하다고. 이야, 설마 그렇게까지 극적인 반응이 일어날 줄은 꿈에도 몰랐단 말이지.』

“뭐, 그건, 저도 뜻밖이긴 했지만요!”

『——아, 진짜! 둘이서 자꾸 나만 따돌리기야! 뭔 일인지 설명이나 좀 해 봐!』

본인만 내팽개친 채 둘이서 영문 모를 말을 주고받은 탓인지, 마침내 리세가 격노하기 시작했다.

하고 싶은 말이 너무 많아서 주변 사정 설명을 죄다 건너뛰고 말았다. 와타루는 리세가 화를 내고 나서야 정신이 번쩍 들었다.

“아, 미, 미안해. 그 왜, 블로그 쪽 말인데. 나 혼자서 하기에는 부담이 크니까 그동안 공동으로 관리해 왔잖아?”

『아, 맞아. 인터넷에서 정보를 모아 보강하는 것 정도는 우리도 할 수 있으니 관리용 패스워드를 알려 달라고 한 적이 있었지. 그 일 때문에 그래?』

예전에 과장한테 따끔하게 한 방 먹여 주고자 대충 만든 블로그였는데, 우연히 방문한 누군가가 다른 곳에 주소를 퍼뜨렸는지 어느새부턴가 블로그를 정기적으로 방문하는 사람이 나오기 시작했다.

와타루 일행 또한 본인들의 비망록 대용으로 정보를 축적하거나 블로그에서 얼굴도 모르는 사람과 교류하는 것이 즐거웠기에, 지금도 조금씩이나마 갱신을 거듭해 왔다.

이쯤 되니 와타루 혼자서 전부 관리하기에는 힘들 것 같다며 레이토와 리세가 거들어 주었다.

"미야마, 요즘 게시판 본 적 있어?"

『게시판? 아, 그러고 보니 한동안은 안 본 것 같아. 게시판에서 무슨 문제라도 일어났어? 아니면 어그로꾼이 나타났다거나.』

"어그로꾼은 아니지만, 우리 과장님 말이야. 익명성이 보장되니까 가벼운 마음으로 요즘은 엘든 링뿐만 아니라 다른 것들도 상담을 요청하기 시작했잖아?"

『어, 응. 그랬지. 아들이랑 사이좋게 지내기 힘들다면서 가끔 푸념을 늘어놓곤 했었어.』

애당초 모든 일의 발단은 그 과장이 다 큰 아들과 사이가 틀어진 문제에서 발생했다.

당장에 같이 게임을 플레이하지 않는 문제는 해결했는데, 이 과정에서 묘한 친밀감이 들었는지 과장은 그 이후로도 와타루 일행이 운영하는 블로그에 자주 들르곤 했다.

다만 전혀 알지도 못하는 제삼자의 플레이어가 블로그를 드나들기 시작하면서부터 사정이 변했다.

"우리야 사정을 다 아니까 괜찮지만, 전혀 알지도 못하는 사람 입장에서는 과장의 언행이 비매너로 보였을 거야."

『아, 하긴. 혹시 서로 싸웠어?』

"거기까지는 아니야. 다만 '그건 좀 아니지 않냐?' 라고 주의하는 사람이 조금씩 나타나기 시작해서 카시마 씨가 관리인으로서 댓글을 달았는데……."

『오오, 레이톳찌, 파인 플레이 멋진데? 자기도 모르게 아무 상관도 없는 댓글을 거듭 올리다 보면 싸움이 났을지도 몰라. 싸움이 나서 얼굴 붉히는 지경까지 갔다면 과장도 참 안됐고. 뭐, 자업자득이지만.』

“그렇긴 한데, 문제는 그 댓글이야. 가까운 지인에게 상담해 보시는 건 어떻겠냐는 내용이었거든…….”

『아항…….』

“그것도 아드님 또래와 비슷하게 젊고 성격이 너그러운 사람에다, 다른 사람의 말을 잘 들어 주고 게임도 빠삭한 사람이 좋지 않겠냐고…….”

『그거 와타루짱 얘기잖아!』

와타루는 리세가 드디어 자신의 의도에 근접한 부분까지 따라오자 안도의 한숨을 내쉬었다.

『그 이후로 과장이 툭하면 나한테 상담 좀 해달라고 하더라고…….』

『과장도 사람이 참 고분고분하네!』

리세가 깜짝 놀랐다는 듯이 소리쳤다.

그 말에는 와타루도 완전히 동감했다. 아무래도 과장은 침입 관련 고민거리를 해결한 이후로, 블로그 관리인(다시 말해 와타루)이 하는 말이라면 뭐든 믿고 보기 시작했는지 더더욱 극단적인 반응적인 보이기 시작했다.

『과장 입장에서는, 어찌해야 할지 알 수 없는 곤란한 처지에 있던 자신에게 친절을 베풀어 준 슈퍼 히어로 같은 존재로 보이지 않았을까?』

레이토가 그런 의견을 입에 담았다.

"그럴지도 모르겠네요. 과장 입장에서는 실제로 만나 보지도 못한 사람일 테니까요. 그런 와중에 친절하게 대해 주니, 본인은 친절을 받은 인상밖에 없어서 믿어 의심치 않는 지경에 이르지 않았나 싶어요."

『뭐, 와타루짱의 조언도 상당히 친절한 투였으니까.』

『과장 입장에서는, 전혀 알지도 못하는 사람을 상대로 이 얼마나 친절한 분이란 말인가! 라는 느낌을 받은 거 아니야?』

"그렇게 생각해 주시는 건 감사하지만 말이죠. 하지만 과장님은 점심시간에도 내 옆에 착 달라붙는 데다, 원래 외근도 잘 나가지 않았으면서 요즘 들어 날 따라오거든요!"

『아, 화이트보드에 신입 지도라고 써 놓은 거, 와타루짱 얘기였어?』

"그래! 뭐, 관리직에 있는 사람이니까 그런 명목을 내세우지 않으면 남들 눈에 이상하게 보여서 그랬을 테지만……."

레이토는 음성 채팅 너머에서 필사적으로 웃음을 참는 기색이었다.

『그냥 대충 상대하지 그래?』

"아니, 그렇지만. 뭐랄까, 과장님도 블로그를 통해 조언을 받은 뒤부터는 열심히 의사소통을 시도하는 듯한 느낌이 들어서……."

『아~. 과감하게 내치지 못하는구나~! 와타루짱은 예나 지금이나 사람이 너무 좋아서 탈이야~. 그러다 남은 인생에서는 손해만 볼걸?』

와타루는 이중에서 나이가 가장 어린 리세로부터 인생 다 살았다는 듯한 조언을 들으니 기분이 울적해졌다.

그런데 그런 리세 본인도 한직에 처박힌 아저씨들에게 PC 사용법을 가르치는 처지인데, 그러는 본인도 사람이 너무 좋은 편이라 할 수 있지 않을까.

『뭐, 과장도 블로그에서 하라고 하니 그러는 것도 있겠지만, 드디어 네 성격이 어떤지 알아차리고 착 달라붙는 거 아닐까?』

"그건, 그럴지도 모르지만요……."

썩 그렇게 달갑지 않는 미묘한 평가였다.

『뭐 어때. 그래도 상대는 관리직이니까 친하게 지내면 인사 평가에서 유리할걸?』

"그건 의도가 불순하잖아요……. 그리고 역시나 과장님 상대하는 건, 좀 그래요."

와타루가 솔직하게 털어놓자, 레이토와 리세는 그 말을 듣고 웃음을 터뜨렸다.

『뭐, 너무 그렇게 부담 갖지는 말고. 무리할 필요는 없으니 가끔 상대도 해 주고 그래. 그러면 과장 본인도 납득할 테니까 말이야. 반대로 넌 과장한테 본인 영업 루트 좀 가르쳐 달라고 하면 되잖아. 좀처럼 외근을 나가지 않는다면, 어쩌면 중간 다리 역할을 대신해 줄 사람을 찾는 중일지도 모르고 말이지.』

『아~. 좋겠네~. 거래처도 다 소개받고~.』

"미야마, 그럼 네가 나 대신 과장 상담 좀 들어 주지 그래?"

『에이~ 나도 과장 푸념을 듣는 건 좀 그렇거든~. 앞으로도 와타루쨩의 푸념을 계속 들어줄 테니까, 대신 영업 루트를 몇 가지 공유해 주는 건 어때?』

리세가 어디까지가 본심인지 알 수 없는 교섭을 시도했다.

와타루는 쓴웃음을 지으며 이만 이야기를 마무리 짓기로 했다.

"그럼 하던 탐색 슬슬 마저 이어서 해 볼까요?"

『알았어~! 어서 로데일 성안으로 들어가고 싶거든.』

『그러게. 그 무지막지하게 커다란 성벽 안쪽에는……. 맵에 따르면 이것저것 많이 있는 것 같은데, 뭐가 나올지 기대가 돼.』

그리하여 세 사람은 어제 가고일과 격전을 펼쳤던 계단 형태 언덕길을 따라 오르며 앞으로 나아갔다.

◆◆◆

언덕을 오르자, 오른편에 원래라면 도읍 시가지와 이어져 있었을 안쪽 문이 눈에 들어왔다.

하지만 지금은 완전히 폐쇄된 상태였다.

맵에 따르면 저 문 안쪽은 완전히 수몰된 상태다. 공략을 이어 나가려면 이곳을 우회하여 더욱 뒤편으로 돌아갈 수밖에 없다.

와타루는 그러한 사실을 이미 알고 있었던 만큼, 굳이 헛걸음을 할 필요는 없겠다 싶어 두 사람에게 상황을 설명해 주었다.

여기서부터 이변이 발생한다. 가고일을 잡은 이후로는 적이 완전히 사라지며, 루트상에는 잡병들마저 눈을 씻고 찾아봐도 보이지를 않는다.

"아, 잠시만 기다려 보실래요? 여기에 황금 종자가 떨어져 있거든요."

원형 광장에는 황금색으로 환하게 빛나는 가느다란 나무가 나 있고, 그 뿌리 부분에는 종자가 떨어져 있다. 격전 속을 헤쳐 온 데 대한 보상이다.

『그래? 그럼 내가 호스트일 경우에는 깜빡하지 않도록 주의해야겠어.』

와타루가 그걸 줍는 동안 레이토와 리세는 잠시 한숨 돌렸다.

『너무 조용하잖아. 이쯤 되니 오히려 불길한데?』

알터 고원에 온 이후, 그 악의적인 적 배치에 이골이 났던 레이토는 오히려 이런 정적이 의심스러운 모양이었다.

"정식 루트는 왼편이니, 이제 그만 가 볼까요?"

『아, 여기서부터는 가도처럼 보이는 길에서 벗어나나 보네?』

『그나저나, 이거 엄청, 엉망진창인데……?』

엄밀히 말해서 가도에서 벗어나는 것은 아니다.

맵상으로도 안쪽 문으로 이어지는 방향과 앞으로 나아가는 방향으로 길이 이어지고 있으니까 말이다.

하지만 그 이상으로, 가을을 연상케 하는 은행나무 색으로 물든 주변 땅바닥에는 불에 그슬린 고동색 자국이 섞여 있고, 여기저기 흩어져 있는 바리케이드의 잔해물은 삼엄한 분위기를 자아냈다.

리세가 가도가 아니라고 착각한 것 또한 돌바닥이 헤집어져 무참한 상태가 되었기 때문일 테지.

무엇보다도 땅바닥에 알 수 없는 인공물이 박혀 있는 이상한 광경이 눈길을 끌었다.

언뜻 봐서는 이게 뭐가 뭔지 알 수 없었지만, 이것은 아무래도 거대한 골렘 병사가 사용하는 활에서 내쏘아진 '화살' 이 아닐까 싶었다.

그 위력은 실로 어마무시해서 탄착 지점에 커다란 구멍을 낼 정도였다.

마치 유성우가 쏟아져 크레이터가 움푹 파인 것 같았다.

그런 황폐한 경치가 와타루 일행이 향하는 방향으로 펼쳐져 있었다.

"이곳은 도읍 로데일이 겪었던 전쟁의 흔적이야."

『전쟁?』

"로데일은 황금 나무의 뿌리 부분에 자리한 만큼, 이 세계에서 일어난 혼란의 중심에 위치한 경우가 많았거든. 고룡 전쟁, 제1차 로데일 방어전, 제2차 로데일 방어전 등, 무려 세 차례나 커다란 전쟁을 겪었다고 해."

『하아, 그럼 이건 그 전쟁의 흔적이구나…….』

땅바닥은 그슬렸고 수도 없이 많은 구멍이 나 있으며, 과거에 방어를 위해 진을 쳤던 것으로 보이는 흔적이 곳곳에 흩어져 있었다.

레이토와 리세는 불길한 분위기를 느꼈는지 조금 전까지는 가벼운 투로 잡담을 주고받았지만, 지금은 언제 그랬냐는 듯이 소리를 죽이며 신중하게 앞으로 나아갔다.

주위는 여전히 조용한 게 마치 시간의 흐름이 정지한 것이 아닐까 싶을 정도였다.

그리고 옛 전쟁터의 안쪽으로 발을 들인 바로 그 직후.

"……찾았다. 빛바랜 자, 야심에 불타는 자여."

묵직한 목소리가 울려 퍼졌다.

◆◆◆

"……찾았다. 빛바랜 자, 야심에 불타는 자여."

그것과 맞닥뜨린 건, 엘든 링을 플레이한 지 얼마 지나지 않은 시점이다.

그 외에도 강한 적은 산더미처럼 있지만, 게임을 정석대로 진행했을 경우엔 절대로 피할 수 없다는 점에서 거의 모든 플레이어에겐 그가 최초의 장벽처럼 느껴졌을 테지.

『어?! 저 녀석은…….』

레이토가 신음했다.

『세상에! 그 할배잖아!』

리세가 묘하게 친근감이 드는 표현으로 말하자 살짝 긴장이 풀렸다.

다만 그 말투는 장난이나 농담과는 거리가 멀었다. 눈앞에 나타난 존재가 얼마나 위험한지 잘 아는 기색이었다.

리세가 말한 대로 눈앞에 나타난 적은 나이 지긋한 남자였다.

하지만 일반적으로 생각할 법한 왜소한 체구나 쇠약한 인상과는 거리가 멀었다. 나이를 먹어 마른 느낌이 들기는 했지만, 그

거대한 체구는 여전히 존재감을 발산했다.

무엇보다도 머리에 난 여러 개의 뿔이 이질적인 분위기를 자아냈다.

끔찍한 흉조 멀기트였다.

스톰빌 성 입구에서 처음 맞닥뜨리는 그는 적 보스 중에서 유일하게 플레이어와 여러 차례 전투를 펼치는, 엘든 링을 상징하는 적 중 한 명이다.

"온다! 움직여!"

와타루가 경고함과 동시에, 멀기트가 마술로 자아낸 나이프를 투척했다.

최소한의 모션으로 펼쳐지는 그 공격은 예나 지금이나 눈으로 보고 피하기가 거의 불가능할 만큼 빠른 속도로 날아들었다.

게다가 한 자루만 날리는 것이 아니다. 뻗었던 팔을 오므릴 때 한 자루를 더 날렸다.

언제라도 공격이 날아오리라 각오한 상태에서 멀기트가 몸을 트는 방향을 보고 어디를 노릴지 미리 파악하여 움직일 수밖에 없다.

다행히 레이토와 리세도 와타루의 경고를 듣고 즉각적으로 반응한 덕분에 공격을 피하는 데 성공했다.

하지만 멀기트의 움직임은 멈추지 않았다.

다시 무기를 형성하고자 마력을 내뿜었다.

나이프와는 비교가 안 될 만한 양의 빛이 방출되는가 싶더니, 그 거대한 무기를 노인답지 않은 호쾌한 동작으로 어깨에 들쳐

멨다.

출현한 것은 빛나는 망치였다.

휘두르는 모션과 함께 멀기트가 드높이 도약하더니, 위에서 낙하하는 기세를 타고 달려들었다.

표적은 와타루였다.

하지만 와타루는 이미 그 움직임을 파악한 뒤였다.

그만큼 인상적인——고전을 면치 못했던——수많은 공격은 지금도 잊으려야 잊을 수 없었다.

임팩트가 발생하는 순간과 완전히 동시에 와타루는 구르기로 몸을 굴려 아무 피해 없이 빠져나왔다.

공격 직후의 틈을 노리고자 레이토가 거리를 좁혔지만, 망치를 사라지게 만든 멀기트는 지팡이를 옆으로 휘둘러 레이토를 견제하고는 거리를 벌리고자 뒤로 크게 점프하여 물러났다.

『우와, 그때랑 완전 똑같잖아!』

리세는 고전했던 기억을 떠올리며 비명을 질렀다.

하지만.

『난 오히려 기쁜걸!』

레이토의 입에서 뜻밖의 소감이 튀어나왔다.

『어?! 말도 안 돼. 레이톳찌, 혹시 그런 취향이야?!』

『그런 취향은 무슨! 내 경우에는 이 녀석과 제대로 맞붙어 본 적이 없었거든!』

그러고 보니 와타루가 레이토와 함께 엘든 링을 플레이를 시작한 계기도 바로 멀기트 때문이었다.

멀기트에 고전했던 레이토는 다른 플레이어로부터 도움을 받았지만, 하필 그 플레이어는 상당한 실력을 자랑했고 멀기트를 일방적으로 순삭했다. ——요컨대 레이토는 멀기트와의 일전을 제대로 즐기지 못했었다.

그렇기에 지나친 참견은 자제하는 와타루와 함께 엘든 링을 플레이하기 시작하여 지금에 이르렀는데, 요컨대 레이토에겐 한 차례 놓친 적과 재결전을 치르는 셈이었다.

『무슨 말인지 잘은 모르겠지만, 어쨌거나 의욕이 넘친다면 나도 질 수야 없지!』

의욕을 불태우는 레이토의 모습에 자극을 받았는지 리세 또한 정신을 가다듬었다.

그거면 충분했다.

분명 상대의 움직임은 그때와 마찬가지였고, 현시점에서도 성가신 적에 해당한다.

하지만 그 이상으로 와타루 일행의 캐릭터는 성장한 상태다.

그와 동시에 레이토와 리세 또한 그때와는 비교도 안 될 만큼 실력을 갈고닦았다.

더군다나 스톰빌 성에서는 양쪽이 절벽으로 이루어져 있는, 보스 룸이라는 좁고 제한된 공간에서 일전을 벌여야 했다.

반면에 지금의 경우 비록 땅바닥에 구멍이 뚫려 있기에 주의하지 않으면 빠질 수는 있지만, 낙사할 우려 없이 드넓은 필드를 마음껏 이용할 수 있는 환경이다.

방심만 하지 않으면 충분히 이길 상대다.

"늘 하던 대로 하면 괜찮아!"

와타루는 그렇게 외친 후, 자신이 멀기트의 표적으로부터 벗어난 틈을 타 암석탄을 날렸다.

그게 무엇을 뜻하는지 알아차린 레이토와 리세 또한 기본을 충실하게 지키며, 자신이 표적이 되었는지 아닌지를 주시하며 정확하게 공격을 가해 나갔다.

오른손에 든 지팡이와 마력으로 자아낸 나이프, 롱 소드, 해머.

그러한 것들을 구사하며 폭풍과도 같이 자아내는 연속 공격을, 전방에 선 두 사람은 거듭 막아 냈다. 특히나 리세의 경우에는 자신이 짠 빌드대로 경쾌한 몸놀림을 최대한으로 살려, 절묘하게 멀기트의 뒤를 노리고 공격하는 큰 활약을 펼쳤다.

그리고 홀연히 나타난 멀기트는 마찬가지로 홀연히 사라졌다.

몸이 티끌로 변해 사라지고 남은 자리에는 시민 옷을 입은 일반 잡몹의 시체가 남아 있을 뿐이었다.

이 멀기트는 환영이었다.

『아~. 깜짝 놀랐잖아!』

다시 원래 시민으로 돌아온 시체를 보며 리세가 솔직한 소감을 입에 담았다.

『어라? 근데 그 녀석은 죽은 거 아니었어?』

스톰빌 성에서는 자신을 거들어 준 다른 플레이어가 멀기트를 순삭해 버렸던 바람에, 레이토는 자신의 손으로 클리어했다는 만족감을 맛보지 못해 한이 맺혀 있었다.

그래서 생각지도 못했던 재결전에 기뻐했지만, 다시 생각해 보니 이상한 점이 느껴져 그렇게 말했다.

"그 의문도 조금 더 나아가면 다 풀려요."

『호오, 아직도 뭔가 있다는 말인가…….』

"맞아요. 일단은 앞으로 나아가 볼까요?"

『그러자. 여기서 또 다른 게 나오는 건 사절이야…….』

한동안 강한 적은 나오지 않는다.

그렇지만 와타루도 처음 이곳을 지났을 적에는 설마 이런 길가에서 보스와 일전을 벌일 줄은 꿈에도 몰랐기에 바짝 경계하며 나아가기도 했었다.

리세가 그런 반응을 보이는 것도 이해가 갔다.

하지만 그 긴장감에 찬물을 끼얹는 짓도 센스가 없으니, 지금은 잠자코 셋이서 천천히 앞으로 나아갔다.

길을 따라 나아가자, 도읍 서편으로 나가는 또 다른 성문이 나왔다.

그 바로 앞에 있는 축복── '외곽 전장터' 를 발견한 시점에서 일단 멈춰 선 뒤, 호스트를 바꾸고 다시 모두가 여기까지 나아간 다음에 그날 일정을 마무리 지었다.

◆◆◆

며칠 후.

다시 모인 세 사람은 갑자기 궁지에 몰렸다.

세 사람은 '외곽 전장터' 의 축복에서 오늘 게임을 시작했다. 그대로 가도를 따라 나아가면 도읍 밖으로 나가기 때문에 일부러 길에서 벗어났다. 그러고는 묘석 같은 비석이 늘어서 있는 황량한 장소나, 길과는 거리가 멀어 보이는 숲을 가로지르며 나아갔다.

얼핏 보면 정규 루트로 보이지 않는 곳이다. 그리고 세 사람은 두 골렘 병사의 옆을 지나쳐 나아갔다가, 그것과 맞닥뜨리고 말았다.

『트리 가드?』

『성가신 적이지만, 그래도 지금이라면 어찌어찌…….』

그렇게 말하며 앞장선 두 사람이었지만, 몇 분 후에는 자신들의 생각이 어설펐음을 뼈저리게 느꼈다.

이곳에서 기다리고 있던 트리 가드는 평범한 트리 가드가 아니다. 특별한 무기와 마술을 장비한 용의 트리 가드다.

말 위에서 가하는 공격은 여전히 강력했다. 하지만 말이 내뿜는 화염탄이나, 장비한 대룡조를 매개로 삼아 사용하는 번개 마술은 그보다 더 강력했다. 결국 세 사람은 눈 깜짝할 사이에 전멸당하고 말았다.

그러고 나서 여러 차례 도전했지만, 닿기만 해도 숯덩이가 될 정도의 그 강력한 공격이 광범위하게 흩뿌려지자 세 사람은 완전히 발이 묶인 상태였다.

한바탕 고전하며 작전을 새로 짜는 와중에 리세가 무언가를 떠올렸다는 듯이 질문했다.

『와타루쨩, 그러고 보니 오늘도 과장이 푸념했어?』

"어? 응. 보고 있었어?"

『봤다고 하기에는 좀 애매해. 외근 나갈 적에 같이 나가는 모습만 봤거든.』

『같이 있는 모습을 보기만 했는데도 푸념한 게 아니냐고 생각하는 우리 미야마쨩은 혀가 참 맵네~.』

레이토가 놀려 댔다.

그래도 와타루는 얼마 전에 두 사람으로부터 그냥 마음 편하게 대하면 된다는 조언을 받은 덕분에 처음에 비해 그리 큰 부담은 느끼지 않았다.

과장과 대화를 나누는 것 자체는 조금씩 익숙해졌다. 하지만 마치 와타루가 익숙해지길 기다렸다는 듯이 푸념하는 내용의 수위가 점점 올라가기 시작했다.

『그래서 이번에는 뭐라는데?』

"뭐랄까, 떠올리기만 해도 속이 시큰거리는 내용이네요."

『그러니까 그건 그냥 대충 받아넘기면 된대도. 내 얘기를 누가 들어 주기만 해도 마음이 편안해지는 그런 경우도 꽤 있잖아?』

"응. 그건 그렇지만. 어쨌거나, 그 트라이던트 일 기억나?"

『그거, 도쿄 쪽 대형 리스 회사가 진출했다는 얘기 맞지?』

"네, 맞아요. 아직 회사 내부 전체에 공유되지는 않았지만, 생각보다 상황이 좋지 않대요……."

『어?! 그래?』

"뭐, 과장님의 말씀으로는 그렇다는 얘기지만……."

그렇게 서두를 깐 와타루는 과장으로부터 들은 얘기를 두 사람에게 털어놓았다.

"간단히 말하자면 그냥 경쟁 회사가 등판했을 뿐이지만요……."

『이미 빼앗긴 지분은 그렇다 쳐도, 지금 남은 계약은 계속 유지할 수 있도록 노력하면 되는 거 아니야? 빼앗긴 거래처 같은 경우에도 계약 내용을 바꾸거나 사후지원 등의 전략을 잘 수립해서 되찾으려고 노력한다든가…….』

그렇다. 실제 문제는 레이토가 말했다시피 단순한 얘기다. 하지만…….

"그게, 지금의 영업 제1과는 대규모 지속 계약을 관리하고 운영하는 일만 해 와서……."

『설마…….』

리세는 불길한 예감을 느꼈는지 머뭇거리며 입을 열었다.

『영업 활동을 제대로 할 줄, 모른다는 말이야?』

『아니, 진짜……?!』

와타루는 한숨을 내쉬며 리세의 추측에 고개를 끄덕였다.

"이게 뭐랄까, 우리 시의 관공서 관계자는 지금 맺고 있는 계약이 효율적인지 아닌지 재검토하는 경우가 잘 없다고 하더라고요……."

요컨대 오랫동안 함께해 온 사이라는 얘기다.

다른 업자가 끼어들지 못하도록 방해하는 것은 아니기에 위법은 아니지만, 지금까지는 트라이던트 수준의 강력한 경쟁 상대가 없었던 만큼 예전부터 맺어 온 계약을 그냥 그대로 계속 유지해 왔다고 한다.

『뭐, 우리처럼 빌려 주는 쪽과는 달리 빌리는 쪽은 원래 하는 일도 있으니까. 이미 맺은 계약은 '원래 그런가 보다' 정도로 여기고, 일일이 재검토 할 필요도 없이 늘 그래 왔던 것처럼 계약을 계속 이어서 하는 경우도 있을 테니까…….』

"그렇죠. 특히나 민간 기업이 아닌 곳에서는 어차피 자기 돈도 아니라는 인식이 있을 테니까요……. 그러다 보니 1과 사람들도 그러한 계약을 계속 유지하는 업무에만 익숙해졌나 봐요……."

『요컨대 접대랑 아부?』

"뭐, 그렇지……."

『실제로 관공서 관계자나 학교 관계자 등등, 여러 사람을 폭넓게 상대하자면 그것만 해도 규모가 장난 아니니까 말이야.』

"과장님 말씀에 따르자면, 트라이던트가 제시한 금액은 저희보다 압도적으로 저렴해서 단순히 가성비 면에서는 아예 상대가 안 된대요."

『대형 기업이라면 박리다매는 기본에, 다른 지점과 연계하여 단번에 대량의 상품을 매입함으로써 비용도 절감할 수 있겠지. 그렇다면 이제는 저번에 와타루가 그랬던 것처럼 여러모로 전략을 잘 짤 수밖에 없겠는데…….』

"바로 그것 때문에 과장님께서 화가 많이 나셨더라고요. 1과 사람들이 그런 쪽으로는 전혀 능력이 없다나 봐요……."

『진짜?!』

"네. 그냥 단순히 가격 승부에 모든 것을 걸겠다는데, 거기에서 이기지 못하면 이젠 손쓸 방법도 없대요……."

『우와, 최악인데…….』

“그래서 평소에는 잘난 척 거들먹거리는 주제에 막상 일 터지고 나니까 영업직의 기본도 제대로 모른다면서 푸념하시더라고요…….”

『그런 걸 와타루짱에게 푸념해 봤자 어차피 소용도 없을 텐데.』

역시나 동정을 금할 수 없다는 듯, 리세가 깊숙이 고개를 끄덕이는 기척이 음성 채팅 너머로 전해져 왔다.

『그건 그렇고 겉으로 볼 땐 좀 그렇지만, 역시나 과장도 똑 부러진 영업직이란 말이지.』

레이토가 은근슬쩍 가장 신랄한 말을 입에 담았다.

“그래서 저 혼자서는 감당하기가 힘들어서 그런데, 혹시 저랑 같이 과장님 좀 상대해 주실 수 있을까요? 아마 과장님이 밥도 사 주실 거예요!”

실제로 와타루는 여러 차례 퇴근 후에 먹거나 마시는 자리에 불려 갔다. 다만 과장을 달래느라 정신이 없어서 음식이 입으로 넘어가는지 코로 넘어가는지도 몰랐지만 말이다…….

『난……. 패스할게.』

『아니, 그런 건 사람 말을 잘 들어 주는 와타루가 제격이지.』

저마다 일이 귀찮아지리라 판단한 모양이었다. 와타루는 두 사람의 협력은 얻어 내지 못했다.

그래도 용의 트리 가드는 그 뒤에 여러 차례 도전한 끝에 무사히 잡는 데 성공했다. 그런 와중에, 나 좀 도와줄 사람 누구 없냐며 와타루 혼자서만 씁쓸한 뒷맛을 남길 뿐이었다.

◆◆◆

황금 나무――.

게임을 시작한 이후로 줄곧 플레이어의 눈앞에 그 존재감을 드러내고 있는 '엘든 링'의 상징이다.

그 뿌리 부분에서 번영을 구가했던 도읍 로데일 안으로, 와타루 일행은 마침내 발을 들였다.

『후와아, 대애박!』

『엄청 크다~!』

용의 트리 가드를 잡고 침입한 건물 내부를 지나 탁 트인 장소로 나왔을 때, 두 사람이 저마다 가장 먼저 입에 담은 말이었다.

건물 출구가 마침 거리를 한눈에 내려다볼 수 있는 성벽 위에 있었다.

지금껏 와타루 일행의 앞길을 가로막던 성벽으로 둘러싸인, 광대한 거리가 눈앞에 펼쳐졌다.

부유층이 살던 구획이었는지, 아니면 그 거리 전체가 그만큼 번영했었는지 지붕은 금박을 덧댄 것처럼 금색으로 물들어 있었다. 지금껏 방문한 그 어떤 거리보다 진보한 기술로 건설된 수많은 건물이 빽빽하게 줄지어 있었다.

왼편에는 성으로 보이는 한층 더 거대한 건물이 있었다.

무엇보다도 가장 큰 특징은 역시나 황금 나무였다.

틈새의 땅 어디에서든 그 위용을 볼 수 있는 황금 나무의 경우, 여기에서 보면 나무가 아니라 마치 깎아지른 듯한 암벽처럼 보였다.

너무나도 거대하기에 아래쪽이 보이지 않을 만큼 올려다보아야 겨우 가지와 잎이 눈에 들어올 지경이었다.

『마침내 왔구나…….』

『여기가 바로 로데일이란 말이지…….』

거리가 내려다보이는 절경에, 레이토와 리세는 마치 현실 속에 존재하는 풍경을 눈으로 본 것처럼 감동에 찬 소리를 냈다.

『그런데 여기도 꽤 황량한 느낌이 드는데…….』

『그러게. 지붕이 움푹 파인 곳도 많아…….』

『게다가 저 드래곤은 무슨 인공물인 줄 알았지만, 그런 것치고는 건물에 너무 많이 파고든 것 같은데…….』

지금 두 사람이 보고 있는 것은 성벽에 몸을 기댄 듯한 모양새로 석화된 용이다.

"저건 실제로 이 로데일을 공격한, 그랑삭스라는 드래곤이에요."

『그랑삭스……? 세상에 저렇게 큰 드래곤이 있다니── 아, 그러고 보니 파로스 요새에도 큰 놈이 있었는데.』

리세는 마치 처음 들어 본 이름이라는 듯이 어색하게 그 이름을 곱씹었다.

"역사 설정에 따르면, 황금 나무가 세워지기 훨씬 옛날에는 드래곤이 지배하던 시대가 있었다고 해요."

『아, 그렇구나.』

레이토가 뜻밖이라는 듯한 반응을 보였다.

"여기서 더 자세하게 얘기하면 시간을 무진장 잡아먹으니……."

실제로도 엘든 링 관련 설정을 얘기하자면 사흘 밤낮으로도 부족할 지경이다. 그것이 또 하나의 매력이었지만, 아쉽게도 지금은 시간이 없다.

"간략하게 개요만 짚고 넘어가 보자면, 로데일이 건설된 이후에 드래곤들 중에서 대고룡이라 불리는 그랑삭스가 공격을 가하여 도읍의 방어를 돌파했었대요."

플레이버 텍스트에는 그랑삭스가 강고한 로데일 성벽을 유일하게 돌파한 적, 이라고 나와 있다.

『아, 혹시 저번에 말했던 그 전쟁?』

"네. 고룡 전쟁이라고 해서, 이 그랑삭스가 공격한 사건을 계기로 도읍 측과의 전면전이 벌어졌었대요."

『그나저나 저 커다란 녀석과 싸웠다니…….』

『대체 무슨 수로 해치웠을까?』

"그러게요. 그 부분은 상세한 설명이 없는 것 같더라고요……."

『와타루짱이 저번에 그랬는데, 그 외에도 다른 전쟁이 벌어졌었다면서?』

"이곳은 전쟁의 역사를 고스란히 담고 있다고나 할까? 이 세계는 황금률을 중심으로 한 문화가 퍼져 나갔지만, 그러한 문화가 번성하기 전부터 살아온 드래곤이나 저번에 말한 카리아 왕가와도 전쟁을 벌였었대."

과거의 대립 관계는 플레이버 텍스트를 유심히 살펴야 겉으로 드러나는 정보인 만큼, 두 사람 모두 음성 채팅 너머에서 감탄사를 자아냈다.

그 드라마를 보여 주는 방식이 참으로 불친절하다고도 할 수 있지만, 현실의 역사적인 사실 또한 시간의 흐름 속에서 희미해지고 파묻히는 건 매한가지다.

와타루로서는 그런 식으로 잊혀 가는 쓸쓸함이 잘 표현된 것 같아서 마음에 들었다.

"그리고 이 게임 내에서도 커다란 사건으로 잘 알려진 파쇄전쟁이 있어요. 여왕 마리카가 엘든 링을 부수는 바람에, 그녀의 자식인 데미갓들이 야심을 품고 서로 싸움을 벌였죠."

『그 부분은 게임 내에서도 잊을 만하면 얘기가 나오던데.』

『아, 그래도 자세한 전쟁 내용은 역시 알 수 없지 않아?』

『그래, 하긴! 그런고로 잘 부탁드립니다요, 선생님!』

"그렇다고 선생님은 좀 아니죠."

의외로 두 사람 모두 설정 얘기에 관심을 드러냈다.

이러한 숨겨진 설정을 얘기하는 것은 와타루 또한 싫어하지 않았다.

와타루가 입술을 한 차례 핥았다. 그래도 역시나 지금은 간략하게 설명하기로 했다.

"로데일에서 벌어진 최초의 전쟁은 제1차 로데일 방어전이라고 불려요. 사실 이 전쟁의 경우, 플레이버 텍스트를 다 읽고 나서 보니까 다른 세력과 벌인 전쟁이 아닌 것 같더라고요."

『어라? 그래?』

"네. 아무래도 엘든 링이 부서져서 발생한 혼란 때문에 황금 나무를 섬기던 귀족들이 모반을 꾸민 것이 사건의 진상 같더라고요."

그 부분을 게임 내에서 친절하게 설명해 주지는 않는다. 각지에서 모을 수 있는 플레이버 텍스트를 통해 상상을 부풀리거나 어느 정도 스스로 살을 덧붙이기도 하는, 플레이 방식의 일종이다.

"참고로 이건 플레이버 텍스트를 모으거나 인터넷에서 다른 사람의 추론을 읽으며 조합했을 뿐, 어디까지나 공식에서 밝힌 설정은 아니지만요."

와타루가 사전에 주의하자, 두 사람도 그 점은 알고 있는지.

『나라면 그렇게까지 막 정보를 모으지는 못할 것 같으니, 망상이든 뭐든 들려주면 고맙겠어.』

『동감이야. 그러니 너도 신경 쓰지 말고 편하게 얘기해 줘. 그, 탐구한 내용을?』

"아, 네! 다음에 기회가 있으면 그럴게요!"

와타루는 기쁜 나머지 목소리 톤이 살짝 올라갔다. 엘든 링이 엮이면 자기도 모르게 기분이 들뜨는 와타루와는 대조적으로, 한동안 생각에 잠겨 있던 리세가 불쑥 중얼거리듯이 말했다.

『왠지, 꼭 지금의 우리 회사 같은데…….』

『하하하, 그러게. 무진장 궁지에 몰린 상태니까.』

레이토는 가벼운 투로 답했지만, 리세의 생각 자체를 부정하지는 않았다.

분명 이츠키 리스는 위기에 처한 상태다.

오랫동안 무사태평하게 이어져 온 체제에 안주한 결과, 만전의 준비를 갖추고 나타난 신흥 세력에 제대로 대처하지 못하고 있는 실정이었다.

『실적도 그저 그런 내가 뭐라 말할 처지는 아니지만, 아무래도 1과가 그 모양이니까 말이지. 이 거리에서 전쟁이 벌어졌을 적엔 듬직한 군대가 잔뜩 있었을 텐데.』

현실과 게임에서 일어난 일을 서로 겹쳐서 보고 있다는 말은, 그만큼 리세가 이 세계를 즐기고 있다는 증거일 테지.

그렇게 생각했더니 기쁨이 치밀어 오르며 와타루는 자신이 아는 지식을 조금 더 입에 담았다.

"그러고 보니 아마도 제2차 로데일 방어전이 아니었나 싶은데, 우리를 고전하게 만들었던 멀기트가 당시에 큰 활약을 펼쳤었대."

『어? 그 할배가?』

『레이톳찌의 라이벌이잖아!』

멀기트와의 재회를 기뻐하던 레이토의 말을 토대로 리세가 멋대로 그런 설정을 덧붙였다.

엄밀히 말해서 앞으로 한 차례 더 싸워야 하니, 그런 식으로 생각해 보는 것도 의외로 재미있을지 모른다.

"애당초 멀기트는 마리카의 피를 정식으로 이어받은 아이거든요."

『그렇다는 말은, 요컨대 왕자님이라는 얘기야?!』

"맞아요. 다만 왕자라는 단어는 이 게임에서는 보지 못했던 것 같네요. 아무래도 애당초 죽지 않는 세계다 보니, 여느 판타지와는 다르게 후계자라는 뜻을 담은 지위는 없는지도 모르겠지만요……."

『그렇지만 왕족다운 분위기는 전혀 안 느껴지던데.』

"아, 그것도 그럴 수밖에요. 사실 멀기트는 '흉조의 아이' 라 불리는 존재인데, 태어나면서부터 몸에 뿔이 자라난 까닭에 흉측한 아이라고 미움받으며 도읍 지하에 유폐되었다고 해요."

『뭐어?! 너무해!』

일반인이 흉조의 아이를 낳았을 경우에는 뿔을 잘라내어 죽인다고 적혀 있었으니, 목숨을 부지한 것만으로도 다행이라고 볼 수도 있다. 하지만 어느 쪽이든 간에 굴욕적인 취급임에는 분명하다.

"어쨌거나 제2차 로데일 방어전에서는 전황이 꽤나 심각했는지, 지하에 유폐되어 있던 멀기트를 끄집어내 전쟁터로 내보냈대. 그 정도로 강했나 봐."

『완전 본인들 편할 대로 부려 먹었잖아!』

리세는 완전히 감정 이입했는지 제법 진심으로 화를 내는 기색이었다.

"그래도 멀기트는 싸웠어. 영웅의 시체를 쌓아 올렸다고 비석에 적혀 있었을 정도였으니, 적의 이름난 전사들을 수도 없이 해치우지 않았나 싶어."

『무슨 동기라도 있었을까?』

『혹시 사랑?! 그 할배에게 사랑하는 여성이라도 있었나?』

『툭하면 연애랑 엮는다니까.』

『에이~. 그야 그 정도가 아니면 납득할 수 없는걸.』

『음~. 뭐, 하긴. 와타루, 혹시 그 동기가 어디 적혀 있었어?』

"네. 일단은 적혀 있었어요. 그냥 지키고 싶었으니까 지켰다나 봐요.”

『진짜?! 그게 다야?』

“네, 그게 다예요. 아마도 자신의 신념을 관철하고자 그랬지 않았나 싶어요.”

『상남자네! 역시 그래야 내 라이벌답지!』

조금 전까지는 리세가 멋대로 갖다 붙인 설정에 지나지 않았는데, 아무래도 레이토의 내부에서 멀기트의 주가가 껑충 뛰어오른 모양이었다.

“그러게요. 상남자네요. 불우한 처지에 놓였으면서도, 원래라면 굳이 진두에 설 필요도 없었으면서도, 자신이 지키고 싶은 것을 위해 떨쳐 일어났으니까요…….”

이미 알고 있던 지식임에도 다시금 자신의 입으로 곱씹어 보니, 마치 자신에게 또 다른 의미가 부여되는 것처럼 느껴졌다.

“아까 미야마가 말했다시피, 우리 회사도 똑같은 것 같네요.”

『무슨 말이야?』

“트라이던트는 저번에도 말씀드렸다시피 박리다매 식으로 전국에서 상품을 모아 왔어요. 반대로 말하자면 지역 소매점과의 거래량도 뚝 떨어진다는 얘기겠죠.”

『아, 그렇구나. 자급자족이라고나 할까? 사용처를 가리자면, 관공서나 공공시설에서 사용하는 용품은 가능한 한 그 지역 내에서 조달하길 바라니까.』

그게 또 너무 극단적으로 치달을 경우에는 그건 또 그거대로 세금 낭비나 지역 카르텔 같은 다른 문제로 이어질 수 있지만, 지역

산업을 지탱한다는 의미에서 봤을 때 단순히 가격만 놓고 결정하는 것은 너무나도 매정하지 않나 싶다.

『와타루짱, 의욕이 좀 났어?』

"의욕이라고 해야 할지, 애당초 계획도 못 세웠어. 그냥 생각만 좀 떠올랐을 뿐이지만……. 그럼에도 내가 할 수 있는 일은 최대한 해 볼까 싶어. 모처럼 일하는 데 조금씩 재미가 붙기 시작한 참이라, 내가 몸담은 곳이 사라지는 건 좀 싫거든."

이 문제가 불거진 이후로 자신의 부서와는 관계가 없는 문제라 여기고 가만히 지켜만 보고 있었다.

하지만 실은 과장으로부터 제공받은 정보도 그렇고, 내심 답답한 심정이었다.

회사를 지키고 싶다, 그런 훌륭한 애사 정신을 가지고 있지는 않았다.

자신은 그저 무능한 사원에 불과하다. 영업직에 적성이 있는지도 의심스러운, 짐 덩어리 사원에 불과하다. 그럼에도 이왕 '하고 싶다' 는 마음이 들었으니, 그 마음을 관철해도 상관없지는 않을까 싶었다.

본인 입으로 레이토와 리세에게 설명하는 한편으로, 와타루는 다시금 멀기트의 일화를 통해 그런 마음이 강하게 들기 시작했다.

◆◆◆

도읍 로데일은 지금까지의 여정과는 차원이 다른 난이도를 자랑하며 플레이어의 앞을 가로막는 장소다.

와타루 일행은 '도읍 동쪽 성벽' 의 축복에서 성벽 위로 나와 공략을 시작했다.

먼저 성벽 위에 설치된 건물로 들어간 다음, 그곳에서 승강기를 사용해 아래로 내려가는 것이 정식 루트다.

벽 위에서 아슬아슬하게 죽지 않을 만큼의 위치에 있는 발판으로 뛰어내려 억지로 시가지로 내려가는 방법도 있지만, 레이토와 리세가 있기에 지금은 얌전히 정식 루트로 나아갔다.

어려워서 그렇다기보다는 단순히 중간 과정을 통째로 넘기는 것이 아깝기 때문이었다.

밖으로 나오면 가옥이 빽빽하게 늘어선 시가지로 이루어진 장소가 펼쳐진다. 아마도 이 거리의 주민이 거주하는 곳일 테지.

위에서 보았을 적에도 느꼈지만 이곳에는 멋진 건물이 많다. 내부 또한 일상 용품이나 미술품 등을 통해 주민들의 부유한 삶을 엿볼 수 있다.

아마 이곳은 부유층이 사는 구획일 테지.

자못 당연하다는 듯이 복층으로 지어진 집들 때문에 시야가 가로막힌 상태에서 이 복잡한 길을 돌아다녀야 하는 신세가 되었다.

와타루는 일부러 앞장서지 않았다. 나아갈 길은 레이토와 리세에게 대신 맡겼다.

그랬더니 오른쪽으로 헤매고 왼쪽으로 헤매는 바람에 좀처럼 앞으로 나아가지를 못했다. 심지어는 똑같은 곳을 지나쳤는데도 알아차리지 못했을 정도였다.

적의 시체를 보며 아까 지나친 길인지 아닌지를 겨우겨우 판단하는 상태로, 두 사람이 이 거리에서 얼마나 길을 헤매는지 알 수 있었다.

게다가 전투 기술을 구사하는 튼튼하고 강한 로데일 전사가 곳곳에 배치되어 있기에, 적에게도 주의를 기울여야 했다. 그러니 더더욱 길을 잃고 헤맬 수밖에 없었다.

막다른 골목처럼 이루어진 장소에 아이템이 군데군데 놓여 있기도 했는데, 그것을 주우러 다가가면 이쪽에서는 보이지 않는 위치에 서 있는 병사가 달려드는 경우도 있었다.

특히나 리세가 이런 함정에 자주 걸리며 비명을 내지르곤 했다.

그리고 이곳에는 축복이 적기에 복잡한 시가지에서 사망한다면 '도읍 동쪽 성벽' 의 축복에서 다시 시작해야 한다.

자신의 위치를 확실하게 파악할 수 없는 장소에서 죽었다면, 룬을 드롭한 장소까지 미처 다다르지 못하는 경우도 자주 일어나곤 했다.

와타루는 거리 구조를 잘 알고 있었기에 길을 헤매지 않았지만, 실질적으로 이 복잡한 거리를 여러 차례 돌아다녀야 하는 신세가 되었다.

도읍 로데일의 흉악한 난이도를 뼈저리게 실감했을 즈음, 세 사람은 겨우겨우 탁 트인 장소로 나왔다.

틈새의 땅 곳곳에서 트롤이 끌던 짐차 두 개가 옆으로 쓰러져 있는 모습을 보니, 아무래도 이곳이 번화가인 모양이었다.

지금까지는 엎어지면 코 닿을 거리에서만 볼 수 있었던 건물들도, 여기에서는 조금 더 여유를 가지고 전체를 바라볼 수 있었다.

정교하고 치밀한 조각이 새겨진 집들, 길 양옆에 세워진 비석.

로데일의 국기로 보이는 깃발이 곳곳에 걸려 있는 광경이 눈에 들어왔다.

그리고 아직 거리는 좀 있지만, 올려다봐야 할 정도로 거대한 드래곤—— 그랑삭스의 모습이 중심지 쪽에서 또렷하게 눈에 들어왔다.

멀리서 보이는 성벽이나 다양한 건물, 그리고 무엇보다도 이쪽을 내려다보는 황금 나무.

지금은 황폐해져 사는 사람도 거의 없이 죽은 거리로 전락해 버렸지만, 이곳에서 생활했다면 대체 어떤 기분이 들었을지 멋대로 상상의 나래가 펼쳐졌다.

거리에는 정적이 내리깔려 있었다.

바람에 펄럭이는 깃발이 한층 더 쓸쓸함을 더해 주었다.

레이토와 리세는 속으로 무언가를 골똘히 생각하는지 아무 말 없이 앞으로 나아갔다.

그러자 하늘에서 거대한 그림자가 내려왔다.

『뭐, 뭐야?!』

정적인 것과 동적인 것에서 발생한 그 격차에 레이토는 자기도 모르게 소리를 질렀다.

그 모습은 마치 거대한 나무뿌리가 생명을 갖고 움직이는 것처럼 보였다.

작은 황금 나무의 뿌리 부분에 늘 출현하는 황금 나무의 화신이다.

『아, 그렇구나. 여기도 황금 나무의 뿌리 부분이니까 나오나 보네!』

리세가 레이토보다 먼저 그 사실을 알아차렸다.

『그렇군! 아니, 그건 그렇고 이제 어쩌지?!』

그야 물론 이대로 싸울지 말지의 얘기다.

지금까지 맞닥뜨린 황금 나무의 화신의 경우에는 장애물 등을 이용하거나 넓은 공간을 십분 활용하여 싸워 왔다. 하지만 이곳은 대로라고는 하지만 움직일 수 있는 범위가 무척이나 제한되어 있기에, 만약 싸운다면 고전을 면키 어려울 테지.

"이기지 못할 상대는 아니지만, 여기서 죽으면 또 아까 그 축복에서 다시 시작해야 한단 말이죠. 그런 상황은 웬만하면 피하고 싶네요!"

『그건 그래!』

『나도 복잡한 길이라면 이제 신물이 나!』

"그렇다면 저 녀석을 지나쳐서 안쪽으로 나아가도록 하죠. 바로 뒤쪽 오른편에 입구가 있으니 그 안으로 뛰어 들어가세요!"

와타루는 그렇게 말하고는 앞장서서 행동에 나서며, 이미 움직이기 시작한 황금 나무의 화신 옆을 지나쳤다.

◆◆◆

『하아, 깜짝 놀랐네.』

『그러게. 조용한 곳에 왔나 싶었는데 설마 저런 게 나올 줄이야.』

세 사람은 황금 나무의 화신을 지나친 다음, 금세공이 가미된 문을 지나 그 안에 있는 계단을 타고 내려갔다.

그곳은 과거에 부유층이 살았을 것으로 보이는 거리와, 소박한 집이 늘어선 거리 구획을 연결하는 통로처럼 보였다.

거리를 한눈에 바라볼 수 있는 전망대 같은 장소로 나온 세 사람은 '대로 옆 노대' 라는 축복을 발견했다.

일단은 호스트를 바꾸고 나서 모두의 부활 포인트를 이곳으로 옮기는 작업부터 해야 할 테지.

『그런데 생각보다 을씨년스러운 분위기가 감도는 거리였네.』

노대에서 거리가 보이는 장소로 캐릭터를 이동한 리세가 그렇게 중얼거렸다.

"다른 장소는 대체로 유적처럼 되어 있지만, 이곳은 지금도 사람이 살 법한 분위기라 더 그렇게 느껴졌을지도 몰라."

『그건 그래. 유령 마을, 같은 느낌이 들었으니까……. 나로서는 왠지 모르게 우리 회사가 떠올랐지만.』

『그러고 보니 요즘 분위기 안 좋던데…….』

역시나 유령 마을에 비유하는 건 좀 지나친 말이었지만, 분명 이츠키 리스의 회사 내부에서는 점점 더 이상한 분위기가 퍼져 나가는 중이었다.

"……다른 부서에 관한 정보는 거의 들어오지 않으니, 확실하게 정해진 건 거의 알 수 없지만요."

와타루는 과장의 기분이 갈수록 험악해지고 있음을 느꼈다.

다행히도 와타루에게 엉뚱한 화풀이를 하는 경우는 없지만, 외근 나간 중에도 왠지 모르게 신경이 바짝 곤두선 기색이었다.

오히려 예전에는 1과를 향한 푸념이나 불만을 와타루에게 늘어놓았었지만, 요즘 들어서는 한마디도 없었다. 와타루로서는 그것이 상황의 심각성을 한층 더 부각해 주는 것 같았다.

당연하게도 와타루는 본인 성격 때문에 직접 물어볼 엄두조차 내지 못했지만 말이다.

그 결과, 원래는 세 사람 중에서 와타루가 다른 부서 정보를 가장 접하기 쉬웠지만, 최근 들어서는 거의 아무런 정보도 얻지 못한 상태였다.

반면에 레이토는 지금 모습을 보아하니, 아무래도 또 무슨 소문이나 정보를 입수한 모양이었다.

『레이톳찌는 정말 정보를 잘 주워 온단 말이야. 존경하는 마음이 슬슬 들락 말락 하는데?』

『와하하! 그럼, 그럼. 이 듬직한 선배를 더더욱 존경하게나!』

레이토는 농담하는 투로 그렇게 말하고는, 수수께끼의 루트로부터 입수한 것으로 보이는 정보를 알려 주었다.

『1과 녀석들이 제대로 맞서지도 못한다는 얘기는 저번에도 했지만, 그래도 기껏해야 공공시설 지분이 떨어지는 수준 정도로 여겼지?』

H시에서는 오랫동안 이츠키 리스의 독점 상태가 이어져 왔다.

거의 관습적으로 이어져 온 관계였지만, 최근 들어 시 전체에서 재개발이 활발하게 이루어짐으로써 다른 리스 회사가 발을 들이기 시작했다.

여기서 1과가 제대로 맞설 경우, 어떻게 보자면 그건 또 그거대로 건전한 발전으로 이어지는 결과가 나오지 않을까 싶었다.

『그런데 우리 회사의 영업 능력이 형편없다는 사실을 이미 잘 알고 있었나 보더라고. 상대측에서 리스 요금을 더더욱 내렸거든. 아마도 이쪽 지분을 더 빼앗을 작정인가 봐.』

『뭐어?! 그러면, 큰일 나는 거 아니야……?』

『그렇겠지. 상대 입장에서는 '어라? 경쟁 회사가 이 모양 이 꼴이라면, 더 세게 나가도 되겠는데?' 라고 여겼을지도 몰라.』

"그렇지만 아무리 그래도 지금껏 저희 회사가 맡아 온 일을 모조리 다 빼앗기지는……."

『하지만 아무래도 상대측에서는 작정하고 나선 것 같거든.』

『그런데 그런 사태가 일어나면 우리 회사도 큰일이지만, 우리랑 거래 중인 소매업자도 마찬가지로 큰일 나는 거 아니야?』

이츠키(樹) 리스는 의도해서 이름을 그렇게 붙이지는 않았겠지만, 정말로 수목(樹木)처럼 이 지역에 단단히 뿌리를 내린 채 존재하고 있다.

만약 도산이라도 하는 날에는 땅바닥에 깊숙이 박혀 있는 뿌리를 송두리째 뽑히는 것처럼 크나큰 혼란이 일어날 테지.

연쇄 도산이나 도미노 붕괴 등의 불길한 단어가 떠오르기 시작하자 와타루는 황급히 머릿속에서 그것들을 지워 냈다.

"그렇지만 트라이던트는 지역 소매점과도 거래 중이니, 결과적으로는 그 사이에 끼인 리스 회사 하나만 교체되지 않을까요……?"

와타루는 본인 스스로도 반신반의하는 예상을 입에 담았다.

『뭐, 그 정도면 차라리 양반이겠지만, 아마도 그렇게 되지는 않겠지.』

예상대로 레이토는 딱 잘라 부정했다.

『그런가? 물론 와타루짱이 한 말은 너무 이상적이지 않을까 싶지만, 그래도 그렇게 딱 잘라 부정할 만큼 상황이 안 좋다고 보진 않았는데.』

리세 또한 레이토에 비하면 상황을 그저 나쁘게만 보지는 않았던 모양이다.

『나도 비관적인 얘기만 하기는 싫지만……. 어쨌거나 트라이던트는 도쿄에 본사를 둔 전국구 리스 회사잖아?』

“그건 그렇죠. 텔레비전이나 인터넷으로도 광고를 본 적이 있으니까요.”

『그래서 그 녀석들은 우리 회사로서는 감히 흉내조차 낼 수 없는 가격을 구체적으로 제시했지만, 그 내부 구조를 고려하자면 그리 낙관할 수만도 없는 노릇이지.』

『내부 구조, 말씀인가요?』

『그야 물론 나도 저쪽 내부 사정은 자세히 알지 못해. 그런데 전국구 회사로서 여러 업체로부터 계약을 따낼 정도면, 납품할 상품은 아마 한꺼번에 매입했을 거야.』

거기까지 말하자 리세도 알아차렸는지.

『아, 박리다매!』

“그렇구나. 원래 리스는 그때그때 요구되는 상품이 다 다르니, 대량 구입은 애초에 불가능하다고 여겼었는데…….”

『뭐, 이건 단순한 상상에 지나지 않지만. 그렇지만 그런 것도 아니라면 가격을 그리 쉽게 내리지는 못하잖아?』

"그렇다면 트라이던트가 어디에 어떤 상품을 납입할지는 아직 정해지지 않았지만……."

『어디에서 상품을 매입할지는 대충 정해져 있다, 그런 얘기지.』

요컨대 같은 상품을 대량으로 구입하는 경우는 없다 치더라도, 예를 들어 한 회사로부터 집중적으로 매입함으로써 저렴하게 매입했을 가능성이 있다는 얘기다.

『나는 그렇다고 생각해.』

레이토는 곧바로 긍정했다.

『그렇구나……. 그래서 벌써부터 조기 퇴직 희망자를 모집하기 시작했나 보네.』

"조기 퇴직?"

『45세 이상 직원을 상대로 일찍 퇴직하면 퇴직금을 더 얹어 준다는 소식이 돌았었잖아?』

"어?! 그런 소식이 돌았었다고……?"

『응. 사내보를 통해서 말이지……. 이제 난, 어쩐다?』

『으엑?! 미야마쨩, 설마 퇴사하려고……? 설마, 겉으로는 젊어 보이지만 사실은 50대……?』

『말도 안 되는 소리 하지 마! 난 보다시피 20대 초반이거든! 내일 레이톳찌의 책상에다 유성펜으로 낙서나 확 갈겨야지!』

레이토의 농담에 리세 또한 농담으로 받아쳤다.

다만 주고받은 내용이 내용인 만큼 그 농담도 금세 흥이 팍 식었지만 말이다.

『물론 실제로는 조기 퇴직이 아니라는 사실은 알고 있어. 다만 나는 아직 어떻게든 되리라고 보지만…….』

리세가 말끝을 흐리며 속으로 누구의 얼굴을 떠올리고 있을지 와타루는 곧바로 알아차렸다.

"자료실 아저씨들?"

자료실뿐만 아니라 다른 부서에서도 나이 지긋한 사원들이 리세로부터 컴퓨터 사용법을 배우는 중이었다.

『뭐, 그렇지. 그 아저씨들은 지금 당장 퇴사하면 정말 갈 데가 아무데도 없는걸.』

어차피 리세 한 사람이 퇴사한다 해도 조기 퇴직 기간은 얼마나 될 것이고, 몇 명이나 정리 해고를 피할 수 있을지는 알 수 없다. 그럼에도 와타루는 리세의 심정만큼은 알 수 있었다.

『와타루, 혹시 좋은 아이디어라도 있어?』

"아뇨, 뭐라도 좀 해 보고자 했지만, 역시나 가격을 그리 쉽게 내릴 수도 없는 노릇이니까요. 거래 특전이나 특약 부분에서 어떻게 돌파구를 마련할 수 있지 않을까 싶어 여러모로 알아보고는 있지만 말이죠……."

단순히 가격 면에서 승부를 보기는 어렵다. 그렇지만 사후 지원이나 상품 변경 등으로 상대방의 편의를 도모한다면 상대방의 입장에서는 이츠키 리스와 거래할 이유가 생길지도 모른다.

그렇게 생각하고서 이것저것 알아보는 중이었지만, 단순하면서도 알기 쉬운 상대방의 '자금력'이라는 수치는 도저히 당해 낼 재간이 없었다.
물론 이것은 어디까지나 1과가 해야 할 업무다. 와타루의 이런 행동은 월권행위에 지나지 않는다. 물론 그러한 것들을 다 제쳐놓고 보더라도 이것이 현실이었다.
"그렇지만, 어떻게든 해야……."
무거운 분위기만을 남긴 채 그날 멀티 플레이는 불완전 연소 상태로 해산을 맞이했다.

◆◆◆

그곳에 도달하여 컷신이 나오기 시작하자, 가장 먼저 소리를 지른 사람은 리세였다.
『어?! 그 할배잖아?!』
그곳은 엘데의 왕좌였다.
황금 나무 바로 앞에 있는 그곳은 엘데의 왕을 위해 마련된 왕좌가 자리한 장소다.
여기에서 플레이어는 지금껏 '멀기트' 라는 가짜 이름을 사용하며 수차례 자신 앞을 가로막아 온, 끔찍한 흉조이자 로데일 최후의 왕을 자칭하는 남자── 모르고트와 대치하게 된다.
도읍 로데일 공략도 마침내 최후반부에 접어들었다.
"설정 얘기는 이따가 나중에 할게요! 기본 움직임은 비슷하지만, 공격 패턴이 여럿 추가되었으니 조심하세요!"
『일단 해 볼 수 있는 데까지 해 볼게!』

『이 게임은 맞아 가면서 배우는 게 기본이니까!』

레이토와 리세도 깜짝 놀란 기색이었지만, 와타루의 목소리를 듣고는 다시 정신을 가다듬고 행동에 나섰다.

모르고트는 멀기트라는 이름을 썼을 때와 마찬가지로 마술로 자아낸 나이프를 투척했다.

하지만 이번에는 세 자루를 동시에, 그것도 부채꼴 형태로 넓게 던졌다.

모션이 작고 속도가 빨라서 원래 피하기 힘든 공격인 데다, 도망칠 곳도 줄어서 더더욱 피하기 힘들다.

처음엔 체력을 절반 이상 깎아야 꺼내 드는 해머도 일찌감치 선보이고는 호쾌한 모션을 취하며 달려들었다.

아니, 달려드는 척하면서 오른손에 쥔 대곡검―― 자신에게 걸린 저주의 힘을 모아서 만들었다고 하는, 사연이 깊은 검을 휘둘러 주위를 쓸어버렸다.

그 길쭉한 팔과 검으로 마치 원을 그리듯이, 넓은 범위를 깎아 나가듯이 공격을 가해 왔다.

이것이 바로 진심을 드러낸 그의 모습일까.

도저히 노인이라 보기 힘든, 약동감으로 가득 찬 그 움직임은 갈수록 격렬해지며 와타루 일행을 농락해 나갔다.

비석에 적혀 있던 활약상 그대로의 위세―― 그야말로 살아 있는 전설이라 하기에 부족함이 없는 무시무시한 모습을 과시했다.

그렇지만 와타루 일행 또한 단순히 운 좋게 여기까지 온 것이 아니다.

어그로가 누구에게 끌렸는지 침착하게 확인해 가며 나머지 사람이 뒤에서 공격을 가했다.

파티 플레이의 기본기를 충실하게 지키는 모습이었다. 괜히 욕심부리지 않고 한 대씩 치고 빠지며 서서히 대미지를 축적해 나갔다.

그리고 어찌어찌 끈질기게 물고 늘어지며 모르고트의 체력을 절반 정도 깎아 내는 데는 성공했다.

하지만 그는 그때부터 비로소 자신의 진짜 힘을 발휘하기 시작한다.

마력을 자아내어 공중에 무수히 많은 검을 출현시키더니, 그것을 마치 비처럼 내리퍼붓게 만들었다.

그 하나하나가 결코 무시하지 못할 만큼의 대미지를 입힌다.

세 사람은 필사적으로 피해 다녔지만, 특히나 모르고트 쪽에 더 가까이 있던 레이토와 리세는 비처럼 쏟아져 내리는 맹렬한 검의 공격에 노출되었다.

심지어 그 흉악한 비를 계속 내리게 하면서도 모르고트는 자유롭게 움직일 수 있었고, 이내 저주검과 해머를 구사하며 달려들었다.

『아니, 이걸 대체 무슨 수로 잡냐고~~~!』

파티가 전멸하여 멀티 플레이가 끊어지기 직전, 마지막으로 레이토의 절규가 울려 퍼졌다.

◆◆◆

『만만치 않은데?』

세 사람은 모르고트와의 전장 바로 코앞에 자리한 여왕의 규방에서 다시 집합했다. 레이토가 솔직한 소감을 입에 담았다.

『그러게! 아무래도 저 할배는 지금까지 본 실력을 발휘하지 않았었나 봐.』

멀기트를 상대로도 이미 수도 없이 고전했었는데, 그게 본 실력이 아니었음을 깨달은 리세도 허탈한 기색이었다.

회사는 여전히 위기에 처한 상태…….

그렇기에 모종의 예감이 들었는지 세 사람은 엘든 링을 계속 플레이하고 있었다.

이제 이 자리에서 회사 얘기를 꺼내는 사람은 아무도 없었다.

긍정적인 레이토마저 어쩌면 어떤 체념의 경지에 도달했는지도 모른다.

『그나저나 레이톳찌의 그 라이벌 할배 말인데. 멀기트——가 아니라 모르고트라고 했나? 집념이 장난 아닌데?』

멀기트는 스톰빌부터 로데일에 이르기까지 플레이어를 잊지 않고 기억하며 끈질기게 앞길을 가로막아 왔다.

심지어 모르고트로서 막아섰을 때는 그 맹공마저도 집념이 느껴질 지경이었다. 리세는 그때 느낀 소감을 그렇게 입에 담고는 한숨을 깊숙이 내쉬었다.

『내 말이…….』

『빛바랜 자를 용서하지 못한다는 느낌이 들지?』

원래 움직임은 멀기트와 상통하는 부분이 있다.

두 사람도 그간 숱한 경험을 쌓아 왔기에 아마 몇 번 정도 더 싸우면 이길 테지. 하지만 그 이상으로 모르고트의 기백과도 같은 무언가에 주눅이 들었는지도 모른다.

"분명 모르고트의 입장에서는 빛바랜 자라는 존재 그 자체를 용서할 수 없었는지도 모르니까 말이죠."

『아, 설정상으로도 뭔가가 있어?』

"아, 네. 원래 빛바랜 자란, 틈새의 땅에서 살아가기 위한 축복을 잃은 사람들을 말하는데요……."

여왕 마리카에 의해 최초의 왕인 고드프리는 축복을 빼앗겼다.

눈의 광채가 바란 자들은 틈새의 땅에서 쫓겨났다.

빛바랜 자라는 호칭도 눈의 광채가 바래었다는 부분에서 따왔다고 설명되어 있다.

"여왕 마리카는 엘든 링을 부수었고, 그로 인해 혼란에 빠진 이 땅에서 거대한 룬을 가진 데미갓들이 다음 왕이 되고자 전쟁을 일으켰었다고 저번에 얘기했었죠?"

『파쇄전쟁 말이지!』

레이토는 자신이 알고 있는 내용이 나오자 기뻤는지 들뜬 소리를 냈다.

"맞아요. ……다만, 거대한 룬을 입수함으로써 데미갓들은 일그러졌다고 하더라고요. 그 누구도 틈새의 땅에 안정을 가져올 수 없음을 잘 알고는, 한 차례 추방한 빛바랜 자를 도로 불러들여

왕이 되라고 부추기거든요."

『그런 스토리였구나. 나 진짜 처음 알았어.』

리세가 호들갑을 떨며 그렇게 말했다.

그래도 이 게임은 그러한 디테일을 굳이 모르더라도 얼마든지 클리어할 수 있으며, 그냥 이 세계를 돌아다니기만 해도 충분히 재미있게 즐길 수 있다.

반대로 말하자면 지금만으로도 충분히 재미있게 즐기는 중인데, 거기에서 조금만 더 파고들면 이렇게나 심오한 설정이 잠들어 있는 셈이다. 그것이 팬으로서는 참을 수 없을 만큼 매력적이었다.

"다만 이러한 전개가 이어지게끔 유도한 존재가 황금률인지, 황금 나무인지, 거대한 의지인지는 여러 추측이 거론되고 있지만요. 어쨌거나 이 땅에서 커다란 힘을 행사하는 누군가가 한 차례 추방된 존재—— 변두리 밖으로 추방당한 존재까지 끌어들여 이 땅을 안정시키려고 했죠. 하지만 그 안에서 필사적으로 싸우는 모르고트 입장에서 보자면 그것은 쓸데없는 참견이라고나 할까, 불쾌하기 짝이 없는 짓이란 말이죠."

『그래서 빛바랜 자를 그렇게나 싫어하는구나…….』

레이토가 깊이 이해했다는 듯이 말했다.

"뭐, 사실 그 부분은 제 개인적인 추론도 들어가 있지만요."

『하지만 그렇게 생각하고 나니, 그 할배가 그렇게나 집념을 품은 것도 이해가 돼.』

아무래도 리세 또한 와타루가 탐구한 내용을 잘 받아들인 모양이었다.

"참 굉장하죠? 틈새의 세계라는, 지금의 틀 안에 있는 힘만으로는 부족하다 싶으니까 외부로부터 다른 힘을 끌어들여 순환시키려고 하니까 말이죠……."

『듣고 보니 참 대단한 집념이야. ……집념과 집념의 대결이네.』

두 사람이 만족스러워하는 기색에 와타루는 안도감이 들었다.

안도감이 들었기에 본심이 불쑥 튀어나왔다.

"실은, 제가 떠올린 방안이 있긴 한데 말이죠……."

『……오? 그거 회사 얘기야?』

레이토가 기대에 찬 소리로 물었다.

본인 스스로가 생각해도 참 이상했다. 만약 레이토처럼 자신감이 넘치고 뭐든 할 수 있을 것 같은 사람이 나섰다면 주위 사람들이 기대하는 것도 납득했을 테지.

하지만 정작 나선 사람은 와타루다.

와타루는 살면서 스스로 자신감을 가진 적이 단 한 번도 없었다. 엘든 링 안에서라면 또 모를까, 밖에서는 늘 의기소침했고 인간관계도 서툴렀다.

그렇지만.

『에휴, 와타루짱도 참. 사람 기대하게 만드는 덴 일가견이 있다니까!』

리세마저 와타루의 말을 조금도 믿어 의심치 않았다.

"――아, 그게, 그렇지만. 지금 이대로는 안 돼요."

두 사람의 열기가 더 달아오르기 전에 와타루는 미리 못 박아 두었다.

정말로 자신 있는 아이디어가 있다면 진작 털어놓았을 테지.

떠올린 방안은 있다.

하지만 지금 이대로는 도저히 실현될 기미가 보이지 않았다.

"애당초 이건 회사 전체의 방침과도 엮일 일이라서요. 그런 걸 저 같은 녀석이 감히 참견하자니 아무래도 좀……."

『그렇지만 해 보고 싶은 건 있잖아?』

레이토의 말에 와타루는 몇 초 정도 생각에 잠겼다가 고개를 끄덕였다.

"그렇, 네요. 이 아이디어를 세상에 내놓고 할 수 있을지 없을지를 시험해 보고 싶은 마음은, 사실 있기는 하지만요……."

『헤헤헷, 그런 일에 나를 잊으면 참 섭하지 않겠어?』

『오, 인맥 귀신 레이톳찌!』

『누가 귀신이라는 거야! ――뭐, 동기들이랑 나름대로 친하게 잘 지내고는 있거든. 정말로 괜찮은 방안이라면 귀 기울여 줄 녀석이야 못해도 한둘 정도는 있을걸?』

"……하지만, 그게, 일손이 필요하단 말이죠."

『일손이라…….』

"맞아요. 다들 자기 할 일 하느라 바쁜 와중에 쓸데없이 일만 만드는 꼴이라, 그런 걸 받아들여 줄 사람은 아마 없을 것 같단 말이죠……."

『그건 역시나 나도, 힘들 것 같은데…….』

모처럼 달아올랐던 분위기가 급속도로 식어 갔다.

어떻게든 할 수 없을까, 그러한 마음만이 가슴속에 응어리져 있을 뿐이었다.

◆◆◆

——시간은 야속하게 흘러만 갔다.

이츠키 리스 내부에서는 이미 영업 제1과뿐만 아니라 다른 부서에도 회사가 어려운 상황에 처해 있다는 사실이 퍼져 나가기 시작했다. 겉으로는 그리 큰 변화가 없었지만, 어딘지 불안한 분위기가 자욱하게 퍼져 나갔다.

하나의 루트에만 의존해 왔던 사실, 그리고 그 루트를 견고하게 지지해 주어야 할 지반이 너무나도 취약했다는 사실을 깨달은 것이다.

와타루는 오늘 H시의 시청을 방문한 참이었다.

그리고 시장 집무실로 안내받았다.

벽은 나뭇결무늬 벽지로 도배되어 있었고, 바닥에는 상아색 카펫이 깔려 있었다.

집무실 안쪽에는 커다란 목제 책상이 놓여 있었다. 그 뒤쪽은 대형 창문으로 이루어져 있었는데, 아마도 시청 정면에 있는 대로를 내려다볼 수 있게끔 설계한 모양이었다.

전체적으로 일반 사무실에 비해 부드러운 인상이 드는 곳이었다. 그런데 시장은 아직 집무실에 오지도 않았는데 와타루는 벌써부터 묵직한 긴장감에 짓눌렸다.

어쩌면 이 자리에 모인 사람들 때문일지도 모른다.

접대용 소파에는 와타루와, 이츠키 리스의 상무이사인 아라키 산타가 앉아 있었다.

와타루는 오늘 단독 행동 대신 이츠키 리스의 임원을 곁에서 보좌하는 역할을 맡았다.

그것만으로도 숨이 턱턱 막힐 만큼의 압박감이 몸을 옥죄었는데, 거기에다 맞은편 자리에는 한 사람이 더 앉아 있었다.

신경질적으로 보이는 30대 후반 정도의 남자였다.

머리는 헤어 스타일링 용품으로 말끔하게 빗질했고, 무테안경이 그의 지적인 인상을 한층 더 강조해 주는 것처럼 보였다.

그는 이츠키 리스의 경쟁 회사인 트라이던트에서 나온 담당자다.

기다리는 동안 명함 교환은 이미 마쳤다. 상대방의 이름은 시부야 토시키였다. 직함은 영업 주임이라 나와 있었다.

서로가 서로에게 볼일이 있는 건 마찬가지지만, 그래도 상대는 경쟁 회사에서 나온 사람이었기에 도저히 웃으며 잡담을 나눌 만한 분위기가 아니었다.

형식적인 인사만 나눈 뒤에는 자연스럽게 침묵의 시간만 흐를 따름이었다.

'분위기가, 무거워…….'

눈앞에 놓인 차는 이미 다 비운 상태였다.

뭐라도 하지 않으면 이 무거운 분위기 속에 짓눌릴 것만 같았다. 그래서 목도 별로 마르지 않으면서 자기도 모르게 찻잔을 입에 대다 보니 어느새 텅 비어 버렸다.

"아, 기다리게 해서 미안합니다."

슬슬 견디는 데 한계에 도달했을 즈음, 마침내 기다리고 기다리던 그 인물이 친근한 투로 말하며 모습을 드러냈다.

나이는 벌써 50대로 접어들었을 테지만, 그 활기 넘치는 모습 덕분에 겉보기에는 40대 같았다.

왕년에 운동으로 유도를 했는지 키는 컸고 전체적으로 다부진 인상이었다. 머리에 군데군데 흰색이 섞여 있었지만, 또 어떻게 보면 그것이 브리지를 넣은 것처럼 보이기도 해서 세련된 느낌을 자아냈다.

직접 만나는 건 이번이 처음이었지만, 선거 포스터 등을 통해 이미 낯이 익은 얼굴이었다.

시장, 키다 오사무—— 와타루와 아라키가 오늘 만나고자 하는 상대였다.

와타루, 아라키 그리고 트라이던트 측 담당자인 시부야는 나란히 자리에서 일어나, 마지막으로 등장한 키다에게 고개를 숙였다.

"오늘 이렇게 귀중한 시간을 내어 주셔서 감사합니다, 시장님."

이츠키 리스와 H시 및 그 관련 공공시설 사이에서 맺은 리스 계약은 오늘부로 만료된다.

아직 기간이 남은 계약은 만료와 동시에 트라이던트와의 계약으로 넘어간다.

"별말씀을요. 오랜 세월 동안 우리 시에 공헌한 이츠키 리스가 아닙니까. 큰 규모의 계약 내용이 변경되는 상황인 만큼, 당연히 그 현장에 입회하고 싶으실 테죠."

키다는 그렇게 말하며 시부야를 쳐다보았다.

"오히려 트라이던트 측이야말로, 단순히 계약을 맺기만 하면 되는 상황에서 이렇게 친히 와 주시니 감사할 따름입니다."

시장의 말에 시부야는 살짝 쓴웃음을 지었다.

이츠키 리스로서는 중차대한 일이지만, 세상 사람들에게 일개 기업의 운명 따위는 아무래도 상관없는 일이다. 계약 변경도 서면 한 장으로 끝나는 것이 보통이다.

하지만 이츠키 리스 측에서 모쪼록 그 자리에 동석시켜 달라고 무리하게 요구하고 나섰다.

"클라이언트의 의향은 절대적이니까 말입니다. 미련 없이 납득하시고서 물러나 주신다면, 완전히 헛걸음한 것도 아닐 테죠."

시부야의 승낙도 떨어진 참에 키다가 가볍게 손뼉을 쳤다.

"자, 만약 이츠키 리스 측에서 별다른 이의가 없다면, 이제 계약이 체결될 일만 남았습니다만?"

어떻게 보자면 그 의도를 짐작하기 어려운 말이었다.

실제로 영업용 미소를 짓던 시부야의 얼굴이 난처하다는 듯이 아주 살짝 굳어졌다.

체결될 일만 남았습니다만? 시장의 그 말은 즉, 이츠키 리스 측을 향한 물음이다.

그 물음이야말로 와타루가 오늘 이곳에 동석한 이유였다.

와타루는 아라키로부터 사전에 교섭하라는 지시를 받았다.

하지만 정말로 그걸 실현할 수 있을지 없을지 반신반의한 채로 여기까지 왔다.

무엇보다도 이제 자신이 수행해야 할 역할을 떠올렸더니 바로 실신할 것만 같은 기분이 들었다.

하지만 그럼에도 와타루는 없는 기력을 마저 쥐어짜 내며 목청을 높였다.

"마, 마지막으로, 저희 회사가 의견을 말씀드릴 수 있는 기회를 주주주, 주시——."

발음이 샜다.

샜지만, 이렇게 된 이상 이판사판이라는 듯이 와타루는 힘주어 앞으로 나아갔다.

"기회를 주셔서, 진심으로 감사드립니다."

"——아니, 이츠키 리스 관계자분, 이건 대체……."

시부야가 여기에 와서 처음으로 당혹감을 드러냈다.

"자자, 오랜 세월 우리 시에 공헌해 온 점을 고려하자면, 마지막으로 한마디 하고 싶다는 이츠키 리스 측의 의향을 무턱대고 거절할 수도 없는 노릇이어서요."

시장의 말에 시부야는 "아, 네에……."라고 건성으로 답하는 것이 고작이었다.

"마지막으로 저희 회사에서 제안을 드리고자 합니다. 만약 좋게 봐주셨다면 오늘 트라이던트 측과의 계약은 연기하고, 정식으로 양자 간의 계획을 비교해 주셨으면 하는 바입니다."

그렇다. 이것이 최후의 발악이다.

다리는 후들후들 떨리고 식은땀이 배어 나왔지만, 이츠키 리스의 기반이 뿌리째 뒤흔들리는 이 상황에서 와타루는 마지막 발악을 시도했다.

"자자, 다들 앉으시죠. 천천히 말씀해 주세요."

키다가 막힘없는 투로 착석을 권했다.

지금에 이르러서야 시부야는 이야기가 여기까지 진행되도록 사전 교섭이 있었다는 사실을 알아차리고는 울컥하는 표정을 드러냈다.

하지만 그것도 잠시뿐, 다시 영업용 미소를 지어 보였다.

"그렇군요. 마지막 순간까지 어느 쪽이 더 이득인지 저울질을 해 보시겠다니……. 역시 시장님이시군요. 좋습니다. 이제 와서 얘기가 다르지 않느냐고 따지지는 않겠습니다."

다소 가시 돋친 말투였지만 시부야도 승낙해 주었다.

"게다가 이츠키 리스 측이 어떤 제안을 가지고 왔는지도 궁금하군요. 프레젠테이션은 그쪽에서 하십니까?"

경쟁 회사의 시부야뿐만 아니라 아라키도, 시장 키다도, 일제히 와타루를 쳐다보았다.

이젠 지금 당장에라도 사표를 던지고 이 자리에서 도망치고 싶은 기분이었지만.

"아, 네! 열심히, 하겠습니다!"

와타루는 살짝 떨리는 목소리를 쥐어짜 내며 그렇게 말했다.

"이쪽 자료를 봐 주시죠."

모두가 자리에 앉은 것을 확인한 와타루는 가지고 온 서류 가방에서 자료를 꺼내 모두에게 건넸다.

키다와 시부야, 그리고 이미 내용을 확인 했을 텐데도 다시금 내용을 읽는 아라키의 모습을 보면서 와타루는 타이밍을 잰 다음 입을 열었다.

"저희가 가장 먼저 한 것은 바로 반성이었습니다."

"반성?"

키다가 확인하듯 묻자 와타루는 고개를 끄덕였다.

"H시의 공공시설 측이 오랫동안 이용해 주신 덕분에 저희 회사의 실적은 안정화되었습니다. 그리고 그렇기에 저희 회사 내부에서 무사태평하게 안주하는 분위기가 퍼졌다고 봅니다."

이츠키 리스도 옛날에는 지금만큼 공공시설을 꽉 잡고 있지는 않았다. 지역 기업 등을 상대로도 영업 활동을 열심히 벌여 왔다.

조금이라도 더 나은 조건을 제시하고자 매입처가 될 소매점과의 관계도 중요시하는 등, 말 그대로 지역 사회에 고스란히 밀착했다.

하지만 이를 통해 형성된 안정은, 굳이 노력하지 않아도 살 만하다며 안주하는 분위기를 조성했다. 게다가 와타루 일행의 영업 제4과가 한직으로 내몰렸다시피, 주위에서도 아웃바운드 영업을 경시하게 되었다.

게다가 지역 소매점과도 소원한 관계가 되었다고 한다.

그러한 사실을 가르쳐 준 사람은 이츠키 리스의 전직 사원, 리세의 할아버지였다.

그렇기에 와타루가 가장 먼저 떠올린 방안은 다시 초심으로 돌아가자는 것이었다.

"트라이던트 측의 체급은 저희 회사와는 비교도 안 될 정도이며, 단순히 저가 경쟁으로는 승산이 없습니다."

"후훗. 그렇게 추켜세워 주시니 영광입니다만, 그렇다면 귀사는 대체 무엇으로 경쟁력을 확보하겠다는 말씀입니까?"

시부야가 물었다. 반쯤은 정말로 궁금한 기색인지 도발하는 투는 아니었다.

"네, 단순히 가격 교섭만으로는 이길 수 없지만, 귀사의 매입처는 아마 H시의 지역 기업이 아닐 것이라는 사실에 저는 주목하고 있습니다."

"뭐, 그건 그렇습니다. 저희는 아직 이 주변에 거점을 마련하지 못했거든요."

"공공시설과의 거래에는 지역 상권에 공헌한다는 의미도 포함되어 있습니다."

시청을 비롯한 여러 공공시설은 세금으로 운영된다.

그래서 사용하는 기자재를 H시 주변에서 조달하는 것은 지역 경제를 일으키겠다는 의미도 포함하고 있을 터.

트라이던트에게 맡기면 세금을 아낄 수 있다.

하지만 단지 그뿐이다.

"그렇기에 저희 회사에서 드리고 싶은 제안은 지역 소매점 및 기업, 공공시설 사이를 중개하는 것입니다. 구체적인 내용은 자료에도 나와 있다시피 최대한 소매점과 연락을 주고받으며 상품 재고 상황을 파악하는 것입니다. 그중에는 재고가 쌓인 품목도 있을 테니, 그러한 상품은 저렴한 가격에 제공해 드릴 수 있을 겁니다."

지역 전체 재고 상황을 파악하여 남아도는 상품에 수요가 있는 장소를 찾아낸다.

상품은 군더더기 없이 활용되며, 그만큼 판매처는 상품을 저렴하게 제공해 준다.

단순히 상품을 매입하기만 할 뿐만 아니라, 지역 경제의 윤활유로서 활약하는 것이야말로 와타루와 아라키가 제안하고자 하는 신규 사업안이다.

이츠키 리스를 재건하고자, 한 차례 관계가 소원해졌지만——그 전까지는 밀접한 관계를 유지했던 소매점을 다시 순환의 틀 안으로 불러들이는 듯한 시도였다.

요컨대 엘든 링에서 한 차례 추방했던 빛바랜 자를 닥치는 대로 불러들여 미래를 맡기고자 했듯이, 와타루 또한 동원할 수 있는 모든 연줄은 닥치는 대로 동원하자고 결심을 굳혔다.

"이미 여러 소매점 측과, 저희 회사와 마찬가지로 H시에서 영업 중인 다른 리스 회사 측 또한 이 네트워크에 찬성표를 던져 주셨습니다."

비록 트라이던트 만큼은 아니지만, 그러한 혜택을 통해 지금까지보다 더 저렴한 가격의 계약을 제공할 수 있는 토대를 마련할 수 있다.

"오호라, 우리 시를 비롯하여 주변 경제에 공헌할 수 있다는 말씀이로군요."

자료를 보면서 와타루의 설명에도 귀를 기울였는지 시장은 설명의 요지를 잘 파악한 모양이었다.

"아, 네! 물론 상황을 보면서 다양한 품목으로 폭을 넓힐 수 있다고 봅니다. 또한 자랑을 늘어놓는 것 같아 죄송합니다만, 주변 소매점 측과 밀접한 네트워크를 구축할 수 있는 곳은 오랜 기간 H시를 중심으로 활동해 온 저희 회사밖에 없다는 자부심이 있습니다!"

여러 소규모 소매점과의 루트는 리세의 할아버지가 가르쳐 주었다.

비단 그 사람뿐만 아니라, 은퇴한 영업 동료들에게 수소문하여 지금은 이츠키 리스와 관계가 끊어진 소매점이나 도매업자도 소개받았다.

물론 각 점포 재고 상황이나 거래처 수요 파악 및 관리에는 방대한 일손을 필요로 한다.

다들 자기 할 일 하느라 바쁜 와중에 쓸데없는 일을 사서 맡아 줄 사람은 아마도 없으리라고 여겼던 와타루였으나, 바로 그때 나타난 이들이 바로 평소 리세로부터 컴퓨터를 배우던 아저씨들이었다.

그들은 한 번 더 회사에 공헌할 수 있다며 발 벗고 나서 주었다.

그 외에도 와타루가 혼자서 떠올린 방안을 회사 내부로부터 승인받을 필요도 있었다.

그때 힘을 보탠 사람이 바로 레이토와, 놀랍게도 과장이었다.

그들은 상부와 담판을 지으며 아라키 산타마저 섭외했다.

그리하여 와타루는 여러 사람의 도움을 받아 가며 여기까지 올 수 있었다.

“아, 아니, 잠깐! 그래도 가격 면에서는 저희 회사가 제안한 플랜이 더 낫지 않습니까?!”

중간에 다급히 끼어드는 시부야의 모습에 키다는 생긋생긋 웃으면서 “그렇군요.”라고 말하며 고개를 끄덕였다.

“하지만 이츠키 리스 측의 제안을 듣고 있으니, 원래 계약보다 훨씬 더 저렴하게 계약할 수 있을 것아 보이는군요. 더군다나 지역 사회에 공헌한다는 사실마저 더해지면 금상첨화가 아니겠습니까? 게다가 이 네트워크를 공공시설뿐만 아니라 일반 기업 측도 이용할 수 있다면 지역 경제에 크나큰 도움이 되지 않을까 싶군요.”

“아니, 그렇지만, 사장님!”

“물론 가격도 중요하지만, 그 바람에 지역 소매점이 무너진다면 결국 우리 시에서 큰 문제가 발생하지 않겠습니까.”

“그럼, 저희 회사가 드린 제안에 만족하셨다는, 그런 말씀이십니까?”

지금까지 와타루에게 모든 것을 맡기고 본인은 일언반구도 없던 아라키가 처음으로 입을 열었다.

“물론 네트워크를 설립한 그날에는 주역으로서 시장님의 성함 또한 병기해 드리고자 합니다만.”

“하하하, 나는 아무것도 한 게 없는데 말이죠. 이거 미안하게 됐군요!”

주변 분위기는 신경도 안 쓸 것 같은 호쾌한 인상의 아라키가 참으로 절묘한 타이밍에 비중 있게 등장하며 와타루를 지원해 주었다.

여기서 키다를 더 추켜세웠다면 상대방에게 아첨한다는 인상을 줄 수 있어 오히려 불쾌감만 샀을지도 모른다. 아라키는 그렇게 되지 않는 범위 내에서 시장이 얻을 이익을 제시해 주었다.

역시나 이러한 처세술은 노련한 아라키 특유의 관록이 아닐까 싶었다. 와타루는 솔직하게 감탄했다.

"물론, 제 생각만으로는 결정지을 수 없는 사안인 만큼 이 부분은 의회를 통해 재차 의논하도록 하겠습니다. 다만, 여러분이 선거에서 뽑아 주신 덕분에 지금 이 자리에 있는 저로서는 지역 사회에 공헌할 수 있다면 분명 큰 실적을 올릴 수 있겠군요."

"하하하, 이로써 시장님은 경비를 대폭 절감했으면서도 지역 사회에 공헌한 훌륭한 시장님으로 남으실 테니, 이제 장기 집권도 따 놓은 당상이 아니겠습니까."

"장기 집권이라니, 누가 들으면 오해하실 말씀을 다 하시는군요. 저는 그저 우리 시를 위해 최선의 선택을 내리고 싶을 뿐인데 말이죠."

와타루는 이 플랜을 고안해 내고자 필사적으로 분발했었는데, 설마 상대방이 이토록 쉽사리 받아들일 줄은 몰랐다. 이쯤 되니, 이 시장은 일이 이렇게 될 줄 사실 처음부터 미리 알고 있지 않았을까 싶은 의구심이 들었다.

그렇지만 이전과 같은 체제를 계속 유지했다면 문제점도 그대로 남는 것 또한 사실이다. 어쩌면 트라이던트 쪽으로 갈아타기를 고려했던 건 진심이었는지도 모른다.

'잘하면 이츠키 리스가 필사적으로 좋은 해결책을 떠올려 줄 것이라 여겼을까? 아니면 그건 그저 상무님이 끈기 있게 노력한 결과였을까?'

어디까지가 예정대로의 전개고, 어디서부터가 와타루 일행이 분발한 결과인지 와타루의 머리로는 상상조차 할 수 없었다.

"아, 아직 이게 끝은 아닙니다. 어차피 이번 사안은 나중에 의회에서 다시 다룰 예정이니, 저 또한 회사로 돌아가 다시 한 번 더 검토하도록 하겠습니다!"

시부야는 내뱉듯이 그렇게 말하고는 자리를 박차고 일어났다.

"……경쟁 상대임은 사실이지만, 그래도 그 난관을 역전시킨 그 끈기에는 경의를 표합니다."

이젠 그냥 잠자코 떠나보내도 됐을 테지만, 와타루로서는 꼭 한마디 전하고 싶은 말이 있었다.

"난관이라뇨. 이 정도 상황은 이미 엘든 링에서 다 예습했었거든요!"

물론 그 말을 들은 상대는 영문을 알 수 없어 멀뚱거릴 뿐이었다.

아마도 우수한 영업직일 테지.

지금까지는 영업용 미소를 잘 유지해 오던 남자가 처음으로 아무런 꾸밈없이 어안이 벙벙한 표정을 지었다.

하지만 와타루는 설령 상대가 그 말을 이해하지 못했더라도 상관없었다.

레이토가, 리세가, 지금까지 만나 온 사람들이 협력해 주었기에 기적적으로 이 역전극을 일으킬 수 있었다.

인간관계가 서투르고, 빈말로도 능력 좋은 영업직이라 할 수 없는 와타루가 여기까지 올 수 있었던 것도 다 엘든 링을 플레이했기 때문이다.

물론 게임 자체에 그런 의도가 포함되어 있는 것은 아니다.

마치 게임을 탐구하는 것처럼, 와타루가 스스로 자유롭게 느끼고, 자유롭게 파악하고, 자유롭게 쌓아 올린 감사였다.

그럼에도 그 계기를 준 것은 틀림없이 '엘든 링' 이었다.

◆◆◆

『좋~았어. 각자 손에 잔은 잘 들고 있겠지!』

음성 채팅 너머에서 레이토의 목소리가 들려왔다.

"아, 네, 들었어요."

『그나저나 이왕 할 거면 그냥 술집에서 건배하면 되잖아!』

리세의 날카로운 지적이 날아들었다.

큰일을 하나 마무리 짓고 축하하는 자리를 마련했지만, 정작 와타루 일행은 엘든 링에 모여 술잔을 들고 있는 상황이다.

『그렇지만, 우리가 모인다고 하면 여기밖에 더 있겠어?』

하지만 레이토는 조금도 주눅 드는 기색 없이 태연하게 그 말을 입에 담았다.

다만 밖에서 술을 마시는 걸 그리 좋아하지 않는 와타루로서는 분명 이게 더 마음 편하고 좋았다.

『그래서, 보기 좋게 이츠키 리스를 지켜 내신 우리 영웅 나리께서는 소감이 어때?』

“소, 소, 감……? 근데 대감은 없나요?”

와타루는 레이토의 말이 너무나도 직설적으로 훅 들어오는 바람에 어찌어찌 얼버무리려고 했고, 예상대로 음성 채팅 너머에서 웃음소리가 터졌다.

『그런 재미없는 아재 개그는 또 어디서 배웠어!』

『와타루쨩, 아무리 그래도 지금 그건 실드가 안 되거든?』

리세마저 어이가 없다는 투였다.

“그런데 사실 미야마 덕분에 할아버지를 소개받기도 했고, 카시마 씨 덕분에 회사 내부에서 사람들을 설득할 바탕이 마련되었고, 그 외에도 카리야 건설 측이나 이지치 선생님, 히야마 컨설턴트 측, 그 외에도, 그 외에도, 아, 아무튼 정말 많은 분들로부터 도움을 받았으니…….”

『The 겸손!』

리세가 웃으며 그렇게 평했다.

『뭐, 어쨌거나 다 네가 노력한 덕분이라고?』

레이토가 묘하게 진지한 목소리로 그렇게 말했다.

“아뇨, 그렇지만, 전 매사에 서투른 편이잖아요. 이번에는 그냥 필사적으로 달려들다 보니 어찌어찌 일이 잘 풀렸을 뿐이에요…….”

『바로 그거야.』

“네……?”

『하긴. 어떤 일이든 간단하게 뚝딱 해치울 수 있는 능력자가 그렇게 했다면 별 감흥도 없었을 거야. 하지만 딱 봐도 엄청 서툴러 보이는 와타루짱이 서투르지만 필사적으로 분발하고 있으면 '아~. 열심히 잘하고 있구나~.' 라고 보이거든.』

『그럼. 평소의 모습과의 그 격차가 중요하다고! 격차가!』

"그, 그런가요……?"

좋은 건지 나쁜 건지 알 수 없었다.

『당연하지만, 그건 서투른 네가 서투르면서도 필사적으로 노력했기 때문이라고.』

『응. 그런 관점에서 봐도 와타루짱은 열심히 잘했어.』

솔직히 말해서 와타루는 자신의 업무 능력에 조금도 만족하지 못했다. 프레젠테이션도 결점투성이에 엉망진창이라고 여겼었다.

자신이 노력하는 모습을 상대가 평가한다는 말은, 결국 상대가 넓은 마음으로 다 이해해 주고 있을 뿐이라고 표현할 수도 있을 테지.

더욱 똑똑하고 더욱 효율적으로 프레젠테이션을 했어야 하지 않았나, 그런 느낌도 들었다.

『그건 그렇고, 앞으로 일은 어떻게 될 것 같아?』

"그게, 기본적으로 영업 제4과, 우리 부서가 신규 사업으로서 맡기로 했어요."

『오, 그럼 와타루가 막 턱짓으로 나를 부려먹는 광경을 볼 수 있으려나?』

"그, 그만하세요! 저로서는 네트워크 설립이나 그 사후 유지 관리를 잘할 자신이 없다고요!"

스스로 생각해 봐도 여기까지 온 것 자체가 믿기지 않았다.

뇌가 다 타 버리는 게 아닐까 싶을 만큼 노력했다.

앞으로는 아까 리세가 말한, 어떤 일이든 뚝딱 해치울 수 있는 자신감 넘치고 든든한 리더를 내세운 다음, 이제 그 사람이 다 알아서 해 주면 된다.

"어쨌거나 이번에 좋은 경험했어요. 이 경험을 발판 삼아 앞으로는 괜찮은 일을 잔뜩 하고 싶어요!"

일단 이츠키 리스는 위험으로부터 벗어났지만, 네트워크에 협력할 소매점을 더 모아야 하는 데다, 그 네트워크를 이용해 줄 일반 기업도 찾고 싶었다.

싫다고 투정이나 부릴 때가 아니다.

닥치는 대로 여기저기를 돌아다니며 영업 활동을 계속해야 한다.

잘할 자신은 예나 지금이나 눈곱만큼도 없지만, 그래도 자기 입으로 꺼낸 말인 만큼 열심히 노력해야 하지 않을까 싶었다.

레이토가 한 말이 사실이라면, 스스로가 노력하는 모습이 다른 사람에게 전해진다면, 그보다 더 기쁜 일은 없다.

'뭐, 노력했으니까 상대가 날 이해해 줄지도 모른다, 그렇게 타산적으로 일할 자신은 없단 말이지.'

그렇기에 역시나 자신은 자신답게 잘 헤쳐 나갈 수밖에 없다.

"그런데 정말로 카시마 씨랑 미야마가 절 곁에서 도와주지 않았더라면, 분명 이번에도 허둥거리기만 하고 아무것도 못했을 거예요."

정말로 깜짝 놀랄 우연이었다.

와타루가 엘든 링에 푹 빠져든 상태에서 레이토와 리세가 우연히 엘든 링에 관심을 가졌고, 거기에다 인간관계가 서투른 와타루와 우연히 만났다.

『이 멍청아. 진지하게 그런 소리 하지 말라고. 부끄럽잖냐!』

『레이톳찌, 지금 완전 부끄부끄 모드입니다!』

『일일이 떠벌리지 마!』

그리하여 트라이던트와 얽힌 무거운 분위기는 깔끔하게 자취를 감추었고, 여느 때처럼 떠들썩한 시간이 돌아왔다.

"그럼, 오늘이야말로!"

『모르고트를 해치워 보자고!』

『그리고 엘데의 왕이 되는 거야!』

사실 그건 아직 한참 뒤에나 있을 일이다. 스토리는 이제 겨우 반환점을 돌았을 뿐이다. 그렇지만 그것만큼은 본인들이 실제 몸소 겪을 때까지 잠자코 있자고 속으로 다짐하면서 와타루는 모르고트와의 일전으로 뛰어들었다.

후기

처음 뵙는 분도 간만에 뵙는 분도 여기까지 함께해 주셔서 감사드립니다. 히카미 케이이치입니다.

갑작스러운 질문이지만, 다들 게임은 좋아하십니까?

히카미는 게임을 참 좋아한답니다.

제가 가정용 게임과 처음 접했을 당시만 해도 클리어를 못하는 것이 자못 당연하다는 듯, 난해한 액션 게임이 참 많았단 말이죠.

거기에서 RPG나 ADV가 출현하거나 세이브 및 로드 기능이 갖춰지면서 마침내 엔딩을 볼 수 있는 것까지 포함한 플레이 방식이 완성되지 않았나 싶습니다.

다만, 아무리 발전해 봤자 기본은 싱글 플레이용 게임이었지만 말이죠.

인기 게임을 가진 아이의 집에 친구들이 모여든 적도 있습니다만, 그래도 그것이 주류는 아니지 않았나 싶습니다.

애당초 게임을 즐기는 사람은 한정되어 있고, 집에 게임기 하나 없는 아이도 많았단 말이죠.

그것이 지금에 이르러서는 휴대용 게임기뿐만 아니라 스마트폰으로도 잘 만든 게임을 즐길 수 있으니, 이제 게임은 완전히 대중화되어 평범한 취미가 되었습니다.

그리고 인터넷도 빼놓을 수 없죠.

인터넷이 보급됨에 따라 게시판이나 SNS을 통해 같은 취미를 가진 사람과 인연이 생기는 경우도 있고, 얼굴도 모르는 사람끼리 인터넷에서 질문이나 조언을 주고받는 모습도 자못 당연해진 시대가 되었습니다.

가끔은 오프라인 모임도 열리면서 모르는 사람끼리 서로를 알아 가는 계기가 되는 경우도 늘었습니다. 온라인 게임에서의 만남이 인연이 되어 결혼에 성공했다는, 그런 뉴스를 보고 있으면 '여기까지 발전했는가~.' 싶어서 입이 떡 벌어지기도 하지만요(웃음).

자, 이번에는 '엘든 링' 을 모티브로 소설을 써 봤습니다만, 기획이 막 시작되었을 당시에 회의 자리에서 출판사 관계자분과 히카미가 서로 논의해 본 결과, 게임 그 자체에 들어간 시점에서 스토리를 진행하는 것 대신, '엘든 링' 을 극중극의 위치에 두는 현대극으로 나가자는 방향성이 정해졌습니다.

앞서 말씀드렸다시피 '게임' 의 변화를 몸소 접한 히카미는 현실 쪽 묘사로서 지금의 게임과 사람이 어떤 방식으로 얽히는지를 중심으로 구상해 보자고 마음먹었습니다.

그렇게 함으로써 모티브로 삼은 '엘든 링' 또한 극중극으로 다루는 한편, 작중 내에서의 의미나 존재감이 커지면 어떨까 하는 의도가 있었습니다만, 그게 잘 반영이 되었는지는 모르겠네요. 조금이나마 잘 즐기셨길 바랍니다.

그나저나 이번 이야기를 들었을 적엔 깜짝 놀랐습니다. '엘든 링' 이니까요.

고난도 액션 PRG로서 최고봉의 작품 중 하나라고 해도 과언이 아닐 테죠.

대체 몇 번이나 'YOU DIED' 를 겪을지, 그러한 과정을 모두 지나 마침내 목적을 달성했을 때 제 머릿속에서 대체 얼마나 이상한 액체가 흘러나올지, 발매하기 전부터 너무 흥분해서 눈이 따끔거릴 지경이더라고요(웃음).

마지막으로 감사 인사 올리는 코너입니다.

엄청난 작품을 이 세상에 내놓으신 프롬 소프트웨어 관계자 여러분, 여러모로 귀중한 의견을 들려주셔서 감사드립니다. 장차 DLC가 나오기를 한 명의 플레이로서 기대하고 있겠습니다!

일러스트를 담당해 주신 lack 님, 이미지에 딱 맞는 캐릭터와 멋진 커버 일러스트를 그려 주셔서 감사드립니다! 리세가 예쁘게 잘 나와서 만족스러웠습니다.

여러 가지를 조율하시느라 고생하신 담당자 G 님, 덕분에 이번에도 어찌어찌 탈고하는 데 성공했습니다!

그리고 무엇보다도 여기까지 함께해 주신 독자 여러분! 발매하고 나서 제법 시간이 지났는데, DLC에 대비해 다들 연습은 잘하고 계시는지요?! 히카미는 이미 만반의 준비를 갖췄답니다. 앞으로도 계속되는 틈새의 땅을 다 함께 즐겨 봅시다!

2024년 1월 모일 히카미 케이이치

일이 끝나면, 그 축복에서

2025년 09월 15일 초판 인쇄
2025년 09월 20일 초판 발행

지음 히카미 케이이치
일러스트 lack

발행 데이즈엔터(주)
등록번호 제 2023-000035호
주소 07551 서울특별시 강서구 양천로 570 NH서울타워 19층
대표전화 02-2013-5665

ISBN 979-11-380-6187-2

구매 시 파손된 도서는 구매처에서 교환하실 수 있습니다.
기타 불편사항, 문의사항이 있으신 독자님께서는 노블엔진 홈페이지
[http://novelengine.com] 에서 Q&A 게시판을 이용해 주시기 바랍니다.

2025년 7월부터 애니메이션 방영!
부끄럼쟁이지만 최강인 마술사의 학교 잠입 임무가 시작된다!

사일런트 위치
-침묵의 마녀의 비밀-
1~7

〈침묵의 마녀〉 모니카 에버렛.
전 세계에서 유일하게 무영창 마술을 구사하는 마술사이자,
전설의 흑룡을 혼자서 퇴치한 젊은 영웅——은 사실 엄청난 부끄럼쟁이?!
무영창 마술을 연마한 것도, 사람들 앞에서 말하지 않아도 되기 때문에!
본인의 재능을 깨닫지 못한 채, '칠현인'으로 선발된 모니카는
제2왕자를 호위하는 극비 임무를 떠맡는데……?

소심하고 겁이 많지만 최강인, 은둔형 천재 마녀가
귀족들이 다니는 학교에 잠입해 사건을 해결해 나갑니다!

이소라 마츠리 지음 / 후지미 난나 일러스트